저자 이석규

후예 2

남원 3·1독립만세의거

이석규
역사소설

도서출판
청어

후예 2 남원 3·1독립만세의거

이석규 지음

발행처 도서출판 청어
발행인 이영철
영업 이동호
홍보 천성래
기획 남기환
편집 이설빈
디자인 이수빈 | 김영은
제작이사 공병한
인쇄 두리터

등록 1999년 5월 3일
(제321-3210000251001999000063호)

1판 1쇄 발행 2024년 4월 30일

주소 서울특별시 서초구 남부순환로 364길 8-15 동일빌딩 2층
대표전화 02-586-0477
팩시밀리 0303-0942-0478
홈페이지 www.chungeobook.com
E-mail ppi20hanmail.net

ISBN 979-11-6855-242-5(03810)

후예後裔 2

남원 3·1독립만세의거

이석규 지음

『후예後裔 제2권: 남원 3·1독립만세의거』를 읽고

이석규 작가의 전작(前作) 『후예 제1권: 시산군』에 대한 문학 평론가 이충재 님의 탁월한 글을 읽어가면서 작가의 추천사를 써달라는 말에 아무 생각도 없이 수락하고 원고를 받은 것이 크게 후회되었다. 간단한 감상문 정도로 생각했는데, 작품 해설집에 방불한 이충재 님의 글에 도무지 미칠 재간이 없는 것을 잘 알기 때문이다. 기본적으로는 필자가 문학 평론의 첫걸음조차 내디딘 적이 없는 그 분야의 문외한이기 때문이다.

하지만 이충재 님의 글을 읽으면서 많은 유익이 있었다. 시산군이 누구이며, 왜 이석규 작가가 시산군에 매달려 가족과 멀리 떨어져 잘 이해가 되지 않은 혼자의 삶을 사는지에 대한 답을 얻었기 때문이다. 아울러 이충재 님이 바라본 이석규 작가에 대한 이해의 지평을 조금이나마 넓힐 수 있었기 때문이다.

아울러 이어질 『후예 제2권』이 작가가 어떤 생각을 가지고 써갈 글인지를 짐작할 수 있었기 때문이다. 이 『후예 제2권』은 남원에서 일어난 3·1독립만세운동과 관련한 소설이다. 금년이 3·1독립만세를 부른지 105주년이 되는 해다. 5년 전에 남원의 3·1독립만세의 거점이었던 사매덕과에서 있었던 남원 3·1독립만세 100주년 행사에 참여했던 생각이 생생하다. 오랫동안 시내에 걸린 현수막을 보고 작정하여 그곳과 남원 광한루 뜰에서 있었던 행사까지 같은 날 다른 시간에 열린 두 곳의 3.1 독립 만세 100주년 행사에 참여했던 기억이 새롭다.

—필자는 20여 년 전부터 다음 세대에게 바른 역사에 대한 교육을 꼭 해야겠다는 생각으로 청소년들에게 지역의 대표적인 역사의 현장인 만인의총 뜰에서 여러 차례 효(孝) 백일장을 계속해 왔다. 나라의 분단 현실을 일깨워 주려고 경기도 파주에 있는 임진각을 비롯한 역사의 현장을 방문하고 돌아온 감상문으로 백일장을 대신하기도 했다. 독도 사진 전시회도 여러 곳에서 몇 차례 해왔고, 앞으로도 전시회를 계속할 계획이다. 특히 광복 80주년을 한 해 앞두고 올해에는 요시다 고조 목사를 8월에 남원에 초청하기로 했고, 내년에는 일본의 역사 현장을 탐방할 계획이다. 요시다 고조 목사는 일본 기독교의 양심으로 "이젠 됐어요"라고 말할 때까지 사죄하겠다며 일본 최초의 사죄 운동을 한 오야마 레이지 목사의 파송을 받고 1981년부터 서울 일본인교회에서 40년이 넘도록 한국인에 대한 일본의 범죄를 참회하며, 일제 강점기 동안에 한국인에게 피해를 주었던 곳을 일본 학생들을 데리고 일본이 한국인에게 준 피해의 현장을 찾아서 한국인 수난(受難)의 역사 현장을 방문하며 가르치는

역사 스터디 투어(Study Tour)를 해왔다. 일본 청소년들에게 역사 현장을 방문하며 일본의 억지 주장과 잘못과 역사 인식을 바로잡아 주고 있으며, 독도가 한국의 땅이라고 가르치고 있다.—

이석규 작가가 서문에서 "'충효(忠孝)를 외면한 가장 큰 대가는 금수(禽獸) 취급을 받은 것.'이라는 그 말씀을 나는 지금까지 마음 깊이 간직하며 되새기고 있다"고 한 말은 이 작가가 마음에 어떤 생각을 품고 있는지 알려주는 시금석(試金石) 같다. 그리고 이 글을 읽으면서 고대 그리스 철학자 플라톤(Platon)이 했던 "정치를 외면한 대가는 가장 저질스러운 인간들에게 지배당한다는 것이다."는 말이 생각났다. 시산군이 플라톤의 말을 전해 들었는지는 알 수 없으나 지성을 가진 사람이 세상을 통찰력 있게 살폈다면 면면히 흐르는 시대 속에서 거듭되는 인간 세계 속의 비극을 몸으로 체득하면서 펴 올린 통찰력의 산물이 아닐까 생각한다.

이석규 작가는 세종대왕의 증손인 시산군의 후손으로 왕가의 후예이다. 또한 우리 민족의 절대 염원이었던 민족 해방을 위해 1919년에 있었던 3·1독립만세운동에 참여하여 많은 서훈을 받은 선대를 두고 있다. 3·1독립만세운동 당시에 4월 3일부터 시작한 남원 군민의 독립만세운동을 하다가 일제의 무자비한 총칼에 8명이나 순절했던 그 대열에 선대가 참여한 공로를 인정받아 6명이 서훈을 받고, 5명이 서훈 신청을 하여 결과를 기다리는 분을 합하면 11명이나 서훈을 받을 수도 있어서 가히 우리나라 어떤 문중에서도 볼 수 없는 나라 사랑에 특별한 뼈대가 있는 가문 출신이다.

그런 가문, 외손녀(원이숙)의 사모곡을 보면 그녀는 어린 시절부터 효심이 특별했던 것 같다. 아직 철없는 나이로 제 앞가림도 못할 수도 있는 초등학교를 막 졸업한 때부터 풍으로 쓰러지신 외할머니를 수발했다. 그 외할머니는 남편인 외할아버지가 남원 군민의 3·1독립만세 운동의 시발지였던 사매에서 태극기를 직접 만들고, 시민들을 독립만세에 참여하도록 독려하여 만세를 부르다가 붙잡혀 투옥되었다. 투옥된 후에도 결코 기죽지 않는 강직한 성품으로 일본 헌병에게 모진 폭행과 고문으로 반신불수가 되었고, 투옥된 지 2년 만에 석방되었지만 그 후유증으로 어린 1남 3녀, 4남매를 남기고 36살의 나이로 생을 마쳤다. 아직 젊은 나이에 어린 4남매를 둔 외할머니는 하나밖에 없는 아들이 민족의 또 다른 비극 중에 하나인 6·25전쟁 때 행방불명이 되고, 멀지 않은 곳에 출가한 딸들이 살았지만 딸 집에 머물 형편이 아니어서 오래 머물지 못하고 잠깐 다녀온 후에는 홀로 거하셨다. 그렇게 내 맘대로 살기에는 자유로웠으나 기둥 같은 남편과 아들을 일찍 잃은 슬픔이 마음에 응어리져서 어두운 얼굴빛으로 기운 없이 사시던 할머니가 풍으로 쓰러지신 것이다. 그러니 형편이 여의치 못했던 이모들이 돌볼 형편이 아니어서 어린 외손녀가 식사를 손수 하지 못하시는 할머니께 밥을 떠먹이고, 요강에 대소변을 하시도록 부축해 드리고, 용변을 마친 후에는 뒷정리까지 몇 개월 동안이나 할머니를 수발들었다니 일찍이 효녀상을 받았어야 했다.

이 민족에게 큰 고통을 주었던 일제 앞잡이 노릇을 한 사람들의 후손들은 떵떵거리며 잘 사는 사람들이 많은데, 독립운동이나 3·1독립만세 운동을 하다가 어려움을 당한 가족이나 후손들은 그 생활이 비참하고도 한 많은 인생을 살다가 떠난 이들이 너무도 많다. 그동안 국가가 그런 분들을 돌보지 못한 것은 참으로 안타까운 일이다. 어쩌면 그 외할머니의 한 많은 인생이 정성으로 수발했던 효심 가득했던 외손녀, 원이숙은 이 작가의 글을 통하여 얼마라도 위로가 받게 되지 않을까 싶다.

이 작품은 1930년대 말 일제 가혹한 수탈과 악랄한 지배가 더욱 극성을 부리던 일제 말기에 전북특별자치도 남원시 사매면 매안 마을을 배경으로 집필한 최명희 작가의 대작 『혼불』과 같은 마을에서 있었던 다른 이야기다. 최명희 작가의 『혼불』은 이씨 문중 이야기로, 청암부인에게서 3대 종부인 강모의 아내 효원으로 이어지는 이야기에 그 당시의 관혼상제 의식과 세시풍속을 비롯하여 음식, 관습, 노래 등을 엮어 썼고 그 유래와 이치와 의미를 생생하게 보여주고 있다. 그리고 이 작품은 『혼불』의 배경과 시대상이 거의 비슷한 시기로, 같은 마을에서 있었던 다른 상황을 묘사하고 있다. 그 점을 생각할 때 그 당시를 탁월하게 묘사한 최명희 작가의 『혼불』과 병행하여 이 작가의 소설을 연구한다면 그 당시의 사회상과 여전히 남아있는 지역의 방언을 연구할 많은 자료를 건져 올릴 서도리의 청호저수지보다 더 크고 넓은 방죽 역할을 할 것으로 기대된다.

이 작가의 작품을 읽어가면서 나도 모르게 이야기 속으로 빠져들어 그 이야기가 펼쳐지는 이전 시대의 과거로의 행복한 여행을 독자들도 함께 경험해 보기를 바라는 마음으로 일독하기를 추천한다.

남원동북교회
김범준 목사

작가의 말

1919년(기미년) 3월 1일 서울 탑골공원에서 시작된 대한독립만세의 함성은 전국 대도시는 물론 시골 읍, 면에까지 확산되어 요원의 불길처럼 퍼져나갔다.

남원의 3·1독립만세운동은 4월 3일 덕과사매에서 시작되어 4월 4일 남원읍 장날에는 절정을 이루었다. 그런데 그날 남녀노소를 불문한 1천여 명의 남원 군민이 대한독립만세를 외칠 때 일제의 무자비한 탄압과 총칼에 전북 지역에서 가장 많은 8명이 현장에서 순절할 정도로 컸던 남원 군민의 나라 사랑, 그 애국 애족의 중심에는 관료나 유지들이 아니라 대부분 농부였다는 들었을 때, 나의 선조 세종대왕 증손 시산군이 내게 해주신 충고,

"충효(忠孝)를 외면한 가장 큰 대가(代價)는 금수(禽獸) 취급을 받는 것이다." 그 말씀을 나는 지금까지 마음 깊이 간직하며 되새기고 있다.

그렇다. 남원 3·1독립만세 애국지사들은 자기 시대를 알고, 자기 할 일을 알아서 지금 애국지사가 된 것이다.

이 선구자, 이 애국지사들의 삶은 수십 년이 흘렀지만, 나의 삶에 늘 신기하게도 통했기 때문에, 이 애국지사들의 짧은 삶엔 그보다 깊은 뜻이 함축되어 있다는 걸 나는 알았다. 이후 나는 새로운 것에만 치우치면 자칫 지식의 폭이 좁아질 수 있기에 폭넓은 사람이 되려면 '온고지신(溫故知新)'해야 한다고 외쳤다. 그 덕에 여러 다양한 성격의 사람들이 많

다는 걸 알게 되었을 뿐 아니라, 때로는 몇몇 사람들의 눈에 거슬리는 행동을 보고도 아무 말도 안 하는 집안 어른들의 유기(遺棄)를 지적했다가 따가운 눈총을 받는 일도 있었다. 그래서 굳이 알고 싶지도 않은 그만그만한 사람들의 인격까지 은밀하게 알게 되었다.

'나도 이젠 말을 줄여야겠다. 지금이야말로 그럴 시기다. 요즘은 악덕을 한번 희롱해도 야비한 자들은 이를 죄악이라 일컫는 판국이다.'

그래서 피할 수 없다는 것은 무한한 도전 속에 인내와 지성이 필요하다는 뜻이다. 애국지사들이, 마치 인간관계를 다 깨우친 사람처럼 삶으로 말씀 해주신 것을 나도 다시 아는 척 되풀이하자면, 사람이 마땅히 지녀야 할 역사관이란 첫째는 부모의 영향이 크고 둘째는 자신이 추구하는 가치와 목적에 따라 형성되는 것이다. 이런 사실을 간과해 인생에서 가장 중요한 명예를 잃을까 봐 두렵다. 다시 말해 사람이라고 다 사람이 아니고, 어른이라고 다 어른이 아니다. 존경을 받아야 진정한 어른인 것이다.

이렇게 사유(思惟)하는 삶을 자랑했지만, 이런 내 사유에도 한계가 있음을 인정할 수밖에 없다. 인간관계는 사회 통념과 규범에 속한 것이나, 그 신뢰는 소금 같은 것이어서 그 맛을 잃으면 그 신뢰의 기반이 어디에 있느냐는 그들의 관심 밖에 있게 마련이다.

구원은 아주 가까운 데서 찾아왔다. 소설『후예後裔』제1권 - 왕가 후손 이야기 세종대왕 증손 〈시산군〉을 쓴 후, 제2권 〈남원 3·1독립만세의거〉 를 쓰고 있는데, 이 애국지사들은 내가 경멸하는 모든 것을 대변하는 존재였다. 특히 전주이씨 영해군파 시산군 후손의 집성촌인 남원시 사매면 대신리 여의터(매안이)에서, 남원 3·1독립운동으로 서훈을 받은 분이 6명이고, 아직 받지 못해(자료 보완해 신청 중인) 분이 5명으로 총 11명이 배출되었다.

이것은 우리나라 문중(門中) 사(史)에 유일무이한 일이다. 우리 선조의 과거(역사)는 나의 현재의 거울이다.

인간의 삶의 인격이란 것이 예(禮)와 지(知)의 연속이라면 그들에게는 뭔가 특별한 지조(志操)가 있었다. 마치 딱 한 번 울고 죽고 싶은 가시나무새 같은 절개(節槪)에 연결된 것이다. 그의 내면에는 어떤 상황에서도 굴하지 않는 고도의 예지(叡智)가 내재(內在)되어 있었다. 그들의 이런 예지는 '다재다능'이라는 이름으로 미화되는 저 구태의연한 것과는 전혀 다른 것이었다. 희망을 절대로 포기하지 않는 비상한 정신, 일찍이 누구에게도 본 적이 없었던, 그 누구도 흉내 낼 수 없는 선구자이었다. 결국, 그들은 옳았고 그들은 이뤄냈다.

2024년 2월 바람이 세게 부는 날에

이석규

목차

후예後裔 2

남원 3·1독립만세의거

사모곡

이용기 지사 자녀 세 자매

남원 3·1독립만세의거에 대하여 관심을 갖고 알아갈수록 후예로서 그 뜻을 새기고자 하는 마음이 커져만 갔다. 그리하여 여러 자료들을 모아가며 관련 있는 귀한 이들과의 만남을 통해 그 마음은 더 확고해졌다.

제일 먼저 애국지사 성당 이용기(1897~1932)의 순창 동계로 시집간 큰 따님의 맏외손주 원귀재 내외분과 임실 삼계 사시는 그분 동생 원이숙 씨를 오수에서 만난 날이 문득 떠올랐다. 따지자면 집안 형님 누님 되신다. 나의 둘째 고모가 중매했다는 원귀재 형님은 팔순이신데도 젊은 청년이셨다. 인자하시고 온화하신 모습이 꼭 이용기 할아버지를 뵌 듯했다. 항상 외할아버지를 자랑스럽게 생각하시며 독립지사 외손주답게 감사하며 늘 이웃을 돌아보며 내가 쓰고 남은 것을 베푸는 것이 아니고, 내 소중한 것을 나누어 주시는 원귀재 형님이야말로 이 시대의 진정한 어른이셨다. 전화로만 몇 번 만나다가 오늘 처음 만난 원이숙 누님! 누님이 틈틈이 적은 깨알 일기를 읽어주실 때 내 눈가에 눈물이 핑 돌았다.

아래 사모곡은 원이숙 누님의 일기를 인용하였다.

*

가을비가 지루하다. 3일이 넘게 오락가락 내리고 있다. 오늘은 내게 아주 중요한 행사 날이다. 독립운동으로 역고의 한을 남기신 외할아버지와 큰 외할아버지의 출판 기념회가 남원시 사매면 계명당 고개에서 헌정식을 하는 날이기 때문이다.

남원 시장님을 비롯하여 전북 독립유공자 대표와 지역 유지 및 친척들이 대략 60~70명 정도가 오신 것 같다. 역사에 길이 보전될 사매 계명당 3·1공원 기념탑 정면에 태극기와 대한독립만세의 표상이 담겨있다. 우리 외할아버지께서 직접 만드신 친필이라 한다. 자랑스럽다. 정말로 존경하고 존경한다. 젊음의 청춘으로 대한독립을 위해 태극기를 직접 그리고 많은 시민을 선동하시어 만세를 부르시다 투옥되셨다. 일본의 만행과 불의에 절대로 기죽지 않고 대한 독립만세를 외쳤다. 워낙 성품이 강직하시기 때문에 일본 헌병들에게 붙잡히시어 모진 폭행과 고문을 받아 반신불수가 되어 투옥된 지 2년 만에 석방은 되셨지만, 후유증으로 36세의 젊은 나이로 생을 마감하셨다. 그토록 염원하셨던 조국 독립을 보지 못하고 눈을 감으셨으니 얼마나 힘이 드셨을까. 죽기까지의 삶이. 가장으로 해야 할 역할도 어려웠을 것이고 자녀 4남매(1남 3녀)를 남기고 36세로 생을 마감했으니….

그로 인해 외할머니의 고생이 시작된 것 같다. 살림은 기울대로 기울어져 넉넉하지 못한 상황, 그 당시에는 남녀가 유별하다 해서 지금처럼 일자리도 없어서, 생계는 할머니 솜씨가 좋은 분이라 바느질과 베 짜는 일의 품삯으로 4남매를 키우기 위해 무슨 일이든지 가리지 않고 하셨다고 들었다. 외할머니의 그 같은 희생, 처절한 과부의 삶 끝에 딸 3녀가 요조숙녀로 잘 자라서 좋은 남편을 만났다. 큰딸은 순창 동계 원주원씨 성록 씨에게 출가해 2남 3녀를 두었고, 둘째는 남원 소 씨 종호 씨에게 출가해 5남 1녀를 두었으며, 막내는 경주김씨 학윤 씨에게 출가해 2형제를 낳아서 그 딸들 다복한 생활을 보시면서 말년을 보내셨다.

이 일기를 쓰다가 문득 교과서에 나오는 할미꽃 할머니 글이 떠오른다. 아들이 없어서 큰딸 집에 생활하다가 둘째 셋째 집에 번갈아 가면서 생활하다가 길가에 돌아가시게 되고, 할미꽃이 되었다는 이야기…. 꼭 우리 외할머니 이야기인 것 같다….

큰딸 집에는 시부모님이 두 분 다 계시기에 마음이 불편하셔서 편치 않으셨을 것이다. 오시면 이삼일 계시다 가시고, 둘째 딸은 소 씨 집성촌으로 큰 작은 집이 앞 뒷집에 계시어 날마다 대하게 돼 딸에게 미안해서, 셋째 역시 경주김씨 집성촌이다. 게다가 정미소를 운영해 날마다 사람들의 만남이 힘이 드셨을 것이다.

나라를 위해 가장을 빼앗긴 외할머니의 한 많은 여생을 어느 누가 조금이라도 이해를 할까. 그 고통스러웠던 삶을….

큰 외할아버지는 우리 외할머니가 외할아버지 책을 찢어서 벽을 바르고 문을 발랐다는 얘기를 들으면 감히 그 어려움을 짐작하고도 남을 것이다. 그렇게 힘든 생활을 하시면서도 3명의 딸을 잘 가르쳐 요조숙녀로 성장하게 하셔서 시댁에서 품위를 유지하며 존경받고 사셨기에 우리 역시 보고 자랐다.

'감사합니다. 외할머니…. 하지만 이 말씀을 꼭 드리고 싶어요. 한 많은 그 삶은 그 무엇으로 보상을 받을 수 있을까요?'

내가 초등학교를 막 졸업한 어느 날, 외할머니가 풍으로 쓰러졌다. 아들이 하나 있었는데 6·25 사변 때 행방불명으로 생사를 모르고 사셨는데 외할아버지는 일본 헌병들의 구타로 돌아가셔서 늘 기운이 없어 보이셨는데 외할머니 쓰러져 거동이 어려운 상황이 되었다. 설상가상으로 마땅히 계실 곳이 없어서 제가 수발을 들기 위해 남의 집 문간방에 누워 계시는 외할머니를 뵈었을 때 말씀도 잘못하시고 식사도 손수 드시기가 힘들어 조금씩 떠먹여 들어야 했다. 지금처럼 요양 시설이 있었다면 생활하시기가 좀 편하셨을 텐데 대소변을 하실 때마다 요강에 사용하시기 위해 힘들게 부축하여 부축해서 안겨드리고 뒷정리까지, 어린 저에게는 감당하기 힘든 나날이었다. 그렇게 몇 개월이 지나고 겨울에는 땔감도 없고 거처서 하시는 방도 추워서 둘째 이모님 집으로 가셨다. 이모부께서 면장님이시지만 자녀들이 6남매나 되어서 이모님께서 힘이 드시는 상황…. 가정사 모든 일에 일일이 신경 쓰시며 외할머니까지 모시느라 무척 힘드셨을 것이다. 그래서 힘들고 속상한 일이 있을 때면 담배 연기에 한을 품어 내시며 한숨을 지으셨다.

그 당시엔 친정 가족을 거느리는 일은 왜 죄인 아닌 죄인이었을까요. 우리 둘째 이모님께서 정말 수고가 많으셨다. 그렇게 이삼 년 지내시다가 외할머니께서 돌아가셨는데, 지금 생각해 보면 나라를 위한 독립운동가로서 죽기까지 희생하셨는데, 그분의 가족들은 상상도 못 하는 처참한 생활을 하시다가 한(恨) 많은 생을 사셨다는 생각에 제 마음이 숙연해지네요. 그 보상은 어디에서 받으실까요?

—2021년 11월 11일 이용기 외할아버지 책 헌정식에 다녀와서

어김없이 무더운 여름 음력 7월 17날은 외할아버지 제삿날이다. 이날이 오면 우리 어머니는 기정떡을 만드셨다. 우선 가마솥 바닥에 보릿대를 깔고 그 위에 삼베보자기를 깐다. 그리고 전날 쌀가루에 발효제 이스트와 막걸리로 반죽해 놓은 가루가 부풀어 오르면 김이 모락모락 오르는 가마솥 보자기에 깔고 찐다. 그리고 어느 정도 익었다 싶으면 떡 위에 고명을 예쁘게 하려고 빨간 맨드라미 잎과 곶감, 검정깨, 석유 버섯으로 장식을 하고 한 뜸을 들인 다음 암반에 놓고 보기 좋게 잘라서 밥바구니에 해놓는다. 이어 밥반찬으로 고사리, 토란대 등 나물 몇 가지를 준비하고 매 밥쌀을 준비하다 보면 요술보따리가 되었다. 작역굴(순창 동계)에서 매안이(남원 사매면 대신리 여의터)까지 가는 거리는 족히 대여섯 시간 걸리지 않았나 싶다. 가는 길이 탐전이 이모님과 정담을 나누다 보면 힘든 줄 모르게 어느새 매안이 주천댁 대문간에 이르고 외할머니 소천댁이 반가워서 바싹 여윈 얼굴에 미소와 이슬이 보일까 봐 손수건을 훔치신다. 제상에 필요한 탕감, 명태, 조기, 닭 등등을 세 딸이 준비해 제를 올리며 하룻밤을 보내고 다시 오던 길을 되돌아가면서 발걸음 차마 떨어지지 않았을 것이다.

지금 와 생각이 나는데 세 자매가 하나같이 담배를 피우셨는데 그것은 가슴에 담긴 한을 담배연기로 품지 않았나 싶다, 지금도 말없이 생각에 잠기고 한숨짓는 두 이모님의 모습이 선하게 떠오르네요.

남의 집 문간방에서 부엌 하나 제대로 없어서 낡아빠진 곤로에다 낡은 냄비로 밥과 찬을 만들고 사셨다. 방 역시 도배나 방 자리도 너무나 누추했다. 지금 돌아보니 우리 외할머니 소천댁의 한 많은 생…. 청춘에 일제 만행으로 남편을 빼앗기고 할미꽃 동화처럼 큰딸 집에 가노라면 시어른들 계시어 눈치 보이고, 둘째 딸 집에 가면 앞집 뒷집 사돈들이 사시기에 역시 자유롭지 못해 며칠 계시다가 막내딸 집으로 왔지만, 이 역시 경주김씨 집성촌에다 방앗간을 운영하므로 큰 시숙님, 시 아재 동서,

사돈들이 벌쭉해서 머물기에 힘든 상황…. 이래저래 힘은 들어도 자유로운 문간방에 의지하신 것 같다. 그런 세월이 한 3년 세월이 흐르고 어느 날 외할머니께서 쓰러지셨다는 소식이 들려왔다.

세 딸이 모여 외할머니 수발이 힘들다는 결론이 났지만 하나같이 어려운 상황, 하는 수 없이 제가 외할머니 병시중하기로 하고 남게 되었다. 힘이 들었다. 이제 막 초등학교 졸업을 한 나이였기에 밥 짓는 것, 반찬 만드는 것, 모두가 서툴렀다. 그래 이모님들께서 가끔 반찬을 가져다주시고 다녀가셨다. 겨울이 오고 땔감이 없어 힘들어진 상황, 하는 수 없이 보절 진기리 이모님이 외할머니를 돌아가실 때까지 모셨다. 고생 많으셨네요. 진기리 매평댁 이모님! 여름이면 외할아버지가 그리 좋아하셨던 기정떡 만드는 일이 이제 끝이 난 거다. 외할아버지 제삿날이 무더운 여름이라서 한 많은 소천댁, 우리 외할머니 삶은 누가 보상해 주실까요?

—2022년 1월 6일 어릴 적 추억을 회상하면서

이성기 지사

남원 3·1독립만세의거와 관련 깊은 귀한 만남은 또 있었다. 필자가 남원 3·1독립만세의거 소설을 쓴다고 하니 애국지사 이성기의 손자 '이광석'이 할아버지에 대한 일기를 쑥 내밀며 후예 독자들에게 꾸벅 인사를 한다.

"후예 독자 아재와 아짐들, 안녕하셔라우? 매국(賣國)은 행여나 안 할 테지라우? 부디 가는 길이 멀고 험해도 주저앉지 말고 영차영차 앞만 보고 가거라우."

1919년의 기미 독립만세운동 당시, 할아버지께서는 고향인 전북 남원 사매면 대신리 이장을 하고 계셨다. 마을에서는 만세를 부르자는 의견이 모였다. 남원의 유지들에게 파발을 돌려 많은 사람의 참가를 독려하는 한편, 할아버지 집 사랑방에서 태극기, 현수막, 깃발 등을 만들었다고 한다. 사람들이 많이 모이는 남원 장날인 4월 4일 남원 북시장 만세시위를 주도하다가 현장에서 피체되어 남원경찰서, 광주지방법원 남원지청을 거쳐 대구 복심법원(공소 취하)에서 2년 형이 확정되어 경성감옥(전 경성형무소 전신)에서 옥고를 겪으시고, 1921년 6월 27일 출소하셨다.

1919년의 기미 독립만세운동으로 형을 받은 사람들의 형량에서 살펴보면 할아버지의 활약을 짐작할 수 있다. 1919년 1월에 '조선총독부 법무국'에서 발표한 '망동사건처분표'에 의하면 2년 이상의 징역형 670명, 5년 이상의 징역형 43명, 10년 이상의 징역형 21명, 무기 징역형 5명이다. 독립운동의 횃불을 처음 올렸다고 평가되는 독립선언서에 서명한 손병희, 최린, 권동진, 오세창, 이승훈, 한용훈 등의 33인의 형량이 최고형이 3년인데, 일제는 전국에서 일어난 만세 사건에 놀라 회유하는 차원에서 이런 형량을 내린 것 같다.

어느 날 저녁에 반주 한잔하신 할아버지께서 큰 손자인 나를 불러 앉혔다, 여러 가지 감회가 일어 만감이 교차하는 얼굴이셨다, 무언가 말씀을 하고 싶은데 '얘가 알아들을까?' 하는 표정이셨다.

"정말 미안하고 분하고 부끄럽다." 하시면서 한참을 눈을 감았다 떴다 하시다가 한참 창밖을 내다보다가 말문을 여셨다.

"피체되어 검사가 조사 중에 용기 상, 옥에서 나가면, 또 만세를 부를 거야?" 하고 물었다. 그때 너희 작은할아버지는 "네놈들이 무엇이관데 만세를 부를지 말지를 묻는 거냐? 너희 놈들만 너희 나라로 돌아가면 만세 따위 부르지 않는다. 하지만 너희 놈들이 이 땅에 있는 이상, 우리는 목숨이 붙어 있는 한 만세를 부를 거다."라고 삿대질을 하며 악을 썼지. 그러고는 죽을 만큼 맞았지. 그렇게 몇 차례 맞고 나하고 같이 2년 형을 받았다. 그런데 매를 너무 많이 맞아 병이 들어서 형기(刑期)보다 일찍 출소했지.

그러나 너희 작은할아버지는 매 맞은 후유증으로 불구자가 됐다. 집에 와서 시름시름 앓다가 바로 죽었다. 참된 애국자였다. 글도 잘하고 식견도 검사에게 조목조목 따져 주는 모습이 참으로 대견하고 속 시원하고 부러웠다. 그렇게 죽은 참 애국자 동생은 이미 백골이 흙이 되어 흔적도 없는데, 나만 얼마 전에 상을 받으니 동생에게 참으로 미안하고 면목이 없다고 하시며 눈물을 글썽이셨다. 같이 만세를 불렀던 친동생이 아주 그립고 보고 싶으셨던 것이다. 나는 그저 듣고만 있었다. 그러나 할아버지 기분만은 똑똑히 알 것 같았다.

할머니는, 할아버지가 징역살이할 때보다 출옥하고 나서 참으로 고생하셨다고 하셨다. 왜냐하면, 작은할아버지 식구와 우리 식구 합이 열 명이라 해도 논마지기라도 지었으니까 입에 풀칠이야 하겠지만 이렇게 된 상황을 할아버지는 받아들일 수가 없었다. 가슴 저 밑으로부터 치밀어 오르는 분노와 울분을 못 삭이셨던 것이었다. 며칠에 한 번씩 순사가 찾아와서 인사를 하고 가는 식의 감시를 당했다고 한다. 할아버지는 매일 논밭으로 돌아다녔지만, 항상 기운이 없는 모습으로 생활하시다가 한 번 누우면 며칠씩 일어나지 못하는 둥 점점 기력을 잃어가고 있었다.

"이러다가 이 양반 죽는 것 아니여?"

하는 생각이 들자 작은할아버지 살릴 방법이 뭐가 있을까 혼자서 궁리에 궁리를 하셨다고 한다.

왜놈한테 당한 울분으로 생긴 화병이니까 아무도 없는 데 가서 '대한독립만세'를 외치면 병이 나을 것 같다는 생각이 문득 들었다고 한다.

"당신 병이 화병인 게 화를 풀어야 허겠시오. 내가 이걸 드릴 테니 화가 나고 분이 나서 못 견디겠으면 이걸 들고 계룡산에 올라가 아무도 없는 곳에서 만세라도 실컷 부르고 내려오시오. 그러면 속이 풀릴지 누가 아요?"

할머니는 꼭꼭 숨겨두었던 3·1독립만세의거 때의 태극기를 할아버지에게 건네셨다. 할아버지는 다음 날부터 할머니에게 받은 태극기를 품에

안고 매안이 마을을 나서서 '웃골' 지나 자그마한 저수지를 오른쪽에 둔 '통시밭골'을 지나 '사모바위숲'을 벗어나면 나오는 '범데미', 이 고개를 넘어가면 보절면으로 가는 길이고, 왼쪽으로 따라 조금 오르면 계룡산 정상이다.

이 범데미에서도 태극기를 제작하면 안 되고, 소지해서도 안 되는 세상, 기미년에 독립만세를 부르다가 2년 감옥살이를 했던 때를 생각하며 뜨거운 눈물을 끊임없이 흘렸다. 결국에는 참지 못하고 소리 질렀다.

"대한독립만세! 대한독립만세!"

목이 터지라고 소리를 지른 후, "내 동생을 살려내라! 내 동생을 살려 내!"

소리라기보다 악을 썼다. 분노와 울분을 토해냈다. 할아버지 얼굴은 눈물과 콧물로 범벅이 되었고, 목은 쉬어 지쳤다.

처음 한 열흘은 아침에 일찍 그리고 이틀에 한 번 사흘에 한 번 그렇게 반년쯤 다니니 건강이 좋아져 일할 수 있게까지 되셨다고 하셨다. 할머니의 할아버지에 대한 깊은 사랑과 할아버지의 독립만세의거에 대한 마음으로부터의 따뜻한 이해를 짐작하게 하는 이야기였다.

할머니는 먼 하늘을 바라보며 가벼이 한숨을 쉬셨다. 할머니를 위로하는 별 하나가 어두운 밤하늘을 가로질러 사라졌다.

"할머니 그 태극기는 지금 어디에 있어?"

"저기 저 별에 있을 것이다."

—2021년 봄. 노은(魯隱) 이성기(李成器) 손자 광석.

이석문 – 사매면 계명당 고개의 함성

남원 3·1독립만세의거와 관련하여 빼놓을 수 없는 귀한 만남은 또 있었다. 필자가 남원 3·1독립만세의거를 쓴다고 하니, 中山 이석문이 제일 먼저 반기며 후예 독자들에게 몇 마디 부탁하는 것으로 인사를 한다.

"아, 옛날으 우리 이용기 애국지사 말씸 안 들어 봤능가? 뻬 빠지게 일히야 먹고사는 벱이라고 힜어, 하루 점드락 일히야 밥 세 끼를 먹었다고 논일이고 밭일이고 닥치는 대로 일히야 포도~시 먹고 살았당게, 시방 사람들 놀고먹을라고 생각힜다면 그건 컬 나는 생각잉게, 당최 그런 맴을 먹덜 말고 뻬 빠지개 노력히야여."

그는 애국지사 이용기(1897~1977)의 조카이며 그에게 입후(入後), 양자이어서도 그랬겠지만, 그는 남달리 애국애족(愛國愛族) 심(心)이 강했고 사리(事理)가 분명해 나라에서는 광복회 감사(監事)이고 집안의 종사(宗嗣)에도 늘 앞장서는 근면 성실한 사람이었기에 어쩌면 당연한 말인지도 모른다.

그런 그의 성품이 그대로 녹아 있는 일기 몇 대목을 소개한다.

작은할아버지이기도 하고 또 아버지이기도 한 애국지사 성당(省堂) 용기(龍器)는 내가 태어나기 10년 전에 돌아가셨기에 모습은 알 수 없다. 그러나 어머니(남원윤씨, 1898~1967, 택호 소천)는 생존해 계실 때에 많은 이야기를 하셔서 대체로 알고 있다.

자녀는 아들 하나와 딸 셋을 두셨다. 맨 위 아들 '택수'는 6·25 때 행방불명이 되어 생사를 알지 못해 실종신고 후 한참 뒤에 사망 신고를 하였다.

맏딸 직남은 전북 순창군 동계면 장동리 원씨 집안(원성록)으로 시집가서 귀재 형님과 이숙 누님 등 2남 3녀, 둘째 딸은 전북 남원군 보절면 진기리 소씨 집안(소종호)으로 시집가서 순권 등 5남 1녀, 셋째 딸 운랑은 전북 임실군 삼계면 삼계리 김씨 집안(김학윤)으로 시집가서 창기, 철수 두 형제를 두셨다.

용기 애국지사는 형님 성기 애국지사에 비해 왜소하셨으나 학문은 매안방(사매면)에서 매우 출중해서 마을 서당의 훈장을 지내셨다고 성기 애국지사는 자주 말씀하셨다.

그런 용기 애국지사가 왜놈으로부터 그토록 고문을 당하면서도 "독립운동은 내 나라를 찾겠다는 것인데, 그것이 무슨 잘못이냐?" 하면서 잘못을 시인하지 않아 많은 구타와 고문을 당하신 후, 징역 2년형이 선고되어 고초를 겪었는데, 그로 인하여 거의 꼽추가 되다시피 하여 출옥하셨다고 한다, 왜소한 체구에 꼽추가 다 된 동생을 보고 성기 애국지사는

"앉은뱅이가 다 되었구나!"

하시고는 동생을 위하여 보약 지어 달여 주고 논밭을 팔아 세상에 가장 좋다는 약을 구해서 동생의 건강을 회복시키고자 노력했으나 광복을 보지 못한 채 향년 36세로 돌아가셨다.

어머니 소천댁은 아들(택수)도 행방불명이 되어 힘들게 사셨다. 큰할아버지 성기 애국지사 그늘, 윗마을 남의 집 문간방에서 얹혀 사셨는데, 집의 벽이 허물어져 흙과 볏짚을 버무려 벽을 고친 벽에 책을 찢어서 벽지로 사용하였고, 여름철 장마에 많은 책이 유실되었다고 한다. 특히 용기 애국지사가 전주이씨 영해군파 시산군, 용성정, 도, 덕일과 용산지 등의 행적에 관해 저술한 전이 소실된 것이 제일 안타깝다고 했다.

그렇게 고생 고생하신 어머니 소천 댁은 시집간 세 딸 집을 전전하다가 둘째 딸 집에서 돌아가셨다. 그로부터 11년 뒤인 1977년 큰할아버지 성기 애국지사께서도 저세상으로 떠나셨다.

집안 웃어른들은 나더러 "너는 어쩌면 나이가 들수록 큰할아버지 성기 애국지사의 모습을 똑 닮아 가느냐?"라고 하신다. 나는 나이가 들어갈수록 큰할아버지를 많이 닮아가고 있다는 것을 느낀다. 성기, 용기 애국지사, 이 두 할아버지의 나라 사랑하는 자세에 대한 가르침을 가슴에 새기면서 어느 날 친구가 호를 중산(中山)이라 지어 주고는 제게 어울리는 딱, 맞는 호라 하며 중산처럼 살아가라고 하였습니다.

할아버지, 중산이라는 호가 석문한테 과분한 것은 아니옵니까? 형제 할아버지께 고하고, 오늘부터 삼가 사용해 볼까 합니다.

—2021년 여름 석문.

이석기 지사 사진

남원 3·1독립만세의거와 관련한 이야기가 어디 그뿐이겠는가? 하도 소개하고 싶은 애국지사도 많고 많은 사연도 많지만, 필자가 이석기(1879~1932) 애국지사 이야기는 남원 3·1독립만세의거 독자들에게 꼭 전하고 싶어, 손자 이풍삼 씨를 찾아뵈었다.

"그냥잉 나맹이로 고아 아닌 고아로 다 저끈 인생이 된장찌개 뽀글뽀글 끓는 소리 냄서 살자면, 머 그렇게 인자는 부러울 것도 그리울 것도 없이 그냐앙저냥 살아지는디 석기 할아버지를 생각하먼잉, 이런 내 인생 내 마음에도 머이 화안허니 틔이는 것맹이거덩, 이러어케 생각만 해도 기양 쐭이 바다맹이로 왜 넓으니 잉? 내 말 알겄어?"

"그만큼 석기 애국지사의 비하인드 스토리(behind story)가 많다는 뜻인가요?"

"쉽게 말하면, 우리 가족은 풍지박산(=풍비박산風飛雹散)이야. 그래 난 어떻게 자랐는지 전혀 알 수가 없어. 알 수가 없는 것이 아부지와 큰어매 싹 지금까지 행방을 몰라. 긍게 아무것도 모르고 작은아부지도 6·25 때 총살당했다고 하는디, 묘해. 그 작은아부지 진주에서 응, 어떤 간호사하고 또 관련이 있어갖꼬 딸을 하나 낳았더라고."

"만나보셨능개비네요?"

"내가 찾았어, 찾기는 찾았는디 본인이 싫어라고 하니께 내가 어쩌겠어. 하여튼 작은아부지는 아들이 하나 있었는디. 고등핵교 다니다가 죽고."

"참으로 안타깝구만요잉."

"다행히 할아버지가 3형제여. 그래갖꼬 젤로 큰할아버지 밑에는 형제들이 많은디. 그 뭐냐? 범자, 수자도 있고 다음에 저 뭐이냐? 저기 오수 초등핵교 선생이 거시기 만세 부른 누구여 얼른 생각도 안 나네."

"아, 이광수(李光壽) 씨요?"

"그래. 그 양반도 큰할아버지 아들이여, 그 외에도 그 집안 독립운동가가 많잖아, 거기 할아버지 거시기들이 뭐 무엇을 추진한다고 연락이 왔어."

"장한 일이네요."

"내가 호국광현 연사로 전라남북도를 다 다니면서 독립운동 얘기를 했는디, 그때마다 기록이 없는 분들이 날 찾아와 도와달라고 해 내가 그 분들의 공적功績을 찾아 서훈을 받게 한 사람이 많아."

"그때마다 무슨 말을 해줬나요?"

"할 말이 있으면 뭣허겠어. 병신 짜리들이 독립운동한 것이지. 다 정신 빠져갖꼬 한 것이지. 온전한 생각으로 독립운동하겠어 생각해 봐 내가 가만히 아르께도 보훈처장한테 내가 뭘 보냈더니, 답이 왔는데 내가 가가 막혀서 말을 안 하겠는디 생각해봐 독립운동하고 만세를 부르면 죽기 아니면 살기고 교도소 훤히 갈 줄 아는디 목숨을 걸고 하는 것이 쉬운 일이냐고 잉?"

"보통 사람들은 상상도 못 할 일이지요잉."

"그렇지 뭐 이게 한마디로 말하면은 그런디 그것만으로도 괜찮아. 할아버지만 돌아가셔도 괜찮은디, 아부지도 작은아부지도 전혀 지금까지 자체를 몰라 이북으로 끌려갔는지 납치를 당했는지, 그리고 다음에 지금 젤로 억울한 사람은 당숙, 이명수(李明壽)인디 그는 3·1운동 주동자 이석기(애족장) 조카로 사촌 兄 이범수(李範壽, 애족장) 이광수(李光壽, 오수초등학교 만세운동 주모자) 등과 같이 독립운동가 집안인디, 임실초등핵교 교사 시절 사회주의 운동에 참여 조선공산당 전북 도당 비서로 활동 중 1945. 8. 15 해방까지 구속 고생하시다 해방후 행방불명되었는디, 김철수(독립장)같은 남로당 핵심인물도 정부에서는 독립유공자로 포상했는데 당숙은 독립유공자로 포상을 못 받았은께 을매나 억울하겠어."

"조선공산당 전북 도당 비서까지 했으니 그렇지 않을까요?"

"그는 공산주의자가 아니고 당시 사회지식인들은 거의 사회주의 활동에 삼취했는디 당숙도 사회주의로 일제와 맞서 독립운동을 하다가 징역 5년을 살았어. 그 감옥에서 자기 마누라 당숙모한테 보낸 편지가 응 한 사오십 통 100여 장 될랑가 그런디. 을매나 구구절절한지 몰라."

"그 편지 좀 볼 수 있을까요?"

"내가 복사해서 갖다 놓았는디, 어디 있는지 몰라. 찾으면 줄께잉."

"네."

"그리고 애국지사 두 분을 찾아주는 일이 있어, 찾아서 포상이 됐는디 그 유족 한 분을 찾으려니께 없어, 그래서 나중에 이래저리 내가(자네 댕이들끼) 다 돌아 댕기면서 알아봤더니, 이분이 독립운동을 하다가 한 6개월인가를 교도소에 갔다 왔는디, 나왔어도 (일본 순사들이) 너무 못살게 하니까 이북으로 해서 만주로 도망을 갔다고 하드만, 그래서 아직까지 생사를 모르는디, 후손 되는 한 사람… 임실 성수면 거기 뭐 그 어디에 있는 핵교 선생을 만났더니, 지금까지 아무 소식이 없대, 하여튼 뭐 집안이 풍지박산이 되다 보니까, 더 살 수가 없으니까 피신했다. 그런 말이에요."

"실은 애국지사들의 이런 고난과 그 후손들의 이런 고초를 알리려고 제가 나선 거예요."

"독립운동을 하는 것으로 끝난 것이 아니고 45년 해방 전까지는 계속 요-주의(要-注意) 인물로 뒤를 따라다니면서 감시를 했어."

"네에…"

"만세운동을 한다는 것은 비폭력이잖아요. 비폭력 목숨을 걸고 헌 것이지. 살기 위해서 한 건 아니잖아. 그렇지요?"

"네. 그럼요, 그렇고 말고요."

"내가 성기(애국지사, 1890~1978) 할아버지도 살아계실 때 여러 번 뵙거든, 응 찾아가서 보면 참 인품이 좋으셔. 쉽게 말하면 부처님이여 내가 그런 그 모습을 보고 참 훌륭한 으른이다. 싶은 생각이 들고 또 그 아드님 돈수 아재는 나하고 많은 접촉을 했어. 나하고 오랫동안 접촉을 했어, 살기 위해서 일본군에 들어간 이야기와 국군이 되어 을지무공훈장 받은 이야기 들으면서."

"네. 살기 위해서."

"지금 내가 생각해 보면 긍께 시대를 잘 타고나야지 잘못 태어나면 불쌍한 거야. 한마디로 말하면 어차피 인생은 태어나만 죽는 것이지만 어떻게 살다가 죽었냐가 중요한 거지."

매안이

이 책의 주인공인 이성기. 용기 집안은 세종대왕의 17번째 왕자 영해군의 차남 길안도정의 장남 시산군(詩山君)의 후손이 전북 남원시 사매면 대신리 여의터(매안이)에 자리를 잡은 그 이후, 그 시산군의 13대손으로, 원백〈호, 백암, 1827~1888〉의 3형제 첫째 교혁, 둘째 교순, 셋째 교성이 이룬 가문 중에, 셋째 교성의 (장남 이성기)와 (차남 이용기)의 고향인 여의터는 매안이에서도 으뜸가는 양반가로 통할 만하다.

매안이가 세종 왕자 영해군파 집성촌이 된 것은 고려 말기에 탐진 최씨. 협계태씨. 청주한씨가 살아 마을을 형성하였으나, 기묘사화 때인 1519년(중종 14)에 시산군(詩山君) 이정숙 후손이 난을 피하여 외숙 청주 한씨 직장공 한응(韓應)을 찾아와 이곳에 정착하면서 시작됐다.

매안이에 정착한 영해군파 시산군의 후손들은 날로 번성하여 충. 효. 예. 하나로, 까만 기와집 83여 호가 계룡산 자락 아래 옹기종기 편편하게 들어앉았고, 앞동산에 심어진 우람한 느티나무와 소나무들이 숲을 이루어 한없는 평화와 정겨움을 뚜렷하게 드러내고 있다. 그 동편 2*km* 지점에 높은 산이 보이는데 지리산이 북으로 뻗어 덕유산을 이루고 남쪽 기슭에 우뚝 만행산 줄기 다시 맺은, 너무 높지도 않고 너무 낮지도 않은(계룡산 388m) 그 산의 봉우리가 2개로 되어 있어 예부터 형제간의 우애를 뜻을 표한다는 이야기가 대대로 전해왔다. 특히 계룡산은 명산이며 거룩한 산이어서 예로부터 비가 오지 않으면 사매면 주선으로 무제로 지낸 무제 바위가 있는데, 이곳에서 제를 지낸 후 3일 이내 반드시 비가 내렸으며 당일에도 비가 내렸다고 한다.

무제 바위 밑으로 5m 높이의 석천 폭포가 있는데 여름철이면 많은 사람이 물놀이를 한 매안리에는 계룡산 중앙 능선이 서쪽으로 뻗어 내려 마을 동산을 이루었으니 이곳 대지는 매화꽃잎이라 하여 매화 낙지 대명당이라 한다. 마을 앞으로 흐르는 천은 매내천이라 한데 보절, 산서의 흐르는 물과 함유되어 삼계성문을 통하여 섬진강으로 흐르고 있다.

마을 중앙에 파조고 영해군 부조묘, 사당, 소덕사(昭德祠)에서는 연중 및 매년 기신제를 엄숙히 봉양하고 있다. 이 엄숙하고 경건한 소덕사에서 잠시 나그네가 발을 멈춘다면, 그는 틀림없이 자신의 선조에 대한 자부심 하나로 온갖 정성을 다해 제를 드리려고 분주해 보이는, 점잖은 한 사람 백암을 만날 것이다. 그 사람을 보면 이 마을 사람들은 누구나 재빠르게 모자를 벗는다. 희끗희끗하게 반백이 된 머리에다 하얀 두루마기에다 신발도 하얀 고무신이다. 그의 양옆에는 한 여덟 살쯤 돼 보이는 손자 넷이 옆에 있는데 모두 아주 야무지게 생겼고 단정한 얼굴이다. 언뜻 그의 모습에서는 가문의 수장(守將)이나 제일 큰 어른다운 위엄과 칠십 전후의 상노인이 풍기는 일종의 매력을 엿볼 수 있다.

그러나 저잣거리에서 온 나그네라면, 이 사람이 지닌 그 모습에 만족하는 태도가 어쩐지 단순하고 답답해 보여 진취성이라곤 전혀 없어 보이는 따분한 모습인 것 같으나, 그러나 천천히 그를 살펴보면, 말은 진실해 좌중을 압도하고 행동은 좀 느리나 사리가 밝고 예(禮)가 바다 같아서 모든 이들의 존경을 받고 있다는 것을 대번에 알 수 있게 된다.

백암은 이 같은 인물이다. 그는 점잖은 걸음걸이로 손자들과 천천히 소덕사 바깥담을 손자들과 돌아 소덕사로 다시 들어간다. 그리고 손자들의 손을 잡고 소덕사 경내를 돌면서, 오늘도 일본으로 유학 간 큰아들 이야기를 들려준다. 그리하여 나그네는 그들을 보지도 못하고 사라진다. 한참 후 소덕사에서 한 500m 걸어가면, 퍽 아름다워 보이는 집 한 채와 그 집 안채 앞에 훌륭한 정원이 보인다. 그 저택 멀리 보이는, 계룡산의 첩첩한 나무는 영락없이 보는 이의 눈을 즐겁게 하려고 일부러 꾸며 놓은 풍경이다.

아까 그 나그네가 이 집을 보았다면 대번에 이 집이 백암의 자택이라는 것을 알게 될 것이다.

고목 옆에서

온갖 풍상에 부러진 가지가
울음 울어 자꾸 울어
몇십 년의 봄을 맞이했어도
내가 낮아져야 어른이 되고
내 나이만큼 상대를 배려해야
내 나잇값 하는 것이다

누구나 다 늙어도
누구나 다 정신이 늙지 않는다
누구나 산비탈을 지나
산 정상에 오르는 것,

부귀도 한순간이다
젊음도 한순간이다

설령 마음이 있다고 해도
아무것도 할 수 없는 고목을 보면
쓰고 남은 것을 베푸는 것이 아니고
내 소중한 것을 나누는 것,

깨어 있고 개념 있는 자만이
진정한 어른이다
내 주위에 어려운 자들과
내 어려운 형제자매를 외면하지 말라
부모님께서 내게 주신 이름 석 자를
더럽히지 말고
존귀의 길로 가라

오늘도 소덕사 경내를 하나하나 모조리 돌아보고 돌아온 백암은 머슴들에게 손자 넷, 큰아들 교혁의 손자 준기. 둘째 아들의 손자 창기. 막내아들의 손자 성기. 용기를 데려오라고 했다. 그러나 이런저런 사정과 핑계로 막내아들의 막내 손자 '용기'만이 마치 타는 목마름에 냉수 한 그릇으로 나타났다. 평소보다 더욱더 살갑고 따뜻하게 용기의 두 손을 꼭 잡은 백암은 서재로 들어갔다.

백암은 입을 열었다.

"소덕사를 잘 지켜라. 느그 큰애비가 이곳에 들려 인사하고 일본으로 유학 갔으니께, 돌아와서도 이곳에 제일 먼저 들려 인사할 테니께. 글고 기다리고 기다려도 안 오면 네가 찾아가거라잉."

용기의 조부는 이제 아홉 살 된 그에게 간곡히 부탁했다.

"느그 큰애비는 제 아들딸들보다 조카인 너를 더 사랑했으니께, 너를 만나면 아주 기뻐할 거다잉."

용기는 "아, 네." 하고 대답할 수밖에 없었다. 그리고 용기는 지금 매우 연로하신 할아버지가 돌아가시고 나면 자신이 반드시 소덕사를 잘 지키고 또 큰아부지를 기다리겠다는 약속의 뜻으로 할아버지 손을 꼭 붙잡아 드렸다. 할아버지는 얼마 못 살 것 같았다. 그래서 무엇이든 약속해 드리고 싶은 기분이었다. 그리고 할아버지는 큰아부지가 안 오면 네가 한번 꼭 찾아가라는 그 말씀을 몇 번이나 되풀이했으므로, 용기는 이미 차갑고 딱딱하게 굳어버린 할아버지 손아귀에서 가까스로 두 손을 빼낸 후에도 한참 동안 왜 나일까? 할아버지 세 아들 중 막내아들의 아들인 자신에게, 당신의 장손을 기다리라고 하는가? 한참 동안 중얼거렸다. 그리고 인사를 드리고 그 방을 나서려고 하니까 다시 또 두 손을 붙잡고 이렇게도 말했다.

"네 큰애비를 만나면 절대 일본에서 무엇을 했느냐고 물어보지 말아라잉. 저 스스로 고백하게 해야한당께. 그 인간은 나에게 당연히 해야 할 것과 말해야 할 것을 하나도 안 했으니께…. 사람을 이렇게 애태우다니…. 알았제? 네가 나 대신 톡톡히 보상을 받아야 해잉."

"알았어요. 할아버지."

용기의 어린 시절 큰아부지는 영웅이요 우상이었다. 그것은 조카들이 큰아부지에게 갖게 되는 경외감은 일반적인 수준을 훨씬 넘은 것이었다. 그가 어른들의 말을 이해하기 시작한 아홉 살 때부터 할아버지, 아부지, 어머니, 그리고 친척들의 입을 통해 큰아부지를 두고 하는 이야기들이 그예 가슴과 머릿속에 쌓여 있다.

큰아부지는 우리 집안의 장손으로서, 어려서부터 보이는 모습도 들려오는 소문도 똑똑하고 늠름한 것 일색이었다. 고향의 서당에서 공부하다가 독학하던 큰아부지는 서울 학생들도 힘들다는 서울의 A보통학교를 철썩 붙었다. 일가친척들은 다시 한번 큰아부지를 주목했다. 그리고 얼마 안 되어 그 보통학교를 졸업하자마자 일본으로 건너가 명문 B고등학교에 입학하자 동경 제국대학에도 곧 들어간 것과 진배없다고 했다. 조선 사람으로서 그것도 남원군 사매면 대신리 여의터(매안이) 시골 사람으로서 감히 바라볼 수나 있는 자린가? 아무리 똑똑하다고 하더라도 참으로 멀고 어려운 데였다. 한데 별로 어렵지 않게 큰아부지가 그 문 앞까지 갈 수 있었던 것은, 큰 기대를 걸고 할아버지가 '장손이니까!' 힘껏 지원해 주었기 때문이라고 했다. 자고로 성인군자도 영웅호걸도 저 혼자만의 힘만으로 뜻을 이루는 게 아니라 미리 그 앞길을 닦아 준 사람이 있었기 때문이라고 했다. 이윽고 큰아부지가 동경 제국대학 법학부 2학년에 편입 시험에 합격했다는 소문이 고향에 파다했다. 확인된 게 아닌데도 일가친척들은 우리 가문에 판검사가 나기라도 한 듯, 야단법석을 떨었다. 큰아부지가 고등 문관 시험에 합격하는 그것은 시간문제라고…. 그런데, 이것은 소문이어서 정말로 합격을 했는지는 확인할 방법이 없었다. 그런데도 용기는 그 소문을 들을 때면 자신이 칭찬을 듣는 것처럼 기쁘고 어깨가 으쓱거려졌다. 그런 어느 날, 용기가 한 열 살 때쯤, 부모님 심부름으로 사매 면사무소로 걸어가고 있었는데, 뒤에서 누군가

"용기야." 하고 불러서 뒤돌아보니 한때 서당에서 동문수학하던 술도개 집 막내아들 현철이었다.

"아, 느그 집이 이 근방이제?"

"잉."

"어디가?"

"아, 아부지 심부름으로 면사무소에."

"일보고 울 집에서 꼭 점심 먹고 가라잉."

그때였다. 그 친구네 집 건너편에서 한약방을 하는 오 씨 영감님을 일본 순사들이 허리춤을 꽉 잡고 질질 끌다시피 붙잡아 가고 있었다.

용기와 현철이는 급히 길을 건너 그 뒤를 쫓아갔다. 이 길을 쭉 따라 가면 면사무소가 나오고 거기서 한 500m 더 가면 주재소가 나오는 길이었다. 그들은 서두르면서까지 바짝 따라가고 싶지는 않았다. 구태여 오 영감님 앞에 가서 힘없는 모습을 보여주고 싶은 생각은 조금도 없었다. 그저 힘없는 이 나라 이 민족의 한 하나로 오 영감님이 걱정되어 그 뒤를 쫓아가고 있었다.

옛날부터 주재소 가는 이 길은 모든 사람이 아무 죄가 없어도 괜히 죄지은 사람처럼 괜히 움츠러들어 후다닥 지나갔다. 이토록 무섭고 꺼림칙한 길에 반해 그 주재소 앞에는 우람한 느티나무들이 서늘하게 그늘져 퍽 시원한 자리를 마련하고 있지만, 그 도로 50m 안쪽에는 무시무시한 주재소가 있었다. 그 주재소 주위는 밤나무들이 숲을 이루고 있는데도 주재소 주위를 판자로 또 가림막을 쳐 놓아 여간하면 그 안에서 일어나는 일들을 아무도 몰랐다.

용기와 현철이는 느티나무 아래서, 한숨을 돌리고 오 영감님을 끌고 간 주재소로 가기 시작했다. 그러나 그들은 곧바로 주재소로 갈 수 없기에 염소 치는 사람들이나 겨우 분간할 수 있을까 말까 하는 좁은 들길을 더듬어 주재서 뒤편 바위 뒤에 서게 되었다. 그곳이야말로 주재소 안을 맘 놓고 들여다볼 수 있는 최적의 장소였다. 바위 앞에 판자가 둘러쳐 있지만, 그 틈으로 그 내부를 들여다볼 수 있고 또 그 안의 소리도 잘 들렸다. 아까 그놈의 순사가

"어이, 오 쌰쬬? 왜, 쌰쬬는 우리에게 협조도 안 할 뿐만이 아니라 거부하는 거요?"

"내가 뭘 거부했다는 거요잉?"

"일전에 우리가 준 내선일체(內鮮一體)* 그 족자를 약방에 걸라고 분명

* 일제가 우리나라를 강제로 합병한 후 우리의 정체성을 사라지게 하여 일본으로 편입시키려 한 민족말살정책의 일환이다.

히 말했는데 왜 안 거는 거요?"

"걸 데가 마땅치 않아 아직 못 걸었는데…. 뭐 그게 그렇게 큰 죄가 됩니까잉?"

"아니 이 쌰쬬! 이 영감탱이 영 겁대가리가 없군."

그렇게 호통을 치면서 뭔 영수증을 내밀었다.

"이것 아까 당신 약방을 뒤질 때 나온 건데 이렇게 큰 금액 어디에 주고받은 거요?"

"아, 그것 약재상에게 일 년 치 미리 주고받은 거요 잉."

"이렇게 많은 금액을 말도 되지 않는 소리 그만 집어치우고 똑바로 말해요."

그렇게 윽박지르고 있었다. 며칠 전에 서도리(里) 김중배 집이 독립군한테 털려 비상인데…. 당신 이것 그들에게 준 군자금 영수증이 아니냐고 멱살을 잡고 흔들었다. 그러나 계속 부인하자. 주재소가 울릴 만큼 책상을 치며 소리를 질렀다. 일찍이 보지 못한 난폭한 행동이었다. 그러나 계속 아니라고 하자. 고문을 시작했는지 오 영감님이 비명을 지르기 시작했다.

용기가 그 광경을 차마 바라볼 수 없었던지 돌멩이를 집어 들고 던지려고 하자, 현철이가 간신히 붙잡고 말리자 용기를 두 주먹을 불끈 쥐고 언젠가는 이 치욕과 설움을 꼭 갚겠다고 나직이 속삭였다.

그러자 현철이가 "용기야, 우리 꼭 그러자잉." 하며 어깨를 툭툭 치며 "동경 제국대학 법학부에 다니는 학생은 말이야 일본 순사나 헌병도 맘대로 건드리지 못한대."라고 말했다.

그러나 그게 지금 무슨 소용이 있겠는가. 그저 아무 죄 없이 일본 순사 놈에게 끌려가 고문을 받는 오 영감님에게 아무 힘이 되지 못해 많이 여간 미안허고 죄스러웠다.

일본놈들은 말로는 내선일체…. 바로 조선인도 말로만 일본인이라 속여놓고, 착취의 대상으로만 삼았을 뿐이다.

모든 존재의 첫째 법칙이 자기 보존, 다시 말하면 생존이라고 해도 매국노 이완용처럼 독당근의 씨를 뿌리는 자가 있는가 하면, 의식이 있고 개념이 있는 사람들은 암암리 오 영감님처럼 자기가 나서서 독립운동은 못 하지만 그 자금을 대는 사람이 많았다.

그 시절은 순사들이 칼을 차고 목이 긴 구두를 신고 나타나면 어린애들은 아무 죄도 안 지었어도 노는 걸 딱 멈추고 볏단 뒤에 숨 거나 집안으로 슬금슬금 숨어 들어갔다.

순사는 좀 큰아이들을 보면 붙잡고 “너 담배 피우지?” 느닷없이 세워놓고 주머니를 뒤져 보기도 하고 머리가 길다니 단추가 삐뚤어졌다니 오만간섭을 하며 그냥 저 기분대로 머리통을 쥐어박기도 했다. 그래서 어른들은 어린애가 심술을 부리고 울면 “뚝 그쳐, 저기 순사 온다. 안 그치면 순사가 붙잡아 간다.” 하고 울음을 달래곤 했다.

길에서

안개 속에서 안개로 가다가 문득 안개에게 편지를 썼다
내 편지는 금방 날아갔지만 그대가 받았는지는 알 수 없다
해를 따라갔는지 바람을 따라갔는지 아직 아무 소식이 없다
안개를 앞장세운 길은 늘 안개 속이다.

용기는 일본놈들의 핍박이 심할 때마다 옛날 현철이 친구가 들려준 얘기가 귓가를 맴돌았다.

"그 순사 중 하나가 언젠가 한 대학생을 사소한 일로 잡아다가 욕하고 마구 때렸는디. 근디 몇 년 뒤 그 대학생이 그 순사의 상관이 되어와서 그 순사놈 코를 땅에 끌어 박고 싹싹 빌었대. 이거 얼마나 고소하니? 완전 깨소금이제."

현철이가 그렇게 말한 것을 곰곰이 생각해 보니 바로 그 대학생이 완전 큰아부지였다.

용기는 그런 큰아부지가 하루빨리 왔으면 좋겠다고 매일 빌었다. 순사들 쩔쩔매는 꼴 좀 보게 말이다. 아무튼, 그런 동경 제국대학 법학부에 다니는 큰아부지를 둔 덕택인지 아니면 대대로 내려오는 뼈대 있는 양반가(家)라 그런지 다른 마을에 비해서 우리 마을은 사소한 것은 그냥 넘어갔다.

일제는 날이 갈수록 민족정기(民族正氣)에 대해서는 핍박이 심했고 악

독해졌다. 창씨개명! 바로 이름을 일본식 이름으로 바꾸라고 그렇지 않으면 무슨 일이든지 손해를 볼 것이라고 겁을 주고 또 금강산이나 지방의 유명한 산이란 산을 돌아다니며 장수가 들어있을 법한 바위를 보면 어김없이 쇠말뚝을 박아 그 정기(正氣), 그 씨를 말려 죽이려고 하는데, 아무리 왜놈들이 발악해도 그 정기를 남김없이 죽일 수는 없는 노릇이어서, 멀지 않아 그 정기를 받은 사람이 세상에 나타나 왜놈들을 다 밀어낼 거라고 어른들은 이구동성으로 말했다.

용기는 매일 그 정기를 받고 우리 앞에 나타날 사람을 그려 보곤 했는데 그 얼굴은 언제나 큰아부지였다. 한데 큰아부지는 여간해서 오지 않았다. 한 번쯤 다녀가도 될 법한데 웬일로 꼼짝하지 않았다. 왜 그러는지 일가친척에게 물어도 고개를 절레절레 흔들었고 심지어 아부지께 물어도 가르쳐 주지 않고 쉬쉬 숨기기만 했다. 근디 어느 날 동네 아이들이 "느그 큰아부지 독립군에 들어갔다가 왜놈들한테 붙잡혀대면서?" "나는 처음 듣는 야그인디." "어휴, 야. 넌, 너희 큰아부지인데도 몰라?" "응." "우리 아부지가 그러는데 너희 큰아부지 왜놈에게 붙잡혀 감옥소에 들어가 있다터라."

그런 그날 이후로 용기는 또다시 큰아부지가 독립군이 되어 한밤중에 몰래 나타나기를 기다리기 시작했다.

7년 후, 뜨거운 8월, 보름날 백암의 팔순 날이었다. 동네 일가친척들이 모여 축하 잔치가 끝난 후 그는 서재로 성기와 용기를 불렀다.

"성기야, 넌 애들이 몇이냐잉?"

"남매인데 큰놈이 사내인데 2살이고요잉. 이제 백일 지난 애는 딸입니다."

"좋구나, 좋아 건강하게 잘 키워라잉."

"네. 할아버지."

"아, 용기는 올해 나이가?"

"14세입니다."

"아이고, 올해는 장가가야겠다잉."

"네."

"네가 점 찍어 놓은 사람이나 좋아하는 사람 있느냐?"

"아직 없습니다."

"음 그러면 할아비가 네 색싯감으로 점찍어 놓은 처자가 있는디…."

"어떤 처자인디요?"

"저 임실 효촌 사는 윤 참판 손녀딸인디 곱고 똑똑허다고 소문이 자자해서 네 색싯감으로 딱 맞다 싶어서 내가 얼마 전에 윤 참판에게 서찰을 보냈으니 기다려 보아라잉."

"네. 할아버지 고맙습니다."

용기는 좀 쑥스럽기도 했지만, 그렇게 참하다니 한번 만나볼까? 그런데 어떻게 만나지? 그런저런 생각이 바람에 구름 같아서 한참을 구름을 바라보고 있는데, 갑자기 성기가 동생 용기의 어깨를 툭툭 쳤다. 그러자 용기는 성기와 무슨 약속이라도 미리 해놓은 듯이, 벗어놓았던 마고자를 횃대에서 훽 꺼내 후다닥 걸치고 허리끈을 조였다. 그리고 그 둘은 크게 심호흡한 다음, 마른 몸뚱이를 아주 민첩하게 움직이는 짧은 다리로 씩씩하게 준기 형, 큰아부지의 子가 있는 작은방으로 걸어가서 조심스럽게 문을 두드렸다. 그러자 방문 두드리는 소리를 듣고 준기는 보고 있던 야한 춘화를 내려놓지 못하고 엉겁결에 들고 나타났다. 뒤이어 성기가 전보 같기도 하고 편지 같기도 한 봉투 하나를 준기에게 건네줬다.

그날따라 푹푹 찌는 날씨였다. 8월의 뜨거운 바람에는 장마 기운이 배어 있었다. 날씨는 좋다가 나쁘다가를 반복하고 있었다.

"성기 동생, 면에서 보낸 공출 독촉장인가?"

춘화를 보다가 혼이 빠졌는지 그 편지를 받아든 준기가 마루턱에 걸터앉으면서 성기에게 물었다.

"나야 모르죠, 아까 대문 앞에서 받아왔으니께요잉," 하고는 성기는 준기 형에게 뭔가 묻고 싶은 것이 있다는 듯 준기 형의 눈치를 보면서 성기가 그렇게 말했다. 그러더니 잠시 후 씁쓸한 미소를 지으며 다섯 살이나 더 먹은 그에게 덧붙였다.

"공출 실어나르는 달구지 김 영감님이 집 앞에서 기다리고 있던데요."

준기는 아무 말 없이 방 창호지에 비친 성기의 그림자만 힐끗 쳐다보았다. 방문 그림자 속에서 마주친 시선만으로도 그 두 사람은 얼마나 대조적인가를 분명히 알 수 있었다. 준기는 좀 화난 표정인 사촌 동생, 성기를 바라보는 눈빛은 마치 이렇게 묻는 듯했다.

할아버지는 많이 늙으셨고 또 아부지도 안 돌아오시니 이제는 내가 우리 집안의 가장인데 네가 뭔데 참견이냐? 이었다.

실은 성기. 용기가 준기 형을 찾아온 것은 동안 종중 일로 준기 형과 사이가 안 좋은 것을 개선해 보려고 왔다.

근디 그 문제를 어떻게 풀까 생각하다가 준기가 안질에 걸려 눈이 안 좋아 고생고생하는 것을 보고 그것을 치료도 하고 또 안경이라도 맞춰 주면서 화해를 하려고, 남의 집 일 거들고 받은 품 삯을 모아 남원병원 안과에 진료 예약해 놓았다.

근디 그 계획, 그 말도 꺼내기 전에 수포가 될 지경에 이르게 됐다. 이것을 눈치챈 용기가 성기에게 눈을 껌벅거리며, 준기 형에게 다가가 살갑게 손을 잡고

"성님. 눈이 요즘도 침침한가요?"

"어, 나아질 기미가 없네잉."

"성님, 남원병원 안과 선생님이 마침 성기 형 처가 집 먼 친척이고 또 용하다는 소문이 자자해서 오늘 성님 진료를 예약해 놓았으니 가치 갑시다잉."

준기는 그 얘기를 듣는 둥 마는 둥 아까 받은 전보를 뜯어 읽었다. 전

보에는 몇 개 있게 마련인 틀린 글자를 자기 짐작대로 고쳐 읽어 내려갔다. 그러더니 그의 눈빛이 금세 반짝이기 시작했다.

"성기 동상, 우리 장모님이 오신다네."

그는 탁자에 놓인 춘화를 용기에게 치우도록 손짓한 다음 말했다.

"어이구, 그것 잘된 일이군요잉."

성기도 준기 형의 지금의 형편을 잘 알기에, 장모님이 방문하는 의미를 알아차렸다. 즉, 준기 형의 처가 집은 언양의 만석꾼이기에 준기 형이 그토록 아버지 만나러 가고 싶은 일본 가는데, 힘이 되어줄 것이라고 그는 암시한 것이다.

"혼자 오신다우, 아니면 바깥사돈과 같이 오신다우?"

성기가 물었다.

준기는 아직도 그 전보를 읽으며 담배를 입에 물고 있었기 때문에 말은 하지 않고 손가락 하나를 들어 보였다.

"혼자 오신갑소잉. 그럼 미리 주무실 방을 청소해 놓아야 할 텐데 이 방을 청소해둘까요잉?"

"어디로 했으면 좋을지는 집사람에게 상의해야 하네잉."

"야, 성님."

성기는 이해했다는 듯이 곧바로 그 전보를 건네받아 들고 안방으로 건너갔다.

그때다 싶은 용기는 준기에게 "성님, 앞으로 할 일이 많은데 눈이 안 좋다고 하면서 왜 그렇게 방치하세요?"

"음, 곧 낫겠지."

"낫겠지 낫겠지 하다가 큰일 나니 하루빨리 안과에 가 검사도 받고 또 안경도 맞추세요."

용기기 간곡히 설득하니, 준기가 못 이기는 체 따라나섰다.

그 셋은 공출 실어가려고 집 앞에 대기하고 있던 그 달구지를 타고 사매면 소재지로 갔다. 전주에서 오수 거쳐 사매 들려 남원으로 가는 버스는 오전 11시에 있고, 남원에서 전주 가는 버스는 오후 2시에 있었다.

11시 버스를 간신히 타고 용기가 차표를 차장에게 주면서 "저기 두 분도 일행이라우. 틀림없는 일행이라우. 한 분은 제 친성님이고요잉, 또 한 분은 사촌성님이지요잉."

그러자 차장이 씩 웃으며 "누가 뭐라 합니까잉. 제가 보아도 세 분은 어딘가 많이 닮았서라우."

그 셋도 오랜만에 함께 웃었다. 그제야 준기는 사촌 동생들이 갑자기 우겨, 안과 가는 이 길, 이 동행은, 뭔 환심을 사려는 게 아니고 진정한 사촌지간의 정에서 비롯된 것이라고 느꼈다.

남원으로 가는 버스가 흩뿌린 흙먼지와 자갈을 고스란히 받으며 앉아 있는 매안리 입구 매계서원(梅溪書院)은 이미 여름이 한창이었다. 고즈넉한 서원에도 바람은 불어서 그날따라 세게 불어서 나무들 사이에서 가지 부딪히는 소리가 버스 창틈으로 이어져서 풍금 소리가 났다. 대지가 한껏 부채질해서 노곤한 만물을 깨우는 것 같았다.

용기 눈에, 지나가는 고양이의 그림자가 지팡이를 짚는 가는 노인에 어른거렸다.

그 모습을 보려고 고개를 돌리면서 문득 연로하신 아부지가 생각났다. 그리고 용기는 혼자가 아니라는 것을 깨달았다.

남원병원에 도착한 준기는 병원은 처음이라 좀 걱정도 되고 불안한지 줄담배를 피우고 있었다. 용기는 어떻게든 안정을 시켜 검사를 받게 해야 할 텐데 걱정이 이만저만이 아니었다. 안과에 들어온 성기는 먼 처가 그 의사에게 잘 부탁한다고 인사를 하고 담배 피우러 밖에 나간 후, 용기가 의사에게

"선생님, 제 사촌 형님 눈이 이렇게 아픈 건 야한 춘화를 많이 보았기 때문입니까잉? 눈이 아파 눈이 안 좋은 것입니까잉?"

갑작스러운 용기의 그 질문에 의사는 눈을 검사하다가 말고 껄껄 웃으면서

“네. 동생분의 말을 듣고 보니 둘 다 영향을 미쳤지 않나 그리 생각이 들기도 하고 안 들기도 합니다.”

하면서 방긋 미소를 지었다. 어느새 준기는 불안했던 마음이 좀 편해졌는지 그도 환히 웃고 있었다.

검진이 끝나자 의사가 말문을 열었다.

“눈에 염증도 있고 시력이 너무 안 좋아 당장 안경을 써야겠어요. 그리고 백내장 끼도 있어서 지속해서 관찰해야 할 것 같아요.”

그렇게 말하면서 약 일주일 치와 안경 처방전을 써 주자. 준기는 짐짓 의사 책상 옆에 죽 늘어선 서가 쪽으로 다가갔다. 그리고 서가 앞 탁자에 놓인 화첩 한 권을 발견하고는 한 장 한 장 그 그림을 황홀하게 바라보고 있었다. 그 광경을 바라본 의사가 좀 의아했던지

“준기 씨, 혹시 글 쓰시거나 그림 그리시는 분이신가요잉?”

준기는 대답 대신 고개를 절레절레 흔들었다. 그리고 한참 후

“다 진짜인가요?”

“책들요?”

“네.”

“장식용으로 생각하셨나 봐요?”

그리고 그는 곧바로 서가로 달려가서 책 한 권을 꺼내 들고 왔다. “보세요.”

그가 의기양양 그 책을 주르르 펼쳐 보여 줬다. 아, 네…. 고맙습니다. 하고 밖으로 나온 준기는 그래도 그 서가에 있는 책들 반은 껍데기일 거라고 용기에게 말했다. 용기는 왜 그리 의심이 많으냐고 한마디 해주고 싶었으나 꾹 참고 그 셋은 그 근처에 있는 안경 가게에서 안경을 맞추고 나니, 돌아갈 차 시간 2시까지는 약 1시간 정도 남아서 그 근처에 있

는 공설 시장으로 갔다.

가는 날이 장날이라 시끌벅적했다. 공터엔 벌써 약장사들이 불 쇼로 사람들을 모아놓고 곪은 종기엔 이 고약 한 번만 붙이면 끝이라고 고래고래 소리 지르는디… 그 옆에서는 뱀 장수가 밤이 무서운 아재들 이거 한번 잡수면 마누라 홍콩 세 번을 너끈히 보낸다고 마구 떠드는디… 동동구루무 장수는 이거 한 통이면 온 집안이 환하다고 마구 떠드는디… 그 옆 치알 아래에서 생선 팔던 아줌씨가 꼴뚜기를 쪼맨헌 보세기에 연신 수북이 쌓아 올리며 행여나 지나가는 사람들이 눈길이라도 주면 호객하기에 여념이 없었는디… 그 아줌씨 앞으로 샥시 하나가 다가와

"그 꼴뚜기 한 보세기에 얼마라우?" 헌깨 "야, 샥시, 이놈 한 보세기에 7원만 주이쑈!"

샥시가 허리를 구부려 아줌씨에게 대답하자 샥시는 흥정을 하려는 듯 "에따 쩌그 입구에 아줌씨는 5원이락허드만 이놈은 틀리간디?"

아줌씨는 그럴 리 없다고 생각하면서도

"요놈 쪼깐 더드리께 사 가시쑈, 맛있어라우." 하고 샥시를 얼르자… 샥시가 고개를 끄덕이자… 그 아줌씨는 그 그릇에 댓 마리 정도 더 얹어 주는디, 그 옆에 조개 까는 아줌씨가 "샥시, 이 조개 다 떨이로 15원 어쩌요?" 그러자 그 샥시가 두 손을 저으며 펄쩍 뛰듯이 "우메! 아짐." 하며 핑 돌아가자 조개 파는 그 아줌씨가 "샥시, 10원 내이쑈! 기분 좋게 다 털어드리께." 그러니깨 그 샥시가 못 이기는 체 사가는디서 웬일인지 어무이 땀 흠뻑 젖은 베적삼이 보이고, 그 옆 좌판에서 날 빤히 쳐다보는 열무, 배추, 대파에서 아부지 반주(飯酒) 삼아 부르시던 육자배기 한 소절이 들렸다.

용기는 대장간에 들려 낫과 괭이를 둘씩 샀다. 그리고 아부지께 드리려고 대(大)병으로 소주도 샀다. 그리고 출출해 국밥이라도 한 그릇 먹고 가려다가 그만 추어탕 집으로 가서 한 그릇 뚝딱 맛있게 먹고 난 후 물

을 먹으려고 주발에 물을 따르려고 주전자로 손이 갈 때, 누가 용기에게 다가와 불쑥 손을 내밀었다. 술도개(양조장) 집 아들 현철이 친구이었다.

"용기, 아닌가?"

"아, 현철이 오랜만일세잉."

"저분들은?"

"아, 한 분은 친성님이고 그 옆에 계신 분은 사촌성님이제."

"자네 술도가에 몇 번 들렀는데 자네는 안 보이더군…."

"지금 서울에 사는데 지방을 순회 중이네."

"순회?"

"응."

"무슨 강연?"

"아, 강연이라고는 할 수 없고 그냥 독려 뭐 그런 거지…."

"자네 얘기 더 듣고 싶은데 차 탈 시간이 가까워서…."

"아, 그럼 내일 오후 우리 술도가에서 만날까? 나도 자네를 찾아가려고 하던 참이었으니까…."

"그럼 내일 오후 몇 시쯤 만날까?"

"한 5시쯤 만나세."

"그렇게 늦게?"

"아, 내가 좀 준비할 게 있어서…."

"알았네. 그럼 내일 만나…."

그는 어릴 적 사매면 주재소 추억 시절과는 달려져 있었다. 떡 벌어진 어깨에 서울 말투, 짧게 깎은 머리카락을 지닌 열네 살의 건장한 남자가 되어 있었다. 날카로운 두 눈이 그의 얼굴에서 두드러졌는데, 그 때문에 늘 주변을 경계하는 인상을 주었다. 그런 그가 내일 왜 해 뉘엿뉘엿할 때 만나자고 할까? 좀 의아하기도 하고 궁금하기도 했다.

그와 짧은 회포를 푼 후, 그들은 버스를 타고 사매에 내려 터벅터벅

집으로 걸으면서 준기가 말문을 열었다.

"성기, 용기 동생 고마워잉…. 꿈에도 이런 선물을 받을 줄 몰랐는디…. 온 시상이 아주 환허네잉…. 꼭 날 반기는 듯 말이시…."

준기의 기쁜 얼굴의 안경에 잠깐 비친 태양이 낭만적이었다. 성기, 용기가 준기의 안경을 쳐다보자 일순간 준기의 안경에 반사된 태양 빛이 가로수에서 찌르르 찌르르 울던 매미 울음소리를 숨 가쁘게 끌어당겼다. 제기차기 자치기하다가 아쉽게도 즐거운 놀이터를 떠나야 하는 아이들처럼, 햇빛이 그의 안경을 잠시 비추다가 이윽고 사라졌다.

잠시 후, 집에 도착한 용기는 쇠죽 끓이는 아부지께 인사를 드리고, 우물가에서 얼굴과 발을 씻었는데도 현철이와의 내일 만남이 마음에 걸려 왠지 개운하지 않았다.

이튿날, 태양이 느티나무에 걸치자. 군데군데 생겨난 그늘 덕에 흠뻑 햇빛을 받은 곳이 더욱 강조되었다. 우람한 느티나무와 느티나무 사이에 현철이네 술도가에 있었다. 현철이 아부지는 돌아가시고 현철이 큰성님이 하시는 술도가는 예나 지금이나 느티나무에 매달려 찌르르 찌르르 울던 매미가 햇빛을 오롯이 받으며 흙먼지를 날리는 도로변을 끈기 있게 지켰다. 8월 중순 오후 5시, 용기는 사매면 소재지 현철이네 술도가로 갔다. 잠시 후 현철이가 술 배달하는 자전거를 끌고 현철이 앞으로 다가와서

"정확하게 시간 잘 맞춰 왔네. 어서 타게."

"어딜?"

"자전거 뒤에."

용기는 얼떨결에 그가 시키는 대로 자전거 뒤에 탔다. 그러자 그는 내 허리를 꽉 잡게 하고는 마구 지리산 인월 쪽으로 막 달리고 있었다.

"어이 현철이 어디로 가는 거는가잉?"

"어 조금만 가면 돼."

그러고도 한참을 달리고 달리다가 어어 소리와 함께 쓰러질 듯 비틀거리던 자전거가 지리산 초입 인월 야산 앞에 멈췄다.

"내리게 여기서 조금만 걸어가면 되니까."

"아니 조금 있으면 날이 저물 텐데 왜 산으로?"

"음, 조금만 더 가면 알 수 있네."

용기는 차츰 불안하고 후회가 막 밀려오고 있어도 여기까지 와서 되돌아갈 수도 없어 난감했다. 그래도 설마 설마 친구인데 날 뭘 어쩌겠어 하면서 빨리 걸었다. 바짓가랑이가 잔솔밭 사이로 빨려들어가고 있었다. 현철이는 저만치 앞서 달리면서 빨리 오라고 재촉했다. 깔따구들이 윙윙 소리를 내며 귀를 물어뜯었다. 땅거미가 지고 있었다. 용기는 이상하게도 배가 고팠다. 타는 목마름으로 목젖이 빳빳해 왔다.

그 산 중턱, 커다란 나무들이 하늘에 빽빽이 치알 친 숲에 이르렀다. 그런데 그 숲속에는 건장한 사람들이 한 50여 명이 옹기종기 모여있었다. 여자들도 한 열 명 있었는데 얼굴에 장옷(쓰개치마)을 눈까지 내려쓰고 있고 남자들은 대부분 두건을 쓰고 있었다.

용기와 현철이가 그들 앞에 들어서자 그들이 우르르 몰려나왔다. 그리고 우두머리 같은 건장한 한 사내가 현철이 가까이 와

"김 슨상님 오시느라고 애쓰셨구먼요잉."

하면서 허리를 굽혀 인사를 했다. 그리고 그가 현철이를 그들에게 소개했다.

"동무들의 빛나는 사상(思想) 투쟁을 격려하시기 위해 서울에서 오신 김슨상님을 열렬히 환영해 주십시요잉."

그러자 현철이가 앞으로 나와 그들에게 꾸벅 인사를 하고 난 후 용기를 소개했다.

"이 동무는 내 지기지우(知己之友)인데 세종대왕의 후손이라 그런지는 몰라도 남다른 나라 사랑과 더불어 예(禮)와 지혜(智惠)와 의리(義理)가 충

만한 친구인데 이 친구가 우리와 함께한다면 우리는 천군만마(千軍輓馬)를 얻는 거와 다를 바 없을 것입니다." 했다.

용기는 처음 듣는 말, 동무라는 말이 몹시 어색하고 불편했다. 그래 어떻게든 이 자리를 피하고 싶었는데 당장 뾰쪽한 묘수가 없어 난감했다. 그래 아무 말 없이 꾸벅 인사만 했다.

19세기 대한제국

19세기는 1801년부터 1900년까지의 기간이다. 19세기 동안 세계는 제국주의가 팽배하면서 서구 열강들이 세계 곳곳을 점령하여 식민지로 삼았다.

한국의 역사에서 19세기는 조선의 순조부터 대한제국의 고종에 이르는 시기이다. 정조의 사망으로 1800년 순조가 11세의 나이로 왕위에 오르자 영조의 계비인 정순왕후가 수렴청정하였다. 정순황후는 노론 벽파에 속하였으며, 정치적 입지 강화를 위해 당시 남인 사이에 서학이라는 이름으로 전파되고 있던 천주교를 박해하여 신유사옥이 일어났다.

순조는 1804년부터 친정을 하였으며 정순왕후의 세력을 견제하고자 노론 시파인 김조순의 딸을 왕비로 맞이하였고, 이후 안동 김씨, 풍양 조씨 등이 비변사를 장악하여 세도정치가 이루어졌다. 이후 헌종, 철종 시기에 이르기까지 세도정치가 계속되었다.

19세기 조선은 지역 차별과 삼정의 문란 등으로 인해 각종 민란이 끊이지 않았다. 1811년 일어난 홍경래의 난은 서북 지역에 대한 차별이 주요 원인이었고, 이 외에도 가혹한 수탈을 견디지 못한 농민들이 산으로 숨어 화전민이 되거나, 심할 경우 명화적이나 수적이 되는 일이 많았다. 조선 후기 민란은 전국 각지에서 일어났으며, 특히 1862년 삼남지방의 임술농민항쟁은 매우 큰 사회적 충격을 가져왔다. 1863년 철종이 후사 없이 사망하자 인조의 후손인 고종이 즉위하였다. 즉위 초기에는 흥선대원군이 섭정을 하였으나, 일본의 대정봉환에 따른 국교 수립 요청과

운요호 사건 이후 강화도 조약 체결을 즈음하여 친정을 하였다. 1897년 고종은 국호를 대한제국으로 바꾸고 황제로 즉위하여 연호를 광무라 하였다.

광무 연간으로 들면서 주체적인 입장에서 개혁이 시도되었으며, 근대 의식을 자각한 청년층이 독립협회를 조직하여 민권사상의 고취, 언론활동, 독립자강을 외치면서 구국운동을 전개했으나 러시아와 일본 세력이 파고들어 한국 영토 분할론까지 대두됐다. 한국은 러시아의 남하 정책과 일본의 대륙 침략 정책의 희생물로 등장하였다. 만주와 한국을 사이에 두고 1904년에 유발된 러일전쟁은 일본의 승리로 끝나 일제 침략의 전방사령부인 통감부가 이 땅에 설치되었다. 요식 행위만을 갖춘 조약과 규정이 일제의 강압 하에 이루어져 사실상 1910년부터 시작되는 식민통치의 과도기가 되었다. 침략에 항거하는 민중의 격분은 항일구국으로 거세게 일어났으나 잔악한 무력탄압으로 실패하였다. 항일독립운동도 의병들의 무력 투쟁은 물론 국제여론에도 호소해 보았으나 약육강식의 국제 열강 시대로 접어들어 우리의 독립은 성과를 거두지 못한 채 유사 이래 국권상실이라는 비극을 초래하였다. 따라서 정상적인 우리의 경제 질서가 파괴되고 사회의 변동 등 급변하는 정세 속에서 고유 문물이 파괴되어 문화면에서도 우리 것을 보존하기마저 어려웠다.

설상가상으로 대한제국은 고종(1852년~1919년) 때인 1914년에 세계 1차대전이 일어나 세계열강들의 이념 전쟁 소용돌이에 빠졌다.

그 원인은 1914년 6월 18일 세르비아 수도 사라예보에서 오스트리아-헝가리 제국 황태자 프란츠 페르디난트 공이 세르비아 민족주의자 가브릴로 프린치프에게 암살당했다. 이에 화난 오스트리아가 1914년 7월 28일 세르비아에 선전 포고하면서 시작되었으며, 4년 후 1918년 11월 11일 독일의 항복으로 끝난 세계적 규모의 전쟁이다. 이 전쟁은 영국·프랑스·러시아 등의 협상국(연합국)과 독일·오스트리아의 동맹국이 양 진영의 중심이 되어 싸운 전쟁으로서, 그 배경은 1900년경의 '제국주의' 개막의 시기부터 고찰되어야 할 것이다.

러시아는 같은 슬라브족 나라인 세르비아 편에 가담, 앞장서서 영국. 프랑스와 연합국이 되어 오스트리아 헝가리에 맞섰다. 그와 반대로 독일과 오스만 제국은 오스트리아 헝가리 편에 서서 동맹군이 되어 연합국에 대행했다. 이 전쟁은 1918년까지 계속되었는데 참으로 야만적이고 참혹한 전쟁이었다.

러시아는 참전해 독일과 전투를 벌여 전쟁 초기에는 몇 개의 전투에서 이겼다. 그러나 차츰 독일군에 밀렸다. 그래 병사들이 먹을 음식과 군복 무기들까지 전쟁에 필요한 모든 것이 부족했다. 생명을 부지하기 힘들어진 병사들이 탈영하기 시작했다. 식량부족은 주민들도 마찬가지였다. 러시아 황제 니콜라스 2세에 대한 반정부 시위가 극심해졌다. 황제는 군에게 시위를 진압하라고 명령했으나 군대는 반대로 시위를 진압하고 있는 경찰에게 발포했다. 결국, 1917년 니콜라스 2세는 1917년 2월에 하야하여 제정 러시아는 망했다. 그 시기에 사회주의자인 블라디미르 레닌은 탄압을 피해 스위스에 망명하고 있었는데, 제정 러시아가 망한 후 케렌스키가 정치활동을 허락하자 레닌은 러시아로 돌아와서 혁명을 일으킬 시기라고 하면서 국민을 선동하기 시작했다.

레닌은 러시아 공산당을 창설하여 혁명을 지도했고, 소련 최초의 국가원수가 되었다. 제3인터내셔널(코민테른)을 창설했으며, 마르크스 이후 가장 위대한 혁명사상가인 동시에 역사상 가장 뛰어난 혁명지도자로 인정받고 있다. 그는 17세부터 마르크스의 자본론 등 혁명 서적을 탐독, 1889년 1월 마르크스주의자가 되었다. 곧 사회민주노동당을 이끄는 주역이 되었고, 1917년 러시아 혁명 이후 열린 러시아 소비에트 대회에서 의장으로 선출되었다. 레닌은 1924년 1월 21일 저녁 고리키에서 뇌동맥

경화증으로 사망했다.

케렌스키는 1917년 7월부터 10월까지 러시아 임시정부의 수반을 지냈다. 상트페테르부르크대학교 졸업 후 1905년경 사회주의 혁명당에 가입하여 정치범으로 고발당한 혁명가들을 변론하는 변호사가 되었다. 1912년에는 볼스크의 노동자 단체 대표로 제4대 러시아 의회의원으로 선출되었다. 그 후 온건좌파 정치인으로 점차 명성을 얻었다. 러시아 의회가 구성한 임시정부의 법무장관직과 상트페테르부르크 노동자·병사대표 소비에트의 부의장직을 겸임하며 양방 사이의 교섭을 맡았고, 러시아 전역에 시민의 기본적 자유를 제도화했다. 육군장관 겸 해군장관을 거쳐 총리로 선출되었으나 차츰 신임을 잃고 1917년 10월 혁명 때 쫓겨나 미국으로 망명했다.

그 당시 조선 독립운동을 하던 해외 독립운동 단체가 둘이 있었는데 하나는 레닌을 추종하는 마르크스 『자본론 Das Kapital』 등을 추종하는 마르크스주의자들이다.

레닌은 스위스에서 러시아로 돌아오자 국민에게 종전과 소작인들에게 토지분배를 약속했고 빵이 부족하지 않겠다고 선전하자 대다수 국민… 특히 농부들이 열광했다. 그런데 그 당시 러시아도 내전 중이었다. 제정 러시아에 충성했던 정성들이 주축인 백군과 이에 반대하는 농부들의 지지를 받은 레닌 중심의 적군이 있었는데 이 내전은 1918년부터 1923년경까지 계속됐다.

그런데 레닌 공산주의자들은 농부들에게 토지분배를 약속했으나 그들은 혁명을 이루자 돌연 토지를 국유화를 단행했다.

미국, 영국, 프랑스는 러시아가 공산화되는 것을 원치 않아 백군에게 군대와 물자를 원조했지만 넓은 지역과 이해관계를 가진 집단이어서 단결된 지휘체계를 갖추지 못했다. 결국, 1920년 구미 국가들은 철병했다. 그 당시 독일과 싸우던 일본은 1923년 내란이 끝날 때까지 러시아 시베리아에 아주 많은 군대를 주둔시켰다.

그래 그 당시 러시아 조선 독립군은 적군과 손을 잡고 일본군과 싸웠다. 그리고 레닌의 도움을 받아 조선공산당을 창당했다. 1922년 12월 30일 백군을 제압한 레닌은 소비에트 연방을 선포했다.

또 하나의 조선 독립운동 단체는 중국 장개석이 지원하는 자유민주주의 우파 독립운동 단체다.

그 당시 조선을 침략 주권을 강탈한 섬나라 일본놈들은 약 300여 전 도요토미 히데요시 꿈인 대륙 진출… 곧 명나라 징벌하려던 꿈을 서방국가들이 세계대전으로 중국에 소홀한 틈을 타서 일본은 중국을 징벌하기 시작했다.

레닌의 혁명으로 거대 공산국가 소련이 탄생하자 서방국가에 적대감을 가지고 있던 중국인들은 사이에는 공산주의가 콜레라처럼 번졌다.

그러나 중국에서도 자유민주주의를 앞세운 국민당(장개석) 정부의 도움을 받아 독립운동하는 우파 독립군이 있었고 또 공산주의자(모택동) 도움을 받는 좌파가 있어 우리 독립운동도 좌와 우로 나뉘었다.

그런 시기, 그런 그때, 공산주의 이념으로 무장하고 무장봉기를 꿈꾸는 현철이가 용기에게 그예 편에 서도록 권유하고 있었다. 현철이는 한 50여 명 모인 그들에게 말문을 열었다.

"여러분! 우리는 일본놈들에게 언제까지 패배주의에 젖어서 살아야 합니까?" 우리는 각성해야 합니다. 우리는 총이 없으면 칼과 돌이라도 들고 저 일본 제국주의 반동에 분연히 일어나 맞서 싸워야 합니다." 그러자 여기저기에서

"옳소. 옳소. 뭉쳐 싸웁시다."

그들이 더욱더 죽창을 들고 크게 외치자, 현철이는 힘이 났는지 다시

말했다.

“일본놈들이 우리나라의 국권을 찬탈해서 벌이는 온갖 죄악들을 이 자리에서 다 열거할 수는 없지만, 가장 악독한 건 미쓰비시 등을 통해 우리 동포들이 징용으로 끌려가 동남아 전쟁터에서 총알받이로 죽거나 일본 탄광에서 제대로 먹지도 못해 병들어 죽거나 죽어가고 있습니다. 어디 그뿐입니까 우리 처자들이 정신대로 끌려가서 그들의 성 노리개가 되고 있습니다.”

그 말이 끝나기가 무섭게 아까 그 우두머리가 말했다.

“도대체 우리는 언제까지 기다려야 합니까잉?”

“저도 아직은 모르지만 아주 고무적인 소식 하나 알려드리겠습니다. 얼마 전에 여러분도 잘 아시는 ‘여운형’ 선생과 우리 지도자 동지와 그 일행 몇몇이 상해로 갔습니다. 일제의 감시망 때문에 조선에서는 독립운동하기 힘들다고 재산을 정리해 갔습니다. 그리고 미국 윌슨 대통령이 민족자결주의를 주창했다고 합니다. 그 세계 평화 구축 계획, 그 주장을 요약한다면 이렇다 할 수 있습니다.”

1. 공개적인 평화조약이 공개적으로 체결된 이후에는 어떤 종류의 국제적인 비공개 합의도 있어서는 안 되며, 외교는 언제나 대중 앞에서 솔직하게 진행되어야 한다.

2. 식민지의 주권 문제를 결정할 때는 관련 국민의 이익이 앞으로 수립될 그 정부의 권리 주장과 동등한 중요성을 띠어야 한다는 엄격한 원칙을 바탕으로, 식민지가 주장하는 모든 요구를 자유롭고 편견 없이, 절대적으로 공평하게 조정한다.

모든 국가는 최선의 자유로운 협정을 보장하며, 각국의 정치적 발전과 국가정책에 대한 그 국가의 독립적인 결정을 제약하거나 방해하지 않는다.

"세계 1차대전 승전국들이 전후 처리로 모인 자리에서 그 모임의 좌장격인 미국이 이렇게 주창했으니 곧 우리나라도 독립할 때가 무르익고 있습니다. 그러니 조금만 기다립시다." 했다. 그러자 그가 또 물었다.

"그 민족자결주의란 무엇입니까잉?"

"한마디로 외세는 간섭하지도 말라는 거죠. 바로 민족의 문제는 민족 구성원들의 뜻대로 이루어져야 한다는 것입니다."

그러자 여기저기에서 말 잔치일 뿐이라고 불평불만이 쏟아졌다. 그 분위기를 눈치챈 현철이는 다시 말문을 열었다.

"이 자리에 모이신 여러분은 장차 우리 공화국에 각 동네 위원장과 여맹 위원장이 되실 분이신데 그리 조급하면 되겠습니까? 우리는 재산을 정리해 상해로는 못 가지만 여기서라도 열심히 세포 조직을 늘려서 결정적인 그때를 대비해야겠습니다."라는 연설이 끝날 무렵 누가 용기의 어깨를 툭 쳤다. 돌아보니 같은 동네 성전 성님이었다.

"용기, 자네가 이렇게 참석해 주니 힘도 나고 기쁘구먼."

"아, 형님…" 하고 또 옆을 보니 고산골 정우 씨도 보였다.

어느덧 연설이 끝나고 사람들이 뿔뿔이 헤어졌다.

용기는 다시 현철이 자전거 뒤에 탔다. 오늘이 보름인가 자전거가 달릴 때마다 자갈들이 톡 튀어 올랐다가 달빛에 부서졌다. 동네를 달릴 때 저녁밥을 짓나 굴뚝마다 연기가 모락모락 솟아올라 솔솔 흩어졌다. 개 짖은 소리도 안 들리는 한적한 산길에 접어들었을 때 현철이가 큰소리로 외쳤다.

"용기! 오늘 어땠나?"

"뭘?"

"오늘 모임이나 내 연설…."

"음, 사실 좀 놀랐제. 아무 귀띔도 없이 이런 데로 데려와…."

"우리가 어릴 적에 왜놈 순사에게 당한 치욕 잊지 않았겠지?"

"암, 잊지 않았고말고."

"돌아오는 남원 장날 점심 때쯤 우시장 입구에 있는 '척산 은행 남원 지소 구경 꼭 오시게."

"난 거기 거래하지 않는디."

"거래 안 해도 그날 오면 큰 선물을 줄걸세."

"난 다행히 그 은행에 장리쌀도 안 꾸어다 먹고 또 논도 저당 안 잡혔는디, 우리 아랫집은 논은커녕 밭도 없어 가을이면 늘 장리쌀을 가져다 먹고 대신 그 집 일을 해주며 품삯으로 갚는다는디…."

"용기, 아무튼, 꼭 오시게. 그날 오면 내가 잘 왔다 할 거고 또 자연스럽게 우리와 함께하게 될 걸세."

"음, 알았네잉."

용기는 그렇게 대답은 했지만 가고 싶지 않았다. 자전거가 여의터 입구 세동마을 입구에 이르자 용기는 내려달라고 했다. 현철이가 집에까지 데려다준다는 것을 기어이 마다하고 자전거에서 내려 산길을 터벅터벅 걸었다. 바람이 불 때마다 나뭇가지들이 부딪히는 소리와 짐승들이 우는 소리가 겹쳐 으스스했다. 그런 길을 한참을 걸어 나와 풍천마을 입구 위 여의터 마을 초입에 있는 물레방앗간이 보이자 갑자기 현철이가 아까 돌아오는 남원 장날 조선 척산은행 남원 지소 구경 오라는 말이 물레방아를 돌고 돌았다. 혹시 거기 불을 지른다는 걸까? 아니면 거기 우두머리를 테러한다는 말? 그 뜻… 오만 생각이 물레를 타고 돌다가 뚝, 떨어져 냇가로 떠내려가고 있었다. 용기는 집에 돌아와 잠자리에 누웠어도 잠이 오지 않았다. 현철이가 오늘 보여준 행동은 자기에게 유리한 감정을 끌어내려는 것이었으나 그 절차와 그 뜻이 영 마음에 걸려 꺼림칙했다.

용기는 늘 책을 끼고 살았다. 그리고 덕과면장인 석기 재종 성님과 가끔 만나 세계정세와 우리나라의 앞날에 대한 의견 교환과 토론 하면서

얻은 결론은 내 지식과 경험을 내 삶에 투영, 되살려 숱한 사람 중에서도 보기 드물게 균형 잡힌 사람이 되고 싶었다.

인생이란 결국 외길을 만나야 잘 헤쳐나갈 수 있다는 말은 한낱 생각에 그치지 않는다. (단) 그의 가슴에 정열의 불길이 타오를 때 말이지만….

봄의 독백

매화꽃이 흐드러진 과수원길을
뚜벅뚜벅 걷는다
지천에 무성히 돋아 있는 잡초는
자신의 운명에 맞서 싸우는
그의 몸부림, 그 고독,
그것은 삼키지 못할 자신의 정체성,
그 근성 차마 삼키지 못하고
들에 내뱉는 쓸쓸한 독백
무성하다

언제나 변함없는 땅은
언제나 진실하고 성실해야 한다는 뜻일까?
깔딱고개를 넘어오던 바람들이
갈팡질팡한다

깊은 사색 속에 잠 못 이루는 밤
밟히고 밟혀도 다시 일어나는 잡초의 뒷이야기들이
거름 지고 논밭으로 가는 농부의
지게에 묻힌다

시산군의 유학(儒學)과 중용(中庸)과 명예를 공유한 용기는 가끔 자신의 처지가 괴로웠다. 이 나라 이 민족을 위하여 무엇이라도 하고 싶은데 너무나 오랫동안 쇠잔하게 웅크리고 있었으므로 괴로웠다.

온갖 정의와 사랑 가득한 가정에서 자라서 시산군의 충효와 그 결기를 사랑했지만, 말뿐인 저 이상 저 꿈이 술에 잔뜩 취해 바보처럼 물러서는 것 같아서 심한 구역질과 분노를 느꼈다. 그러나 그 속에서도 분명히 감정이 있었고 불꽃이 타오르고 있었으며 심장이 고동치고 있었다. 외롭디외로운 그 인생에도 봄이 또 오고 있었다. 봄 어느 날 초저녁 등불을 들고 동네 어귀에서 장에 가신 아부지를 기다리는데 어느 노인이 다가와 아무 말 없이 서찰 하나를 건네주고 갔다. "아, 이게 무엇인가요?"

그렇게 외치면서 뒤따라갔지만 이내 골목으로 확 사라졌다. 참으로 귀신이 곡할 노릇이었다. 기다리던 아부지는 안 오시고 날은 점점 어두워지고 배도 고프고 그래도 그냥 들어갈 수 없어서 등불을 나뭇가지에 걸어놓고 아까 그 노인이 준 서찰을 읽었다.

"한 알의 밀알은 땅에 묻어야 싹이 나온다. 땅은 곧 세계다. 거듭나고자 하는 자는 세계에서 썩지 않으면 안 된다. 그 싹은 열매를 향하여 자란다. 그 열매의 이름은 정체성이다."

정체성? 정체성? 그렇게 외치는 소리가 크게 들렸는지 아버지가 들어와 깨웠다. 꿈이었다. 그래도 그 서찰의 글자 하나하나가 가슴에 박혀버렸는지 생각할수록 또렷하게 기억났다.

용기는 꿈속에서 그 서찰을 읽은 후 깊은 생각에 잠겼다. 의심할 여지없이 그것은 시산군이 주신 서찰이었다. 그분과 나 이외는 아무도 나의 꿈과 고민을 알 리가 없었다. 그분은 오래전부터 내 고민을 알고 도와준 것이었다. 그러나 이 모든 일은 어떤 관계를 맺고 있는 걸까? 그리고 무엇보다도 내가 궁금한 것은 정체성이라는 단어다. 그것은 과연 무엇일까? 나는 그런 이름을 들어본 적도 읽어본 적도 없었다.

정체성! 그는 늘 같이 살면서도 자각하지 못하고 지내는 내 무엇이 아닐까? 난 그저 나인디 뭔 이상적인 나이여야 한다가 아닐까? 바로 내가 이 세상에 존재하면서도 비존재처럼 보일 때가 아닐까? 그런데 그를 파고들수록 전쟁에 탈영병이 나오고, 고상한 공적을 쌓은 이를 기리는 동상이 나오고, 하나같이 어둠침침해서 언제든 허깨비가 툭툭 튀어나오고, 한 개의 복도가 수백 개의 방을 연결하는 미궁 같은 궁전이 나오고, 한 이념(理念)에 카테고리를 부여해 검증하기도 한다. 그리고 그는 내게 묻는다. 너는 누구냐? 그래 내가 내게 묻는다. 나는 누구인가? 물론 난 나다. 그런 건 누구나 다 안다. 그럼 나를 움직이는 이는 누구인가? 그것도 나? 아니다. 엄밀히 말하면 나의 '정신'이다.

아낙사고라스*는 우리의 정신은 물질적인 존재들로부터 독립되어 있다. 정신은 모든 생물 안에 영혼으로 자리 잡고 있지만, 인간의 경우엔 지성 안에도 있다. 그리고 정신의 궁극 목적은 우주의 질서를 올바르게 세우는 것이다. 그리고 정신의 속성으로는 무한히 많고 무한히 적다. 그리고 만물 가운데 가장 미세하고 가장 순수하다. 그리고 정신은 혼자 있으며 독립적이고, 그 자체로서 존재한다고 했다.

살면서 누구나 생각한다. 그렇지만 누구나 똑같이 '잘' 생각하는 것은 아니다. 그러기에 지각은 같은 것에 의해 지각할 수 없고 대립적인 것에 의해 생긴다. 바로 우리의 결핍이나 약점 때문에 참된 것을 구별해낼 수 있는 것이다.

* 아낙사고라스(Ἀναξαγόρας, 기원전 500년경~기원전 428년경)는 고대 그리스 시대 소아시아 지역 가운데 하나였던 이오니아의 클라조메나이 출신 소크라테스 이전 철학자이다. 천체 현상을 비롯한 세상 만물을 자연적 방법으로 이해하려 했으며, 원소들의 혼돈에 질서를 부여하여 만물을 이루게 하는 정신이자 운동 원리인 누스(Nous)를 강조했다. 아낙사고라스는 이오니아의 철학을 아테나에 최초로 가져온 철학자로 여겨지고 있다. 아테나에서 철학을 가르치는 소피스트로 활동하였고 페리클레스와 같은 제자를 두었다. 저서로 〈페리푸세우스〉가 있다.

용기는 결론적으로 내가 가진 나의 지성과 나의 세계관(世界觀)이 나의 원천, 즉 내 문제를 창조 개발을 하고 또 그것을 이끌 수 있다고 믿었다. 이 원천이 '정신'이다.

그러기에 용기는 일제의 수탈만 생각하는 데서 한 걸음 더 나아가 이것을 어떻게 대해야 할 것인가 때문에 한 며칠 방황했다. 외롭게(한 조각 구름처럼) 즉, 사람이라고 다 사람이 아니고 사람다운 행동을 해야 사람이라는 것이다. 그러기에 나의 이상 나의 꿈은 늘 선택의 연속이다. 그러므로 선택은 나는 네가 〈꼭 필요하다〉라고도 할 수 있는데 〈~이 없어 힘들다〉라는 말은 경망스럽기 짝이 없다.

"목적이 없는 사람은 키 없는 배와 같다. 한낱 떠돌이요, 아무것도 아닌, 인간이라 부를 수 없는 인간이다."

-토머스 칼라일(Thomas Carlyle)

밤새 잠을 이룰 수가 없었다. 용기는 며칠 동안 논밭에 거름을 냈더니 온 삭신이 욱신욱신 쑤셔 뻑적지근한 상태로 현철이가 척산 은행 남원지소에 불을 지르는 무시무시한 꿈 사이를 헤맸다.

새벽녘에 아버지가 쇠죽 끓이실 때 깻대를 태우는지 빈 껍질들이 타닥타닥 튀는 소리에 잠이 깼다. 창밖은 아직 칠흑같이 어두웠다. 꿈으로 가득한 세상 속에서 사람들은 저마다 저 꿈 그림자로 잠들어 있으며, 아버지의 새벽 쇠죽 끓이시는 저 불빛처럼 그들의 꿈이 어디를 걷고 있었다. 용기는 이 시간이면 늘 월탄회(月灘會) 회원들이 모여 운동하는 동네 계룡산 무제 바위를 향하여 올라갔다. 아직 캄캄한 데 벌써 성기, 용전, 정기 성님들과 금석이도 올라와 있고 오늘은 웬일인지 고산골 정우 씨와 그 친구 둘도 무제 바위 옆 나무와 돌과 바람과 한바탕 씨름을 하고 있었다. 그러나 주위는 아직 어두워서 올빼미 한 마리가 나무에서 바위로 날아다니고, 산들바람에 나뭇가지가 흔들리고 있었으며 수사슴. 고라니, 토기 등도 연못물을 마시러 어둠 속을 내려왔다. 무제 바위 위로 불어오는 봄바람은 낮에 부는 바람보다 훨씬 깨끗하고 상큼했다. 새벽안개에 쌓인 동네는 길과 들판으로 희뿌옇게 구분되어 있었고 마을 여기저기에서 연기가 피어올랐다. 드디어 운동을 마치자 바위 위에 둥글게 모였다.

"동안 우리가 모은 곗돈이 약 쌀 100여 가마 되는 거로 아는데 어떻게 할 거예요잉?" 하고 정우 씨가 회장인 성기에게 물었다.

고산골 형기원 씨의 상머슴인 정우 씨는, 습관적으로 호기로워 의기(意氣)가 씩씩하고 호방한 키가 자그마한 30대 초반의 남자였다. 용기는 그에게 "뭐 생각하신 의견이 있다면 말씀해 주시요잉." 했다. 그러자 그가 "나처럼 배우지 못해 머슴 사는 사람이 앞으로는 안 나오게 장학회를 만들었으면 좋겠는디… 엔간하면 그렇게 합시다잉." 그러자 좋다는 사람도 있고 또 나누자는 사람도 있어 의견이 분분하여지지자 성전 씨가 이번 달 모임을 자기 집에서 할 차례이니 오늘 저녁에 자기 집에서 만나 더 의논하자고 했다.

용기는 집으로 돌아오는 내내 성전 성님이 저녁에 자기 집에서 모이자고 한 말이 마음에 걸렸다. 곗돈은 가을에 한꺼번에 내고, 한 달에 한 번씩 모이는 것은 친목과 애경사 논의하는 정도여서 대개 주막에서 국밥에 막걸리 한 잔씩 하면서 농사 정보 교환이나 일본놈들의 만행을 성토하는 정도이었는데 굳이 자기 집에서 모이자고 해 자못 궁금했다. 그런데 그가 집 방향이 틀린 데도 그의 뒤에 바짝 따라오고 있었다. 사람들이 제각기 제 갈 길로 흩어지자

그는 용기에게 "여보게, 함께 걸어도 되는가잉?" 그는 친절하게 물었다. 용기는 "네, 성님." 하면서 고개를 끄덕였다.

"아부지 정정허제?"

"정정하셔라우, 나이 잡숴도 아부지 힘 따라올 사람 없을 건마!"

"큰아부지 소식은?"

"살째기 들어와 매낙골에 사는디, 근디 엊그제 난리가 나부렸구먼요잉."

"왜, 무슨 일인디?"

"엊그제 아부지한테 들은 야기인디요잉, 큰아부지가 아랫몰 태 씨 집안에서 낳은 아들이 하나 있는데요잉, 벌써 여덟 살이라고 하더구만이라우."

"이름이 뭐라던가?"

"병기(丙器)라고 하데요."

"병기는 자네도 잘 알잖아?"

"재종(再從) 형 이석기 덕과 면장 댁에서 여러 번 만나 잘 알죠."

"그런데 너무 똑똑해도 탈이야."

"왜요?"

"저 덕과 국민핵교 이광수(李光壽) 선생 잔심부름 함서 그 주위 천도교인들과 자주 어울린다던데…잉."

"매안이서 2살 때 보절 안이댁(安李宅)으로 양자(養子) 갔다꼬 허고 또 덕과는 바로 옆 동네이니 그럴 만도 하죠잉."

"아따 느그 큰아부지 독립군에 들어갔다는 소문이 자자해 응원 많이 했는디, 아이고 이젠 아들이 독립운동할란갚다잉."

"그렁깨 성님도 우리 병기 동상 응원 많이 해주십쇼잉."

"아따, 동상 내가 비민이 알아서 할까…. 그런 걱정 붙들어 매고 잉. 아까 정우가 한 말한 그거…. 그 절반 독립군 군자금으로 주면 좋겄는디, 자네 생각은 어떤가잉."

"아, 현철이 그쪽에게요잉."

"척하면 삼천리네잉, 그래서 자네에게 부탁하능구만. 자네가 우리 모임에서 말빨이 제일 쎄니깨, 힘좀 써주랑깨."

"아따, 성님, 성기 성님 쪽 단체도 있는데 어느 한쪽만 주면 분란이 일어날 것 같은디요잉."

"그럴 수도 있것제."

그는 고개를 끄덕였다.

성전 성님은 가까운 친척이었다. 그리고 현철이하고 외사촌지간이기도 했다. 함께 걷는 내내 용기는 몹시 당황했다. 갑자기 그가 재미있는 이야기라도 떠오른 것처럼 웃었다.

"참 아까 정우가 한 말 마음에 들었는가잉?"

그는 비웃는 투로 말했다. 물론 마음에 들었다. 진정으로 우리 모임이 지향해야 할 과제였다. 하지만 그렇다고 정직하게 말할 수는 없었다. 그와 이야기하는 것은 마치 어린아이와 말하고 있는 것 같은 기분이었기 때문이다. 그래서 그냥 그의 기분을 맞춰주려고 그 이야기가 마음에 안 들었다고 말했다.

그는 다정하게 용기의 어깨를 두드렸다.

"내게 거짓말은 필요 없네. 자네가 방금 한 말은 날 위로하려고 한 말이라는 걸 내가 모를 줄 아는가잉? 앗사리 툭 까놓고 말하는 것이 좋지 않겠는가잉? 이므렁깨."

그는 계속 말했다.

"난 이렇게 생각하네. 우린 천년을 하루처럼 써야하는디…. 지금 우리들은… 일본놈들이 공출해…. 글면 근갑다 함서 공출하고… 일본놈들이 이 처자 정신대 보내야 하겠네…. 한마디 하면… 그냥 근갑다 하고 보내주고… 조선을 그놈들의 나라라 착각하고… 이것저것 다 수탈해 가도… 그냥 근갑다 함서… 지켜만 보면… 어느 세월에 우리나라는 독립을 한다는 말인가잉? 나라를 위해 싸우다가 죽을 수도 있는디… 구경만 하다가… 더욱더 소심해져 영영 그들의 노예로 전락하지 않겠능가잉…. 그러기에 자신의 비겁함으로 자신을 보호한다면 그건 좀 우습지 않는가잉?"

"맞아요. 그건 그렇지요잉."

"어디 그뿐인가 지주들의 횡포에 소작농들의 신음은 더욱더 깊어가는데 우린 언제까지 수수방관할 건가?"

"그럼 성님네 쪽에선 그걸 어떻게 하자는 건가요잉?"

"토지개혁을 해서 전부 무상으로 나눠야제…. 토지개혁이야말로 위대한 사회주의 출발의 신호탄이니깨 고거부터 시작해야지잉."

하지만 용기는 그런 사탕발림의 노예는 되고 싶지 않았다. 모든 문제는 하나의 창으로 보아야 잘 판단할 수 있다는 것을 익히 잘 알고 있었기 때문이다.

성전 성님과 헤어진 후 용기는 새삼 정우 씨가 생각났다. 그는 얼마 전에 결혼했는데 연로하신 장모님을 지극정성으로 모시고 살며 동안 얼마나 알뜰히 모았는지 논도 댓 마지기 사놓아서 머슴살이도 곧 접을 것이라 헌디, 나는 사람이 열심히 바르게만 살아가면 신분이야 저절로 올라간다고 생각했다. 그리고 그의 체험적인 삶에서 우러나온 그의 안, 장학회가 참으로 귀해 보였다.

용기는 오후 내내 이상한 기분이 그를 괴롭혔고 다른 생각을 제대로 할 수가 없었다. 의도와는 달리 성전 형님의 이념에 휘말려 계속 시달리고 있었다. 빨리 이 문제가 끝났으면 하고 바랄 뿐이었다.

저녁때가 되자 용기는 백암 할아버지 댁에 먼저 들렀다. 저녁을 준비하는 호젓한 모습에 용기는 한결 가벼운 기분이었다. 들에 나갔던 머슴들이 들어와 마당을 쓰는 사람도 있고 쇠죽을 끓이는 사람도 있었다. 용기는 그들에게 수 인사를 한 후 사랑방 문을 열고 들어갔다.

"어서 오니라! 네가 보고 싶어 머슴을 보냈는디."

용기를 보자 할아버지가 멀리서 소리쳤다.

"용기야 정말 잘 왔다잉. 아주 기쁜 소식이 있다잉. 아. 우선 저녁 먹어야제, 여보게 김 서방 여기 저녁 용기 것이랑 여기 사랑방으로 내 오게….”

용기는 정색하며 이렇게 말했다.

오늘 저녁에 성전 성님네에서 저녁 먹기로 해서 곧 가 보아야 한다고 했다.

“음, 그렇구나. 그럼 내가 일전에 말한 임실 윤 참판 손녀딸과 혼사 중매 넣은 거 그 윤 참판이 널 한번 먼저 보고 싶다는구나 잉.”

“아, 언제 찾아뵐까요잉?”

“짬 나는 날 한번 윤 참판 유기전으로 오후에 오라고 하더구나.”

용기는 네 인사를 하고 나왔다.

성전 성님! 드디어 이 양반이 공공연한 자기의 비밀, 그 속내를 털어놓을 것인지 말 건지 하는 성전 성님네로 가는 길, 침묵과 적막이 감도는 그 길은 꼬불꼬불했지만 공기는 상쾌했다.

이 세상에서 저녁놀처럼 아름답고 또 쓸쓸한 것이 있을까. 그처럼 철저히 자신의 존재를 인식시키고도 그 인식이 나의 뇌리에 깊숙이 각인되기도 전에 놀은 참 허망하게도 어둠에 자리를 내줘 버리는 것이니, 나의 가슴에 간직한 결의가 비록 막 올라온 꽃망울일지라도 그렇게 명백한 삶의 태도를 나도 나의 삶에 보여줘야 하는 것이 아닐까.

용기는 부랴부랴 성전 성님네로 갔다. 대문에 들어서자마자 행주치마 바람으로 맞이하는 성전 성님 부인의 아름다운 두 팔이 확 눈에 들어와 그 팔을 넋을 잃고 바라보았다. 쌀쌀한 밤공기가 손님 접대에 예민해진 부인의 살갗을 더욱 빛내고 있는 것 같았다. 중년이 넘었는데도 청초하고도 사람들의 마음을 끄는 부인의 아름다움은 결코 범부(凡夫)에서는 찾아볼 수 없어서…. 성전 성님의 가정과 그 됨됨이에 점점 빠져들고 있었다.

안방에 들어서니 아홉 명 계원 중에서 금석이만 빼놓고 다 벌써 와 밥을 묵고 있었다. 점드락 외양간과 돼지 통시 깐을 치웠더니 히마리가 하나도 없었는디 고실고실헌 쌀밥을 보니 팍 회가동해가꼬 그들 옆에 털썩 끼어 앉아가꼬 말했다.

"형수씨, 밥하구 국만 얼릉주세요잉."

"어이구, 되련님 겁나게 배가 고픈갑소잉."

함서 밥하구 국을 갔다가 주니 허겁지겁 한참을 먹다가 재차 형수씨에게 말을 건넸다.

"하따, 그 말국이 겁나게 맛있는디요잉 뭘 너가꼬 그리 맛난가요용…. 그 말국 쫌 더 먹을 수 있으까요잉?"

"더 드리고 말구라요잉…. 나숭개를 쫌 넣었더니 시원하지라." 함서 말국을 더 갔다주면서…. "아, 그라고 이 나물 조깨 담아는디 함번 잡숴보시요잉."

"형수, 이거이 무신 나물인가요?"

"아, 씸바구라고 허는 나물이지라우, 저 위쪽에선 씨랑부리라고도 안허요. 요짐 젊은 새댁덜은 씸바구가 머신 중도 몰를 껀디 잡숴보시요잉 입맛 없을 때 그 쓰디쓴 맛이 입맛을 돋우어줄껀깨요 잉." 했다.

어디 그뿐인가 그 나숭개 말국에다가 갈치 조림, 문어 숙회, 등등 십이 첩 반찬에 그리고 소주에 홍어 삼합까지 진수성찬이라 어느 대갓집 잔치 같았다. 부모님께 물려받은 재산이 많다는 것은 알고 있었지만 너무나 융숭한 대접이었다.

근디 식사가 끝나고 술 한 잔씩 돌도록 금석이가 안 보이자. 성기가

"다 왔는디 금석이가 안 온깨 섭섭하네잉." 하자 정기가

"아, 내가 옴서 봉게 금석이 아들이 누구하고 싸웠능가 질가상으서 울고 있는디 걍 지 옴마가 와가꼬씨월임서 디꼬 강게 울어쌓도만."

그러자 성기가 "젊은 용기 자네가 싸게 함 가 보게에잉."

용기가 네 하고 일어선께 마침 금석이가 들어왔다. 그러자 성전이가

"왜 이리 느졌는능가잉?"

"아, 네에 아덜이 싸우다가 코피가 터져가꼬 얼굴을 조깨 씻어준깨 네 살바기가 딸이 샘이 나 머리를 내밀어가꼬 깨깟허니 쌈매주느라고 좀 늦어네요잉."

그러자 모두 아비 노릇하기 힘들지잉 자 어서 싸게 밥 드시요잉 했다

식사가 끝나고 술 한 잔씩 돌자 오늘 만찬을 거나하게 낸 성전이 그가 말문을 열었다.

"제 요즘 사는 게 영축없이 남사당패 줄타기이기만요잉."

그는 그날따라 서울에서 오래 살다가 온 사람답게 가방끈 긴 소리를 또박또박 비장한 어조로 말했다.

"나도 마찬가지요잉."

정기가 맞장구를 쳤다.

"인생은 줄타기 그 말쌈이 다 맞지라우~ 근디 그 줄타기 끝이 저기 보이는데 그냥 벗어 낸단 말이 되남요! 그러니깨 오즈몸땡이 맘땡이를 타고 있는 밧줄에 맞춰야 하니깨. 다들 시상 만만하게 보지말고요잉 지금보다 스무 배는 더 쓸모 있게 살아야겠지요잉."이라고 성기가 말했다. 그러자 성전이가

"난, 뭔가를 하려고 해요. 멋있는 생각이 떠올랐어요. 가만히 생각해 보세요. 여러분은 보기보다 능력이 있는데 그것을 활용을 못 하는 게 분명해요. 마치 여러분의 전 생애를 동네라는 이 작은 울타리에서 보내는 것처럼 말이어요잉."

그는 술상에서 일어나 활기차게 설명하기 시작했다.

"나는 상해 이동휘* 선생이 주도하는 독립군에 가입해 있어요. 경성에

* 이동휘(李東輝). 18세 때 조선 육군 참령(參領)을 지냈다. 1919년 8월 말경 대한민국임시정부의 국무총리에 취임하기 위해 상해(上海)에 도착하였다. 취임 후 자파 세력을 확장하기 위해

서는 매월 초하룻날 저녁에 모임을 하므로 초승단 이라고도 해요. 우리는 서로 자기 발전과 조국의 미래를 토론하는데, 아무리 좋은 답이 나와도 토론에 그치면 아무것도 아니잖아요. 그래서 내가 그들과 여러분에게 말하고자 하는 것은 거기서 도출한 문제에 대해 이제는 행동해야 한다는 거지요. 사람들의 삶에서의 진정한 문제 즉, 양반·상놈의 신분 문제나 소작농 그리고 제일 중요한 일제의 국권 침탈과 그 독립문제 말이에요. 우리가 뭔가를 하고 싶다고 마음의 결정을 한 후에는 실질적으로 그 일을 다루는 단체에 가입할 필요가 있지요…. 나는 자신을 진정 아끼는 사람이라면 고관대작과 경찰들이나 운명(運命)에 어떤 일을 맡기기보다는 자신이 직접 나서서 그 일을 처리해야 한다고 믿어요."

금석이가 "저도 동감이에요." "글쎄요, 저는 뜻은 좋은데 그것을 이루는 방법에는 동의하기 어렵군요." 정기가 말했다.

"무엇 때문인가요." 성전이가 말했다.

"이동휘 선생이 추구하는 생각은 큰 틀에서는 맞는데 그 실행 방법이 문제라고 봐요."

"천만에요, 오히려 그 반대라고 생각해요." 성전이 대답했다. 나는 내가 알고 있는 사람 중 이동휘 선생이야말로 가장 애국적인 사람이라고 생각해요. 그분만큼 애국적인 사람을 만나기도 힘들 거예요. 아, 내가 잊고 있는 게 있는데- 그분의 생각이 다 옳다고 했나요. 아니면 다 옳지는 않다고 했던가요?

민족진영의 인사까지도 끌어들여 1920년 봄 공산주의자 그룹을 조직하였다. 1921년 종래의 한인사회당을 고려공산당(高麗共産黨)으로 개칭하였다. 국무총리직에 있는 동안 모스크바의 레닌으로부터 200만 루블의 원조를 받았으며, 그중 40만 루블을 고려공산당 조직기금으로 쓴 일이 임시정부에 발각되어 사임하였다. 1920년 말에는 간도의 독립군이 일본놈들에게 쫓겨 시베리아의 이만으로 퇴각할 때 1만 원을 보냈다. 그는 비록 공산주의운동의 선구적 활동을 하였으나, 그의 근본적인 사상에는 무엇보다 반일민족독립이 최우선에 놓여 있었다. 대한민국 임시정부 국무총리를 사임한 이후 시베리아에서 죽었다. 1995년 대통령장이 추서되었다.

그는 초조한지 손을 가만히 놔두지 않고 성가시게 조몰락거리는 모습은 그가 많은 걸 알고 있으나 자신의 그 주장은 별로 경험은 없는 것처럼 보였다. 그러나 그의 그런 모습과는 상관없이 그가 던진 이 화두(話頭)가 높이 소용돌이치며 올라갔다.

"우리는 어떻게든 이 운동에 참여하고 또 도와주어야 해요." 그는 도와야 한다는 말에는 목소리를 높였다. "우리는 모두 들불처럼 일어나서 우리나라의 독립문제에 무관심하고 방관하는 사람들에게 이 치욕스러운 이 만행에 더는 순응하지 말고 똘똘 뭉쳐 싸우자고 말해야 해요. '자' 저를 보십시오. 저는 여러분보다 나을 게 하나도 없으며, 또 더 낫다고 한 적이 한 번도 없습니다. 그러나 정의로운 일에 행동하지 않는다면 자신들이 비겁한 자가 되고 있다는 것을 알 거예요. 왜냐하면, 우리는 한 식구나 다름이 없기에, 만약 여러분이 그렇게 행동한다면 그 일은 우리 자녀들에게까지 영향을 미치기 때문입니다."라고 하면서 "오늘 아침에 용기가 말한 것처럼 '자신이 현명할지라도 행동하지 않으면 아무것도 아니라는 것입니다." 했다.

"나는 우리 모임이 그런 식으로 이 운동을 하지 않는지 모르겠어요. 물론 다른 의견이 있는 분도 있겠지만 그런 일에 자신을 바치는 사람도 있지요. 나도 그럴 준비가 되어 있어요. 내 생각에는 그게 최우선이라는 거예요. 우리나라가 왜 이렇게 되었을까요? 이제 내 명예를 걸고 하고 싶은 말이 한 가지 있어요. 오늘 아침에 이야기하다가 만 장학회 말인데요. 그것참 좋지요. 그러나 그보다 더 시급한 건 우리나라 독립이에요. 그러니까 우리 기금 절반이라도 독립운동 자금으로 주었으면 참 좋겠습니다." 했다.

"성전 성님 얘기 잘 들었으니 이제 다른 사람에게도 발언할 기회를 주세요잉."

금석이가 외쳤다.

"오늘 여기에 모인 우리는 모두 뭔가를 하려고 모인 사람들이고, 그 뭔가를 이뤄 그 결실을 나누고 싶은 사람들일 거예요. 그러기에 우리가 하고자 하는 그 뭔가는 모든 회원에 의한 모든 회원을 위한 뭔가가 되어야 해요."라고 성기가 말했다.

그 순간 성전은 성기의 이 모든 야그들이 너그러움과 민주적임에도 불구하고, 사사건건 자신의 의견과 정 반대에 서는 그의 마음이 또 도드라지기 전에 말문을 막고 싶었는가,

"성기, 자네는 내 의견에 찬성인가 반대인가?" 성전이 외쳤다.

"뭔가를 이루려면 상처받지 않고 할 수 있는 일 아무것도 없어요. 성기, 자네에게 말씀드리겠는데, 우리나라는 혼난 그 자체예요. 고통과 결핍과 억압뿐이에요."

그는 물 한 사발을 들더니 자신의 감정을 억제하려는 듯 단숨에 들이켰다.

"목적 없는 인생, 그 생활방식 그것처럼 불쌍한 사람은 없을 거예요." 그는 자신의 주장이 관철되도록 열심히 설명하려 애썼다.

성전은 지금의 감정 생태로는 만약 용기가 더 논박하거나 동의해주지 않는다면 쉽게 폭발해버리고 말 것 같았다.

그 모습을 가만히 지켜보던 용기가 "진정들 하세요. 지금 떡도 만들지 않았는데 떡을 어떻게 나눌 건가를 얘기하는 것은 좀 거시기 허구만~ 우리 기금이 쌀로 100여 가마 된다고 해도 그걸 장리쌀 놓은 게 가실에나 거치니깨 성전 성님 건은 더 심사숙고한 다음 결정해도 무방하다고 생각이 드는디 다른 분들은 어떠신가요잉?"

"아, 나는 반대요." 이제껏 한마디도 없이 한쪽 구석에 있던 석개가 말했다. "하따, 우리 한 치 앞에 일도 모르는 우린디 뜬금없이 꺼낸 장학회나 성전 아우님 그쪽에 지원 문3제는 애당초 우리 모임의 취지와는 벗어난 얘기 아닌가요잉? 글고 장학회는 나와 기광 성님 경우는 애덜은 다

컷으니께 쫌 거시기 하고 또 장리쌀도 잘 거치지 않는디 그런 야그헌다는 거시 쫌 거시기 허니께 그냥 처음 하던 그대로 친목과 경조사(慶弔事)나 잘 챙겼으면 좋겠소잉." 했다. 그런 그는 한때 자신이 죽으면 자식들이 조부와 부모님 산소 돌볼지 안 돌 보지 모르니, 조상들의 묘를 파 없애 버리자는 말을 꺼냈다가 사촌들에게 욕 바가지로 얻어먹은 자니, 그런 말을 해도 그리 놀랍지 않은 자였다.

"전 그 기금으로 부모님 이장(移葬)하는 데 썼으면 좋겠어라우."

제일 어린 우개가 말했다. 그는 평소에 지 아부지가 월탄회를 만든 산파였고 또 돈도 제일 많이 희사했다고 함서 앞으로 자신에게 회장이나 또 다른 짐을 더 지우면 아예 이 모임에 안 나온다고 협박 아닌 협박(나라와 가문의 미래에 관한 생각이 전혀 없이)을 하던 자였다.

용기는 우개와 석개를 생각할 때마다 왠지 돼지가 생각났다.

돼지! 아, 돼지 같은 사람, 그 인생은 언제나 꿀꿀꿀, 예나 지금이나 돼지는 먹이 앞에선 물불을 가리지 않는 식충이다, 혹은 부끄러움을 모르는 철면피. 돼지는 나의 무지. 돼지는 나의 오욕五慾. 돼지는 나의 이기주의, 제 욕심만 쫓는 삶은 온통 돼지를 닮아간다.

돼지여! 이제라도 안갯속을 쩔쩔 헤매는 이에게, 네 노래 들려줄 목청은 있는가? 네 가장 좋아하는 음식을 나눠어 줄 손은 있는가?, 부친한테 기와집 몇 채 물려받은 부자가, 아주 가까운 집안 어른 부의(賻儀)에 지 어매에게 등 떠밀려 쥐꼬리만큼 했다던데, 쯧쯧 쯧… 아무튼, 이제라도 울 아부지가 종중 땅 사는데 돈 많이 냈다는… 같잖은 자랑 그만하고… 친척들이 다 모이는 시제(時祭) 때라도, 합환주(合歡酒) 한 동이 낼 용의는 있는가? 왠지 너만 생각하면 정말 꿀꿀하고 무섭기까지 하니, 내가 먼저 그냥 떠날까? 어떤가 돼지여.

하지만 용기는 그런저런 생각이 들었어도 차마 얘기 못 하고 가슴에 삭히려니 쓰렸다. 그래도 한 번 더 기회를 주고 싶어서…

"아이고 석개 형님과 우개는 그 야그할라고 여기 외깃소? 모다 한 식구나 마찬가지니께 서로 이해허고 협조험서 살아야헌디 안타깝소잉." 용기가 말했다.

"썩어들어가는 다리를 질질 끌고 의사에게 간 사람이 내 다리 아프지 않다고 말해 보았자 아무 소용없겠지요. 여러분! 나에게 이 문제를 도울 기회를 주십시오. 우리에게 시급한 그 약(그 돈) 제가 다 내겠습니다."라고 동네 구장인 금기 씨가 말했다.

'이제야 십 년 묵은 체증을 싹 내리는 말이 나오는군…. 오늘 밤 말을 타고 달릴 곳은 금기 씨의 깊고 넓은 도량(度量)이 되겠구나!' 하고 용기는 생각했다.

계룡산

바람이 지나가고 사라진 자리
그 얼룩을 씻어주는 이슬 같은 산이다
밟으면 밟을수록 애틋한
상상 속에 머물고 있던 꿈이
틀을 깨고 허물을 벗는
산

생각만 해도 시원한 산이다
앉은뱅이, 꼽추, 키다리, 뚱뚱이, 홀쭉이
나무들이 그런 사람들이
퍼질 대로 퍼져 치렁치렁 늘어진
잎사귀 밑에서
자유가 의지를 만들고
의지가 의미를 만나
쉼을 얻을 수 있는
산

너무 높지도 너무 낮지도 않은 산이다
아무 거리낌 없이 앞가슴 풀어 헤치고
우는 아이 젖 물리는 어머니를 닮아

늘 부족한 무엇 하나
우리에게 채워주는
산

참으로 도량 있어 보이는 금기 씨는 그 이튿날, 성기, 용기, 성전, 정우를 그의 집으로 오후에 초대했다.

계룡산(남원시 사매면 여의터와 구터에 사이에 있는 388m 산) 밑에 그의 집이 있었다. 언제인가부터 그 동네 사람들은 그 계룡산을 가리켜 어머니산이라고 불렀다. 아무도 어머니 사랑의 높이와 깊이를 잘 몰라도 그 산에 오르면 솔바람으로 어머니의 사랑 노래가 솔바람으로 들려오는데…. 귀를 모아 가만히 가슴으로 들어야 들린다. 우리의 삶은 부귀공명이 우선이 아니고 내 삶은 충효가 먼저이고, 또 자연의 이치에 따름이 군자(君子)요, 하나님의 세계이며, 인간 최고의 삶이라고 외치고 있는 그 어머니의 노래가 들려서…. 그간의 피로가 싹 풀리고 근심 걱정이 열 길로 도망간다.

그러나 어머니의 노래를 내 눈과 코와 입이나 귀로 듣는 것이 아니고, 그 옛날의 한 선비의 덕목과 낭만으로 듣는 것도 아니고, 다만 나의 이성과 양심으로 듣는 것이다. 그리고 그 느낌과 깨달음을 내 세계관과 견주어보는 것이다. 그것만으로도 계룡산에 온 것은 참 잘 온 것이다.

그는 서울에서 요릿집으로 크게 돈을 번 부자인데도 그의 집은 우물정자 모양으로 벽에 굵은 통나무를 듬성듬성 넣고 그 틈을 황토로 메운 소박하고 단출한 삼간 기와집이었다. 그 집 정면에 시늉만의 사립문이 달렸고, 집 둘레로는 사철나무로 둘러 있어서 언뜻 찻집처럼 보였다. 계룡산을 등지고 앉아 있는 그 집 마당에 연못이 하나 있었는데 그 연

못 주위에 큼지막한 바위와 소나무가 있어 더욱 운치 있었다. 그 주위에 돋아난 풀잎들은 저마다 해와 달의 기운을 서로 먼저 받아들이고 싶어서 용을 쓰다가 그만 쓰러졌는지 남향 쪽으로 퍽 기울어져 있었는데, 바람이 세게 불자 한순간 더욱더 자지러져 우~ 우~ 울다가 금세 제자리로 돌아왔어도 또다시 바람이 불자 그 바람으로 다시 일어나 이 세상에 하나뿐인 춤사위를 만들어 내려고 용을 쓰고 있었다.

그 일행이 오후 3시쯤 헛기침하며 마당에 들어서자 금기 씨가 반갑게 맞이해 안방으로 들어갔다. 곧 간단한 다과와 함께 차(茶)를 내와 이런저런 이야기가 하다가 그는 금고에서 10만 원을 꺼내 성전에게 5만 원, 성기에게 5만 원을 주었다.

그는 분명히 노블레스 오블리주(Noblesse Oblige)를 통달한 사람 같았다. 그는 그리고 용기의 마음에 꼭 드는, 조용하고도 신중한 웅변조로 다음과 같은 말을 했다.

"첫째, 조선은 우리를 도와줄 돈이라고는 한 푼도 갖고 있지 않습니다. 검약과 자주독립의 사상이 오늘날 조선을 휩쓸고 있습니다. 일본놈들이 그냥 우리나라를 떠날 리 만무합니다. 그렇다고 가만히 있으면 우리들의 선조, 시산군께서 화내실 것입니다

둘째, 조선을 발판으로 삼지 않고는 섬나라 일본놈들이 대륙, 중국에 진출할 수도 없고 중국과 한 번도 싸울 수 없습니다. 그런데 우리도 서로 분열한다면 독립은커녕 한 번도 싸우지도 못하고 일본놈들의 영원한 노예로 전락할 것입니다.

셋째, 해외처럼 조선 안에서도 무장을 갖춘 독립 의혈단을 조직해야 합니다. 그리고 직접 나설 수 없으면 물질로라도 후원해야 합니다. 그것 없이는 독립을 열망하는 모든 조선인의 애국 마음은 허구일 뿐입니다.

넷째, 그다음 아주 명백한 사실로써 내가 말하고자 하는 것은 이렇습니다. 즉, 우리 같은 민초(民草)를 제외하고 조선에서 의혈단을 조직한다

는 것은 불가능하다는 점입니다. 이제 나는 그것을 증명해 보이겠습니다. 즉, 민초들은 첫째 밤낮을 가리지 않고 일을 할 수 있을 뿐만이 아니라 서로 자유롭게 왕래할 수 있습니다." 했다.

금기, 그는 자기 시대를 알고, 자기 고난을 잊지 않아서 지금 부자가 된 것이다. 그는 자식들의 미래를 알고, 자기가 할 일을 알아서 지금 독립운동에 힘을 보태고 있다.

용기는 감동되어 있었다. '시산군께서 바로 이 방에서, 그 모두를 바라보는 듯이 서 있고, 그 방 벽에, 거기 모인 사람들의 과거들이 써 저 있으며, 그 아들딸들이 그 발자취를 따라 걷고 있는 듯했다'.

어찌나 좋던지 모두 손뼉을 쳤다.

그러나 성전은, 성기 쪽은 조직은 있어도 아직 별다른 활동은 없으니까 그 돈을 전부 저희에게 주었으면 했다. 그러자 성기는 아니라고 자신 쪽에서도 여러 계획을 세우고 있다고 서로 옥신각신했다.

의심은 호기심을 죽이지 않는다. 오히려 부추긴다. 금기는 연맥(連脈) 바로 인연으로 서로 엮이어 있는 관계는 재미없게 생각하지만 관념의 대위법(對位法)은 좋아했다. 바로 모든 생각 속엔 수평적 측면과 수직적 측면이 있는데 실제로는 아무리 복잡하게 얽혀 있는 생각들이라 하더라도 근본적으로는 수직적인 조화구조가 숨어 있기 때문이다.

그러기에 성전이 쪽과 용기 쪽의 이념이 서로 다르고 또 가는 길은 조금 달라도 결국 조국의 독립이라는 길에서 다시 만날 것이니, 서로 협력하라고 강력하게 당부하였다. 그래 성전과 성기는 지금은 당장 어려운 것이라는 것을 알면서도 서로 협력하겠다고 대답했다. 그리고 정우는 남고 성기와 용기 그 형제는 이런저런 얘기 하다가 다 못하고 성기가 저녁에 용기에게 들린다고 하고 각자 집으로 돌아왔다. 그리고 용기는 내일 평상시대로 모든 것이 되돌아오면 성전이 쪽에게 무엇부터 협력해야 할 것인가? 그런저런 것을 생각해 두어야 하니까, 용기가 온종일 한 일은 아까 계룡산 그 시(詩)가 들려준 그 이후의 시어를 기억해 내려는 일이었다.

일본놈들의 총칼 아래,
얽히고 꼬여 있는 들장미 줄기들 속에서
시산군의 충효와 명예와 중용을 늘어뜨리고,
조국 광복 하나로 똘똘 뭉친 여의터 전주이씨
집성촌을 바라보니
매계서원(梅溪書院) 너머 계룡산의 숲 또렷하고
향기로운 풀 여의터에 무성하게 자랐구나
어둠이 깊을수록 새벽이 가까우니

용기는, 자신이 기억해 낸 그 형용 어구들이 틀린 자리에 있는 것 같아 불안했다,

그에게 자유민주주의가 매우 소중하고 여겨지고 그와 다른 세상이 분명하게 멀어져 버린 것을 빼놓고는 어제와 크게 다르지 않았다. 다만 일본놈들의 총칼이 서재 책상 너머 서가에 꽂혀 있는 듯해서 자신이 비참할 정도로 나약하게 느껴졌다. 그래 자신의 꿈은 너무나 멀리에 있었고 사람들이 산에 오르는 모습과 내려가는 모습이 낯설게 보였으며 무슨 생각이든 한참이나 애를 써야만 헤아릴 수가 있었다.

성기와 용기는 형제이었으나, 용기는 지독한 나라 사랑과 정의가 충만한 사람이었고, 성기는 나라 사랑은 숭고하면서도 사실적인 것에 몰두했다.

용기는, 자신이 기억해 낸 그 형용 어구들이 틀린 자리에 있는 것 같

아 불안했다,

그에게 자유민주주의가 매우 소중하고 여겨지고 그와 다른 세상이 분명하게 멀어져 버린 것을 빼놓고는 어제와 크게 다르지 않았다. 다만 일본놈들의 총칼이 서재 책상 너머 서가에 꽂혀 있는 듯해서 자신이 비참할 정도로 나약하게 느껴졌다. 그래 자신의 꿈은 너무나 멀리에 있었고 사람들이 산에 오르는 모습과 내려가는 모습이 낯설게 보였으며 무슨 생각이든 한참이나 애를 써야만 헤아릴 수가 있었다.

성기와 용기는 형제이었으나, 용기는 지독한 나라 사랑과 정의가 충만한 사람이었고, 성기는 나라 사랑은 숭고하면서도 사실적인 것에 몰두했다.

용기는 저녁이 되자 형 성기 성님 댁으로 갔다. 성기 형님 집은 그리고 물레방앗간 모습이었다. 물이 세차게 물레를 돌리고 있었다. 물은 머리를 풀어 헤치고 달려들며 그의 옷자락을 적셨다.

…아아, 저 물소리, 깊은 산골짝에 사는 걸 불평 불만하다가 가만히 생각해 보면 산골짝에서도 받은 사랑이 있어 그 사랑의 빚 다 갚으려는 듯 저 몸을 물살에 띄운 저 물소리, 그러나 떠난 자는 반드시 돌아오지. 떠나 봤자 깊은 수렁 아니면 웅덩이 폭포이겠지만, 떠나지 않고는 아무것도 이룰 수 없다는 것을 확인하기 위해서라도 떠나게 되는 것이고, 그것이 꿈쟁이의 삶이며, 그리하여 꿈쟁이는 각성케 되는 것이지. 바다와 가깝게 되는 것이지. 물은 나를 쉬지 못하게 하고 나를 들들 볶아서 나를 긴장케 했어. 나를 긴장케 한 물을 그러나 나는 사랑해.

긴장은 성숙이며 한 걸음 더 도약할 수 있는 지혜를 가르쳐 주기 때문이지. 그리하여 긴장을 사랑하는 것이지. 너무 많이 쉽게 사랑하고 쉽게 헤어지는 속에서 사막의 낙타의 무릎 같은 방법, 단 한 번도 회의해 보지 않고 한걸음에 달려온 그 걸음으로 꿈과 만나려고 할 때, 그렇게 지고지순한 방법으로 꿈을 만나려는 자가 하나쯤 있다는 것은 얼마나 신나는 일인가, 그것이 비록 물거품이고 도로 쪽배로 가게 된다 해도 순풍의 돛단배 성취보다 백번 값진 것이기 때문이지.

안개에 가려 있는 섬, 그 섬 위로 갈매기 한 마리 날고 있다. 갈매기는 앞만 보고 자꾸만 날고 있다…. 아아, 저 갈매기 날갯죽지에라도 끼어 바다 끝까지 가고 싶구나. 그런데 이상한 일이다. 조국 광복의 길이 암울하다. 두렵다. 내가 뭘 한 게 있다고 시작도 안 했는데 내가 왜 이럴까. 다른 일은 이러지 않았는데, 이웃의 어려운 일에는 저 새벽의 욕정과도 같은 열망으로 달려가서, 몸으로 부딪쳐서 도와줬는데, 그것이 아무 대가가 없을지라도 나는 달려갔고, 그 대가 없는 노고(勞苦)를 신발처럼 여기며 또 다른 어려운 이웃을 찾아 나서곤 했는데, 아아, 이제 나는 정의를 두려워하고 확실하게 대가가 보장된 세계나 찾을 만큼 약아빠져 버린 것일까. 아니다. 나는 자주와 정의에 목맨 청춘이다. 14년 3개월의 젊음이다.

"용기 동상 있는가?"

"아, 밤도 짚었는디 어찌… 외겼능교?"

"아까 낮에 저녁에 들린다고 안했능가?"

"아니라우. 아무튼… 들어오세요. 들어와,"

"음, 걱젱이 되아셔도 내가 기양은 못 가제."

"성님 뭔 걱젱이 많은 것 보니 참 한가헝갑네에?"

"잔말 말고 자네 며칠 전에 하신기 술도가 집 현철이랑 인월 빨갱이 모임에 참석해 머얼 어쩌고저쩌고 했다면서?"

"머얼 어쩌고저쩌고 라니요?"

"아 그렁게 속 시원허게(빨간 물든 말을) 다 털어 봐 차라리, 아예, 그러면 그런 줄이나 알게."

"비밀을 지키실라요? 그럴 자신 있소? 아매 못 허실걸?"

"자네도 지키는 비밀을 내가 못 지키게 생겠어서 다짐을 받는가?"

"네."

"그러면 나중에 알 건 석류속맹이로 냉게 놓고 시방 알아도 되는것부템 얼릉 말을 해봐."

"돌아오는 남원 장날 정때쯤 우시장 입구에 있는 '척산 은행 남원 지소' 구경 가 보세요잉. 단 가까이는 가지 마시고 멀찍이."

"아이고, 폭탄을 던진다는 거여?"

"저도 현철이한테 그 말만 들었어라우."

"아조 섶을 지고 불로 들라고 환장을 했등갑다."

"저는 얼떨결에 현철이 따라가서 거기 모인 사람들한테 인사하고 돌아오는 길에 그 말만 들었어라우."

"아니, 자네가 나를 데꼬 노능거이여, 머여? 애들 장난도 아니고, 능구렝이 담 넘어 가디끼… 어쩌겄다능 거잉고? 잉? 경우지고 아능 것도 많은 자네가… 현철이와 머얼 어쩌겠다는 거인지."

"아까 한 말 그 이상도 그 이하도 아니어라우."

"안 먹든 것 먹으면 관객이 나는 거인디, 내가 오늘 저녁 먼 일을 당해도 당헐라고 자네를 만났능게비다. 아매, 이게 웬일잉가 모르겠네에."

"그렇게 저 잠깐 몹쓸 귀신한테 홀렸능개비다 그렇게 믿고 계시요잉 나 허튼 사람아닌께."

"아니 니가 머이 모자라서 어쩌다가 쇡이 온통 빨간놈한테 꼬여 갖꼬 내가 염려하게 맨드나아… 정신채려라아잉, 정신채려어, 빨갱이한테 홀리면 종당에는 패가망신하는거이여. 아이고, 내 쇡이여 폭폭하고 속상해서 꼭 내가 너보돔 몬야 죽을랑개비다."

"아이고, 성님, 더는 걱정 안 하시게 할께요."

성기는 용기 방을 나와 두루마기자락을 모아 잡았다. 그리고 마치 나귀처럼 발걸음을 내딛기 시작했다. 퍼부어 내리는 달빛이 나뭇가지에 부덮혀 땅 위에 흩어지고 있었다. 그 달빛을 따라 쭉쭉 나아가는 그 그림자는 마치 울퉁불퉁한 자갈길을 헤쳐나가는 달구지 같았다. 언젠가 어무이와 남원 장에 가셔서 안 돌아오시는 아버지 마중 간 적이 있었다. 아버지는 그때 고산골을 혼자 수궁가 거북이로 느릿느릿 넘고 있었다. 성기는 신이 나서, 어무이 손을 잡고 외갓집에 가던 날처럼 신이 나서, 잰걸음을 놀리는 것이었다. 들판에는 볏짚들이 군데군데 모여 한기와 싸우고 있었다. 들판이 점점 좁아지더니 눈 깜박할 사이 산골로 접어들고 있었다.

무엇인가 푸드덕 날아가는 소리를 듣는 순간, 성기는 그 자리에 주저앉아 버렸다. 이마가 서늘해지며 가랑이 사이의 불알 두 쪽이 딱딱하게 굳었다. 저만치 늙은 소나무 삭정이 하나 뚝 떨어뜨리고 이내 실한 가지로 날아가 그 큰 눈을 굴리고 있었다. 부엉이였다. 내일도 모레도 아부지가 외출하셨다가 밤늦도록 안 오시면 동구밖에 눈 걸어놓고 "부엉이야, 우라버진 대장이란 말여, 대장!" 외칠 것이었다.

어무이 발걸음이 빨라지고 있었다, 치맛자락이 잔솔가지에서 춤을 추고 있었다. 성기는 어무이와 떨어질까 봐 달렸다. 바람이 쌕쌕 귀때기를 때렸다. 별들이 쏟아지고 있었다. 오작교처럼 다리를 놓은 은하수를 머리로 넘기며 성기가 냇가 돌다리에 이르렀을 때 어무이는 보이지 않았다. 목이 말랐다. 무서웠다. 또랑 사이를 뒤져 단단한 돌멩이 한 개를 움켜쥐었다. 한결 무서움이 덜 했다. 아주 가까운 곳에서 부엉이가 울었다. 돌다리를 건너 앞으로 나갔다. 돌멩이를 쥔 손바닥이 시려서 바짓가랑이에 자꾸 손바닥을 문질러야 했다.

저만큼 우람한 소나무 옆에(소변을 보셨나 더운 김이 솔솔 나는 지도가 그려져 있는) 까무스름하게 엎드린 바위가 보였는데, 어무이였다. 성기는 솔푸데기 사이로 얼릉 몸을 숨겼다. 어무이는 바위에 쪼그리고 앉아 있었다. 눈을 또랑 돌다리에 고정하고 있었는데 마치 옛날부터 그 자리에 박혀 있는 바위처럼 꼼짝도 하지 않는 것이었다. 다람쥐처럼 성기는 살금살금 다가갔다. 솔밭이 끝나는 곳에 이르자 어무이 모습이 좀 더 똑똑하게 보였다. 어무이는 또랑 돌다리에 고정하고 꼼짝도 하지 않았다. 바람이 불었다. 부엉이가 울었다. 그래도 성기가 안 보이자 어무이는 번쩍번쩍 고개를 치켜들고 목이 터져라 "성기야, 성기야!" 성기를 불렀는데 그것은 잠깐 이내 다시 바위가 되는 것이었다.

성기는 승냥이 울음소리에 정신이 번쩍 들어 솔푸데기에서 어무이 저 여기 있어요. 그렇게 대답하며 어무이 옆으로 다가갔다. 어무이는 시커멓고 차가운 바위에 엎드려 있었다. 등허리에 반쯤 걸쳐 있는 저고리가 바람 부는 날의 문풍지처럼 크게 흔들리고 있었다. "아아, 우리 어무이, 불쌍한 우리 어무이!" 성기는 이를 빡빡 갈며 돌멩이를 쥔 손을 치켜들었다. 그리고 막 또랑을 향하여 돌멩이를 날리려는 참이었다.

성기 아부지. 용기 아부지.

희끄무레한 달빛 속에서 천천히 걸어 나오는 한 사람 보고 어무이는 애 터지게 부르고 있었다. 잔솔가지를 부여잡고 숨넘어가는 소리로 부르짖는 것이었다. 어무이는 아부지를 부르고 불러도 아무 대답이 없었다. 그러나 그는 아무 대답 없이 헛기침을 연신 하며 다가왔다. 어쨌든 우리 아부지가 아닌 것만을 확실했다. 성기는 마른 입술에 급하게 침을 바르며 소리쳤다.

아부지가 아녀, 우라부지가 아니란 말여.

그런데도 어무이는 그 사람을 우라부지라고 빡빡 우기는 것이었다.

아아, 우라버지 장에 가셨다가 안 돌아오시자 상심이 크셨던 우리 어무이, 우라버지 또래만 봐도 다 우라버지로 보이는 것인지, 참으로 우라버지를 사랑한 어무이인 것이었다.

격동의 시대

서시(序詩)

어디에 있든지
어떤 환경에 처해 있던지
그대는 불꽃들이 들어찬 가슴 열고
나와야 한다

짙푸른 바다를 사모하는 강물처럼
머뭇거리지 말아야 한다

어서
묶여 있는 배의 돛을 세워야 한다
태양이 바다 속에서 깨어나
활활 연 저 길은
보석이고
따뜻한 말

그대의 가슴이 끓고 있을 때
일어서야 한다 일어나서

저 보석들을 담아야 한다
저 더운 말로 노래를 해야 한다

어디에 있든지
어떤 환경에 처해 있던지
그대는 불꽃들이 들어찬 가슴 열고
나와야 한다

짙푸른 바다를 사모하는 강물처럼
머뭇거리지 말아야 한다

어서
묶여 있는 배의 돛을 세워야 한다

그 당시 일본은 문명화를 받아들여 서양 열강과 함께 움직였지만, 중국과 조선은 근대화를 거부해 독립을 유지할 방법이 없었다. 그 당시 일본에서는 계몽사상가, 후쿠자와 유기치(1835~1901, 일본 최고액권인 1만 엔권 지폐에 인물초상이 실려 있는 그는 일본인들에게 국부(國父)로 인식되는) 그가 갑자기 나타나 탈아론(脫亞論)을 강력히 주창한다. 즉 일본이 아시아를 탈피해 유럽으로 진입해야 한다고 외친다. 이게 일본의 부국강병의 뿌리다. 말이 좋아 부국강병이지, 실은 서양 제국주의처럼 아시아의 머리가 되자는 자본주의 식민 지론의 기초다.

그러나 일본도 12세기 말부터 약 700년 동안 막부(가마쿠라, 무로마치, 에도)는 무사가 주도하는 봉건주의 사회여서 1850년대 일본은 안으로 수탈과 억압에 반발하는 농민 봉기로 내우외환에 시달렸다. 그래, 그들이 최종 선택한 게 화혼양재(和魂洋才) 즉, 천왕 중심의 서양 과학기술을 결합해 아시아 최강자로 등극하기를 원했다.

그 이후 일본은 후쿠자와의 탈아론(脫亞論)을 적극적으로 받아들여서 강자동일시 전략으로 나갔다. 즉. 서양 열강(화란, 영국, 미국, 러시아, 프랑스)과는 불평등조약을 감수하되 미개국, 조선, 중국 등을 삼키려 했다. 그 이후 오카쿠라 가쿠조(1863~1913)는 일본이 조선, 중국을 병합, 아시아를 지배해야 한다고 했다.

이런 왜구의 노략질은 1592년 임진왜란, 1597년 정유재란을 보듯이 왜구가 우리나라 남해안 일대를 침탈하는 일이 잦았다.

그런 왜구가 19세기 868년 메이지유신의 서양 과학기술을 바탕으로 일본은, 1876년 강화도조약을 통해 조선에 개항(부산, 원산, 인천) 등을 강요했다. 그 이후 일본 상품이 조선에 진출했고, 1905년 을사늑약과 1910년 한일합방을 통해 조선의 쌀, 콩, 등을 헐값에 매입했고, 동양척식회사를 세워 토지조사를 한다는 빌미로 토지소유권을 확립하며 빈농을 내쫓아, 생산수단을 잃은 소작인들은 유랑 걸식하거나 노동자가 되었다.

16세 꽃다운 나이에 일본군에 강제로 끌려가 그들의 성 노리개가 되어 온갖 수모를 겪다가 끝내 병들어 죽은 아랫마을 처자의 눈물겨운 사연을 기억한다. 우리가 이 투쟁(독립운동)을 결코 멈출 수 없는 이유다.

주위는 어두워져 오고 있었다. 삼월 삼짇날, 눈이 짓물러 있었다. 그날은 아침부터 비가 내렸기에 논밭에 안 나가고 아침부터 그 시각까지 논어를 읽었으니 무리도 아니다. 용기는 그 가르침을 현실에 적용할 것도 있고 당장 적용할 수 없는 것도 있었다. 문득, 엊저녁에 다녀간 성기형의 염려와 당부가 생각났다. 따라서 용기는 매사에 신중해야 했다. 머리가 어질어질했다.

용기는 비틀거리며 옷을 입은 채로 누웠다. 8시쯤 깊은 잠에서 깨어났다. 잠을 깨고도 한동안 어디에 와 있는지 가늠이 안 잡힐 정도의 깊은 잠이었다. 다행히도 성전 성님 형수씨가 싸 주신 식혜가 있어서 몇 잔을 거푸 마실 수 있었다. 성기 성님의 염려를 뛰어넘어 더 넓은 세상으로 나가고 싶었다. 그러려면 더 많이 배우고 앞서가는 이들과 더 많이 교류해야 했다. 우선 동안 써놓은 붓글씨를 정리하기 시작했다. 그 글 중에는 누구에게 주려고 쓴 글도 있고, 표구해 걸어두고 싶은 글도 있는가 하면, 일기 투의 단상, 고백, 실패를 예감하면서도 고집스럽게 작성한 희망의 글도 있었다. 시산군의 중용(中庸)과 유학을 묘사한 글도 있었다. 그리고 내게 유무형으로 상처를 주었던 사람을 묘사하는 글도 있었다. 그런데 그 사람의 얼굴이 내가 본 그 사람의 얼굴과는 달리 몹시 험상궂게 그려져 있었다. 내가 그 사람의 단편적인 모습만 보고 그릴 수도 있었다.

의도적으로 그럴 가능성이 컸다. 우연의 일치일 경우 내가 더 꺼림칙해질 수밖에 없었다. 하지만 하필이면 왜 그 얼굴만을 그렇게 그렸을까? 하는 수 없이 오늘 또 그 이름을 마른 목축이듯이 입안에 넣고 굴려본다. 어쩌면 그 이름은 장미의 가시일 수도 있다. 아니면 화해와 협력일 수도 있다. 그러나 최근에, 엊저녁 성전 성님네 집에서이었던가, 누군가로부터 고집쟁이라는 소리를 들었다. 성전 성님보다 더 고집이 세다는 소리를….

물레방앗간 너머 계룡산으로 달이 천천히 떠오르고 있다. 빌어먹게 정제에서는 바스락거리는 소리가 끊일 새가 없다. 생쥐인지, 아니면 밥도 얻어먹지 못한 삼신할머니의 유령인지….

정제에 나가 보고 싶지만, 용기가 안 난다. 그저 잠시 일어나 창밖을 내다본다. 이따금 성기 성님이 올까 봐 방문을 열어본다. 흡사 내가 삼국지 적벽대전의 제갈량이 조조에게 한 방 먹일 화공(火攻)의 전야 속 같다. (아이고 조조의 30만 대군이 몰려온다….)

그러나 용기는 오늘 밤 따라 기억의 단편들을 짜맞추고 있으려니 기분이 조금씩 달라졌다. 처음에는 형용할 수 없는 압박에서 풀려난 것 같은 기분이었는데 차츰 압박에 대한 연민이 되살아난다.

고집이 세다! 라는 말은 원칙과 중용(中庸)에 밀접한 관계가 있어 보인다. 문득 현철이가 이제는 서당에서도 프롤레타리아 학문을 가르쳐야 한다고 우겼던 때가 생각난다. 그러나 용기의 주위에는 극소수의 과격파를 제외하면 동네 사람들과 친구들은 대체로 합리적인 분들이었다. 그래서 암암리는 혁명이 소용돌이치고 있었고, 설날과 추석 모임에서나 품앗이 같은 데서는 아무 일도 없는 것처럼 전통문화가 꽃필 수 있었다.

그래서 성전 성님과 성기 성님의 독립운동의 노선의 차이란 무엇인가, 하는 주제로 토론이 벌어졌다고 하더라도 이것을 아직 탈고 못 한 한 문장 교정의 측면에서만 바라보아야 하는 입장이었다.

그래서 용기는 현철이를 만나면 프롤레타리아 문제를 토론하고 재종형인 석기에게서는 부르주아(중산계급의 시민)가 필요한 지식과 요즘 세계 정세에 대한 지식을 습득하고는 했다. 이러한 분위기 속에서 두 세계는 나란히, 아주 유쾌하게 공존했다. 그런 모습을 지켜본 성기 성님도 이젠 용기에게 아무 모순도 느끼지 않았다. 그래서 용기는 서로 공존공영하면서 서로의 다름을 인정해야 하는 사회가 오고 있음을 예감할 수 있었다. 그런 사회일수록 가령 버스운전 같은 것은 훨씬 잘할 사람에게 맡겨야 한다는 믿음이 있었다. 이런 믿음은, 당시 독립운동가들은 일제에 제대로 대항하지 못한다는 생각에서 비롯된 것이었다. 그러니까 누군가가 버스 운행 체제를 제대로 인수할 준비를 해야 했다.

결혼

홍도

겉만 보면 그냥 평범하다 못해 검다
온 전체를 돌아보면 기암괴석 절경이다

그대도 그렇다

막막한 바람이 어둠침침한 눈을 비비면
높은 바위도 아주 낮아 보인다
바위에서는 길이 따로 없다
바위를 자꾸 걷다 보면 언젠가는 땅이 나온다

우리 사랑도 그렇다

며칠 후, 용기는 재종형 석기와 한 달에 한 번 만나는 오수 '오동추' 술집으로 갔다. 마침 그 이튿날 할아버지가 중매한 임실 성수면 효촌마을 처자(울래미) 도정 참판을 지내신 조부 윤태일(尹泰一)과 부친 윤병희(尹秉禧) 어른께 인사하러 가는데, 석기 형님께 어떻게 처신해야 하는가 그 조언도 듣고 또 현 시국의 정세 등을 논의하려고 오수 오동추에 잠깐 들렸지만 실은 임실 성수면 효촌마을엔 사위 시험 보러 가는 것이었다.

그 시절 오수 술집 오동추는, 서구 과학문화와 세계정세에 목마르던 그 근방 산서, 지사, 보절, 덕과 지식인들이, 반, 일본을 도모하는 애국 시민들과 평화롭게 팔꿈치를 맞댈 수 있는 소통의 술집, 말하자면 자유 토론장이었다. 상놈과 중인과 양반의 신분을 차별하지 않는 식탁과 의자가 있고 북이 하나 있는 낡은 술집이었다. 어디 그뿐인가 밤새도록 세상사를 토론하다가 이방 저방 흩어져 새우잠을 자다 아침마다 해장국을 먹고 가는 밥집이기도 했다.

한일합방 이후에는 천도교 지도자들과 카드놀이를 할 수 있는 곳이기도 했다. 그들이 회합을 한 날은 경성의 소식과 세계정세가 그 지방에 널리 퍼지는 날이기도 했다. 술집 오동추에 자주 오는 덕과 면장 이석기 역시 항일 애국 동지들을 만나려고 오기는 마찬가지였다. 그래서 헌병대에서 가끔 암행 순찰을 나오기도 했다.

밤 10시에서 새벽 12시 사이에는 백정, 쇠장수, 목수, 소리꾼, 양반집 도령, 시인, 서예가, 용기처럼 그 지방을 지나가다가 들린 과객들이 가슴에 쌓인 울분을 털어내기도 했는데, 집이 먼 사람은 거기서 객주처럼 하룻밤 묵어가기도 했다.

그 시간에 그 집에 들어온 자들은 최소한의 자기 자신의 비판을 감수해야 한다는 것이 그 집의 불문율이었다. 그 집 주인 오동추 그는 자기가 판소리와 만담을 할 때 한 소절이라도 받아 불러줄 사람들이나 그날 온 손님 중 만담(漫談)을 받아줄 그런 사람을 위해 상당량의 소주를 비축하고 있는 오동추 씨는 그 시간에는 북을 꺼내 고수를 자처하는데, 온갖 미사여구를 늘어놓는 표리부동한 지식인 앞에는 김빠진 소주를 내어주고, 못돼먹은 양반과 친일파들을 풍자하는 이들 앞에는 담근 산삼주를 내어놓았다. 막걸리만 마시다가 어떤 이는 소주를 바뀌고 어떤 이는 산삼주로 바뀐 사태만으로도 한편의 정치사를 쓸 수 있을 것 같다. 오늘도 오동추에서는 밤늦도록 양반집 도령들과 쇠장수들이 애국이 무엇인지를 가지고 도전과 응전을 거듭하고 있었다. 그러다가 그들이 아무 결론도 없이 아무 소득도 없이 흐지부지 술만 축낼 때, 오동추 씨가 갑자기

"별주부가 되어 읊은 소리 한번 들어보실라우~

아따 저그 토끼가 독립군인 듯하여 화상을 피어 들고 바라보니 분명히 토끼가 아니라 독립군인디 저그 그 토끼를 보고 "독립군이오?" 하고 부른다는 것이 수로만리를 아래턱으로 밀고 나와 아래턱이 뻣뻣하야 독짜를 호자로 붙여 한번 불러보는디"

"얼씨구~"

"그란디 저그 주둥이 벌근허고 얼숭 덜숭헌게 독독독 호생원 아니오? 허고 불러노니 첩첩산중의 독립군이 호생원이란 말 듣기는 처음이라 반겨듣고 내려온디 지리산 너머 보절 거쳐 덕과 거쳐 오수 오동추로 호생원 온디 호생원 내려온디 그란디 반겨줄 이 그 누군가?"

그렇게 읊으면 여기저기에서 "나요, 나!" 하며 술잔을 부딪치면서, "사실이오? 아니면, 정말이오?" 하고 물으면, 주의를 기울이지 않던 사람들도 귀를 쫑긋 세우고 들으면, 오동추 씨는 더욱 신나서 춘향전 사랑가를 구성지게 부르다가 자진모리장단으로 넘어갔다.

그는 만담(漫談) 중에 북채로 관중을 들었다 놓았다 함서 상대를 머쓱하게 만들기도 하고 또 신명 나게도 했다. 그런데 어떤 사람은 이런 만담 중에 눈을 감으면서 놀부식으로 피식 웃으면서 갑자기 손과 무릎으

로 시선을 떨구거나, 하품하면서 시선을 천장으로 던지고는, "아, 호랭이가 그랬던가" 하고 중얼거린다. 때로는 당신 정말 호랭이가 그런 소리를 했다고 생각하는 건가 하고 중얼거린다. 이러면서 노골적으로 오동추가 이 시대를 일갈한 풍자와 해학에 일격을 가하고는, 오동추의 잘못이 아니라 오동추의 입에서 말이 헛나온 것처럼 아주 걱정스러운 얼굴을 하고, "계속하시쑈 계속해 나갈이 가방끈이 작은 사람도 계속 듣다 보면 이해할 수 있을 테니까" 격려까지 했다.

그 모습을 용기와 지켜보던 덕과 면장 석기가 벌떡 일어나 오동추 씨 앞으로 걸어 나가서 꾸벅 인사를 하며 "여러분 모두 안녕하지라우?" 하니까 여기저기에서 "야, 면장님 겁~나게 반갑소잉." "오늘 오동추 씨의 말씀을 들은께 차말로 힘이 나고 술이 술술 넘어가고 또 기분도 좋은디 한 말씀 해도 되겠으라우." "아이고 면장님 뭔 말씀인지 해 보시쑈." 오동추가 말했다.

"제 절친인 우리면 천도교인 '이기동' 씨가 서울 본당에 갔다가 와서 그러는디요잉. 얼마 전 미국 대통령 윌슨이 민족자결 주의론을 발표했다는디요잉. 우리나라 신한청년당도 이때다 하고요잉. 김규식을 대표자로 프랑스 파리로 파견하여 한국의 독립 정당성을 국제연맹의 동의를 얻어 우선 외교독립을 추진한다는 아주 고무적인 소식을 들었는디요잉, 우리도 단결해 거기에 힘을 모아야 할 텐디…. 여러분의 생각을 어떠시쑈?" "아, 기쁜 소식인데요 잉. 그 민족자결주의란 무엇인가요?" 오동추가 물었다. "민족자결주의란 각 민족이 스스로의 의지에 따라서 그 귀속과 정치 조직, 운명을 결정하고 타민족이나 타국가의 간섭을 받지 않을 것을 천명한 집단적 권리를 뜻한께 차말로 좋은 소식이 아니겠소잉." 하자, 오동추가 놓았던 북채를 다시 잡고 "우메! 차말로 듣던 중 제일 반가운 소린께 모다 협조함서 살아야제~ 아, 그라고 제발 쪽발이들에게 기죽지 말고 삽시다잉~" 그러자 여기저기에서 박수가 터지니, 그가 다시 "다들 쩌그 저 강 아무개 쪽발이 앞잡이 잘 먹고 잘사는 거 부러워 마시쑈잉 얼쑤~ 백금도 도가니에 넣어 단련할수록 훌륭한 보석이 되니께 얼쑤~ 맞지라우? 그런께 밝아올 우리의 새벽을 위하여 제가 술상마다 홍어 한 접시에다가 탁배기 한 주전자 내겠습니다요잉."

이윽고 홍어와 택배기 한 주전자가 나왔다.

붉은 살 홍어, 그 선홍빛 연한 살에 빗살처럼 박힌 물렁뼈는 씹을수록 쫄깃한데 코를 후벼 파듯 후각을 자극하는 꼬릿한 냄새가 탁배기 한 잔과 어우러져 천하 일미였다.

"용기 아우! 자 한 잔 받고 홍에 한 볼테기 허소."

"아니 아니, 성님! 찬물도 우게아래가 있는디, 제가 먼저 한 잔 올릴게요. 자, 한 잔 받으세요."

"고맙네."

"자, 아우도 한 잔 들게."

"네, 성님."

두 사람은 막걸리 한 잔을 마신 후 초장에 묻힌 홍어를 한 입씩 입어 넣고는 이구동성으로 매콤하고 꼬릿한 홍어 맛에 콧구멍이 뻥 뚫리는지 킁킁거리면서도 홍어를 향한 젓가락질을 멈추지 않았다.

"아따 홍에가 제대로 썩어불었네. 킁- 킁. 성기아우. 한 잔 더 받으시게. 홍에도 먹어 감서, 글고 모자라면 더 시키게."

"네. 성님도 많이 드세요."

"내일 사위 시험 보러 효천마을(결혼 후 택호를 소천으로 쓰신) 간다고?"

"네. 성님."

"효촌마을이라… 이름만 들어도 예사롭지 않은 마을 같은디. 어떤 마을인가 잉?"

"할아버지께 들었는디요 잉. 효촌마을 이름의 유래는 제가 마음에 두고 찾아가는 윤 처자(울래미) 선대(先代) 남원윤씨 16세손 두표 어르신의 효행에서 시작되었습니다. 두표 어르신이 조선 숙종 23년, 효자(현재 효촌에 돌 효자각 있음)로서 장려의 은전을 받아 마을에 '효천'이라는 이름이 붙여졌습니다."

"명문가(名門家)일세, 요즘 보기 드문 명문가야!"

"네. 울래미 처자 조부 태일 어르신이 학문의 조예가 깊어 그 근방 사우(祠宇)와 공덕비(功德碑)에 발문이란 발문을 다 썼다고 합니다. 그리고 그 집안은 유기전(鍮器廛, 놋쇠 그릇을 만드는)을 해 재력이 있어 어려운 이웃을 많이 돕고 '조부 상현' 효자비까지 세웠다고 합니다."

"효와 학문과 재력까지 갖춘 집안이라 대단해 대단하네"

"그런데 저는 가난해서 어떨지 모르겠습니다."

"아우님은 여러모로 똑똑하고 또 강직하니 윤 처자 조부 태일 어르신과 부친 병희 어르신도 맘에 들 걸세 아무쪼록 잘 뵙고 오시게."

"네, 성님."

"아, 글고 다음 달에는 이기동 씨 소개해줄 테니까 꼭 오고"

"네, 성님."

"자 기분도 좋고 홍에 맛도 좋고 한 잔씩 더 들세."

그 당시 덕과 면장 이석기는, 보기 드물게 항일정신이 투철할 뿐만이 아니라 세계정세와 정치적 감각이 뛰어나고 또 그 흐름을 잘 읽어서 그 근방 지식인들에게 신망이 두터워 따르는 사람들이 아주 많았다. 용기도 그런 그가 좋았다. 재종형이라서 좋은 게 아니라 어느덧 서로 의지하고 돕는 든든한 동지가 되어 가고 있어서….

그 이튿날, 용기는 덕과 석기형 집에서 아침을 잘 대접받고 보절을 거쳐 산서 너머 임실 성수면에 이르자 선조, 패전을 모르는 맹장, 이성계(조선 태조) 장군이 황산대첩(고려 우왕 6년인 1380년 9월 이성계가 사령관으로 있던 고려군이 남원 지리산 부근 황산(荒山)에서 10배의 왜구를 물리친 싸움)에서 승리하고 한양으로 금의환향하는 이 장군의 발자취를 따라가는데, 제일 먼저 아침재가 반긴다. 거기서 터벅터벅 한참을 걷으니, 인제 아침에 그 마을을 지났다고 하는 조치가 나왔다. 또 거기서 한참을 걸으니 왕방리가 나왔다. 이 왕방리는 왕(이성계)이 걸었다 하여 왕방리라 하는데, 거기서 1키로 정도 더 가니 이제 수천 리가 보이기 시작했다.

수천 리가 어디냐 하면 이제 수천 리 왔어요.라는 수철인데 여기가 바로 성수산 876m 상이암 입구 마을이다.

상이암(上耳庵, 성수산 길 658) 사찰에서 백일기도를 끝내고 못에서 목욕하던 고려 태조 왕건에게 하늘로부터 용이 내려와 몸을 씻어주고 승천하면서 '성수만세(聖壽萬歲)'라 했다고 한다. 다음으로 조선 태조 이성계가 조선을 세우기 전에 이곳에 와서 백일기도를 드릴 때 하늘에서부터 "앞으로 왕이 되리라."는 소리가 들렸다고 한다.

그 이후 별다른 감응이 없자 이곳에서 3일을 더 맑은 계곡물에 목욕재계를 하고 기도를 드리자 용이 나타나 세 번 몸을 씻겨주는 발용대몽(發龍大夢)을 경험하였고, 하늘에서 신선이 내려와 성수만세(聖壽萬歲)라며 축원을 세 차례 하였다고 한다. 장군은 기쁜 마음에 '하늘, 산과 물이 맑다' 하여 '삼청동(三淸洞)' 글씨를 바위에 새겼고, 12년 후에 조선을 건국했다.

조선 개국과 더불어 태조 3년 각여선사가 도선암을 상이암으로 고쳐 부르게 하였으며 성수만세란 외침으로 인하여 이때부터 이 산의 이름을 성수산이라고 불렀다.

용기는 상이암에 들려, 이곳저곳을 살펴보면서 윤 처자(울래미)와의 인연은 무엇일지 자못 궁금하고 또한 걱정도 되었다.

선조, 이성계의 조선 개국처럼 결혼이란 것도 하나님의 뜻과 도우심이 있어야만 실현된다는 것을 알 수 있기에….

용기는 상이암에서 나와 약간 수천 리를 거쳐서 왕방리 조치 인제 반대로 조치에서 효촌에 이르자 석정문(石旌門: 돌로 세워진 효자비)이 나무 정문과 같이 효촌이 효자마을임을 증언하고 있어 절로 고개가 숙여졌다.

용기는 나무 정문 두표의 선친의 6대손인 동몽교관 상현(남원윤씨 21세)의 효심을 기리는 대표적인 그 정문에서 윤 처자(울래미) 조부와 부친을 만나면 어떻게 인사하지. 또 내 장단 점을 말하라고 하면 뭐라 대답하지 그런저런 근심 걱정에 싸여있는데, 길옆 담벼락을 두른 들장미들이 용기에게 힘을 주듯 선명한 선홍빛으로 초가 담을 뛰어넘고 있었으며, 개울에서 그 길까지 기어오른 칡넝쿨들이 연초록색으로 산딸기나무 줄기를 기어오르려고 호시탐탐 기회를 노리며 초여름의 꽃 같은 무지갯빛을 피우고 있었다. 태양이 눈부시게 빛나며 계란후라이처럼 생긴 개망초 위로 꿀벌들이 붕붕거리며 날아다녔다. 초록 우단을 깐 듯한 밭과 들에서는 눈에 띄지 않은 뜸부기들이 뜸북뜸북 울었고, 들장미 꽃잎들이 떨어져 있는 웅덩이와 늪에는 뻐꾸기와 딱새 떼가 울어댔으며 산 꿩이 푸드덕거리며 여름다운 소리를 내면서 하늘 높이 날고 있었다. 바지런한 아낙네들이 시냇가에서 빨래하고 있으며, 농부들은 갈아놓은 논에 모를 심으려고 써레질을 하고 있었다. 이젠 정말로 여름이 온 것이다.

목이 말라 학당시암(堂視岩)에 들려 저 멀리 서생들이 글 읽는 소리를 섞어 목을 축이니, 그 옛날 보리밥을 물에 말아 먹으며 더위를 이겼던 시절이 생각났다.

용기는 효촌에 처음 왔지만 전혀 낯설지 않았다. 그저 걱정 반 설렘 반이었다. 그런데 이런 설렘은 두 번 다시 오지 않을 설렘이었다. 여태껏 보아왔던 동네와 비슷하지 않은 동네(하마비: 여기 효자들이 사는데 어떻게 감히 말을 타고 지나느냐고 하면서 말에서 내려 걸어갔다). 그러나 윤 처자가 사는 소충다리 부근 유기전 거리를 들어설 때 갑자기 회오리바람이 불었다. 그래도 용기는 한걸음으로 쭉 걸었다. 원치 않는 커브 길과 시든 꽃잎을 만날 때마다 가슴에 중용(中庸)과 어느 마라톤을 새기며 쭉 걸었다.

낙서

윤 처자 조부와 부친께 사위 시험 보러 가다가
목이 말라, 샘에 들려 물 한 바가지 쭉 들이켰더니
샘물이 구정물 같은 생각을 싹 씻어내는구나!
세상 잊고 스스로 배필(配匹)을 찾아왔는데
두레박 낙숫물 소리가 어느 때는 까치 소리처럼 들렸다가
어느 때는 뻐꾸기 우는 소리처럼 들리네
오직 한 걸음으로 필조(匹鳥)와 짝지어 왔는데
내 발길은 여전히 하마비로구나
그러나 샘물에 품은 윤 처자 생각은
만 번이나 새롭구나

유기전 거리는 상생 그 자체였다. 이 깊은 안식 속에서 태양은 하늘에서 아래를 내려다보고 있었다.

용기의 발걸음은 매우 바빴고 그곳에 어울리지 않게 무거웠다. 그러나 '어려울 때 서로 돕고, 상생의 발전을 위해 머리를 맞대는' 듯한 이 거리에서 자신의 발걸음을 생각해 보았을 때 비로소 사위 시험에 대한 두려움 대신 소망이 크다는 그것을 확인하고 발걸음을 더욱 빨리 뗐다.

한참 후 서당 가는 듯한 한 사내에게 윤 참판(태일) 어르신 집을 물어 물어서 들어갔다. 윤 참판 어른은 상투를 튼 단정한 흰 머리에 하얀 두루마기를 입고 있어 몹시 근엄해 보였으나 말투는 온화했다.

용기는 윤 참판께 큰절하며, "매안리 원자 백자의 손자 용기입니다." 라고 말씀을 드리니 "어서 오게, 그렇지 않아도 자넬 많이 기다렸는디, 잘 왔네. 아, 자네 조부모님 두 어르신 허고 가내에는 다 두루 무탈허신가?"

"네."

그는 온화해 보였으나 질문은 날카롭고 예리했다.

"요즘 무얼 읽었는가?"

"격몽요결을 좀 읽었습니다."

"그 한 대목 소개해 보게…."

"비례물시(非禮勿視)하며 비례물청(非禮勿聽)하며 비례물언(非禮勿言)하며…."

"무슨 뜻인가?"

"네. 예가 아니면 보지 말고 예가 아니면 듣지도 말고 예가 아니면 말하지 말라는 뜻입니다."

이런 식으로 시경이면 시경, 논어면 논어, 맹자면 맹자 막힘 없이 술술 읊었다.

"음, 공부를 많이 했군."

"아직도 한참 부족하구만요."

"음, 아, 결혼이란 뭐라 생각하는가잉?"

"난지난사(難知難事: 어렵고 또 어려운 일)이지만, 서로의 의견과 감정을 솔직하고 적절하게 표현하고, 상대방의 말을 잘 듣고 이해하려고 노력하면서, 서로에게 충실하고, 거짓말을 하지 않고, 서로의 개성과 가치관을 인정하면서, 서로의 목표와 꿈을 응원하며, 어려움이 있을 때 도와주고, 위로하고, 격려하면서, 서로에게 관심과 애정을 표현하고, 함께 시간을 보내면서, 취미나 관심사를 공유하는 것, 그런 게 결혼이라 생각되구만요."

"음, 언행일치(言行一致) 그게 중요하지…."

"최선을 다하겠습니다."

"우선 간단히 차 한잔하세. 그리고 점심은 손녀가 여기로 가져올걸세."

1시간여 후, 누가 방문을 똑똑 두드렸다.

"누구냐?"

"저 춘복이인디요, 아씨가 부끄러워 못 나오겠다고 안에 들어와 점심 드셨으면 좋겠다는디요."

"알았다. 들어가마."

한참 후 머슴 춘복이 안내로 그들이 안방에 들어서니, 윤처자(울래미) 부친 병희 어르신과 부인이 한 상 거나하게 차려 놓고 반갑게 맞이했다. 그때 용기가 덥석 큰절하려고 하니, 극구 사양하며 편히 앉기를 권했다. 그래 용기는 허리 깊이 숙여 절을 하며 앉았다. 식사가 거의 끝날 무렵 윤 훈장이 "애야, 숭늉 좀 가져오니라." 하니, 방문 밖에 있던 손녀(울래미)가 슬며시 숭늉을 가지고 들어왔다.

밥상머리에 다소곳이 앉은 그녀는, 용기와 눈이 마주칠 때마다 얼굴이 발그레해졌다. 그리고 용기와 눈을 맞추고 있거나 갑자기 시선을 돌리면서 긴 머리카락을 만지작거리면서 미소를 지었다.

남녀칠세부동석인디 혼기 찬 손녀 앞에서는 참으로 관대한 윤 참판의 마음 씀씀이에 용기는 놀랐고 감사했다. 그 이후 윤병희 어르신도 용기가 마음에 들었던지 일사천리로 사주단자가 오가고 그해 가을 결혼을 했다.

암울한 조국에 독립의 열풍이 몰아칠 때

암울한 조국에 독립의 열풍이 몰아칠 때, 한 남자가 걸어가야 할 길을 얼마나 힘에 겹고 험한가? 선조(先祖), 세종대왕의 나라 사랑과 그의 증손 시산군의 지조(志操)를 이어받은 남원 3·1독립만세의거 애국지사 이성기. 용기 형제이시여! 남원 3·1독립만세를 부르다가 피체되어 옥고를 치르신 여러 애국지사시여!

임들은 일제 만행을 참다못해 가정과 붓을 꺾고 태극기를 들었습니다. 아아, 임들이 그토록 소원하던 대한독립만세를 외칠 때 함께하지 못함을 애달파합니다. 임들이 붙잡혀 고난 겪을 때 아무 힘이 되지 못함을 애달파합니다.

12년 후, 용기는 슬하에 아들 하나와 딸 셋을 두었지만, 조국은 여전히 암울했다. 그런데도 문은 있어 문을 열면 첫눈에 거대한 하나의 칼이 세워져 있는 듯했다. 그러나 이 칼날로부터 길은 곧바로 걸어갈수록 경사져 있었고, 하나가 아니라 여러 개의 칼날이 이 길을 떠받치고 있었다. 그 때문에 꾸불꾸불한 길에서 곧은 길을 들여다보는 것은 심연의 내부를 들여다보는 것 같았다. 그 길 끝에는 거대한 도살장이 있었고, 그 양쪽으로는 두 부류(친일파와 항일파)의 사람이 있었다. 그리고 그들 사이에는 또 하나의 두 문(세계관)이 있었다.

그 첫 번째 문(식민사관)을 들락날락하는 친일파들은 거의 다 남들의 행동에는 엄격하면서도 자신에게 관대했다. 그들은 두 눈을 횃불같이, 뜨고도, 일본과 친하게 지내고, 일제의 강점과 식민지 정책, 그 사관(일제의 한국 침략과 식민 통치를 합리화하기 위해 만들어 낸 역사관으로, 한민족의 자주적인 역사 발전 과정을 부정하고 한국사에서 타율적이고 정체적인 측면만을 부각해 우리 역사를 서술함으로써 민족의식을 말살하려는)에 협력하고, 찬양했다. 그들은 한마디로 민족의 이익을 팔아먹은 자들이었다.

그 두 번째 문(민족사관)을 들락날락하는 항일파는 거의 다 이웃에게는 관대했으나 자신에게는 엄격했다. 그들은 두 눈을 촛불같이, 뜨고도, 한민족의 자주적이고 독립적인 역사 발전 과정을 인정하고, 한국사에서 민족의 주체성과 창조성을 부각시켜 우리 역사를 서술하는 역사관을 지녔다. 그들은 한마디로, 민족의 자주와 자존을 위해 목숨을 건 사람들이었다.

덕과면

남원 3.1만세의거 발상지 기념탑 (전북 남원시 덕과면 사율리 66)

덕과면(德果面)은 남원군의 서북쪽에 있어 3·1만세의거 초기부터 항일 운동이 치열하게 전개되던 임실군 둔남면(屯南面)의 오수리와 인접해 있다. 따라서 남원군 만세시위에 관한 연락이나 선언서가 이 오수리를 통하여 전달되었으며, 또 남원군 3·1만세의거에서 크게 기세를 올린 곳이 이 덕과면이었던 것은 그 지리적 관계에도 있었던 것으로 볼 수 있을 것이다.

서울에서 보내온 「독립선언서」가 남원군에 처음 전파된 것은 3·1독립선언 이튿날인 3월 2일이었는데, 임실군 오수리에 사는 천도교 전도사 이기동(李起東)에 의하여 그날 새벽 4시경 덕과면 사율리(沙栗里)에 있는 천도교인 이기원(李起元), 황석현(黃錫顯), 황동주(黃東周)에게 전달되었다.

이에 이기원은 이기동으로부터 선언서 약 40장을 받고, 3·1독립선언에 대한 취지 설명을 들은 다음, 아침 8시경에 남원읍 금리(錦里)에 있는 천도교 교구실(教區室)로 찾아가서, 교구장 유태홍(柳泰洪)에게 선언서를 전달하였으며, 유태홍은 이어 교인 유석(柳錫), 김성재(金性在), 등 8명을 모아 3·1운동에 관한 취지를 설명한 다음, 선언서를 나누어 주어서 군내 각지에 배포하고 긴밀한 연락을 취하게 하였던 것이다.

이어서 이기원과 유태홍은 선언서 일부를 읍내 및 운봉면(雲峰面), 동면(東面)에 배포하였으며, 황석현은 이기동에게 받은 선언서 2매를 가지고 보절면(寶節面)으로 가서 천도교인 김덕인(金德仁)에게 주어 그날 밤에 보절면 면사무소 및 헌병주재소 앞 게시판에 붙이게 하고, 황동주는 사매면(巳梅面)의 천도교인 문경록(文璟錄)을 찾아가서 그로 하여금 그날 밤에 면내 계수리(桂壽里)와 인화리(仁化里)의 요소에 붙이게 하니, 여기서 선언서를 통하여 또는 구두 전달을 통하여 3·1만세선언의 취지와 내용이 대개 군내 전반에 알려지게 되었으며, 주민들은 각처의 만세활동 상황에도 깊은 관심을 가지고 주시하게 되었던 것이다.

그러나 이때 남원읍에는 헌병분견소, 주재소가 각처에 배치되어 그들의 경계가 삼엄하였기 때문에 이러한 그들의 무력에 대한 항쟁하기란 그리 용이한 것인 아니하였다. 따라서 이렇다 할 큰 활동이 일어나지 못하였던 것이니, 당시 뜻있는 남원 인사들은 이를 개탄하고 수치스럽게도 생각하였다.

닭 모가지를 비틀어도 새벽이 오듯이 경향 각처에서 일어나는 대한독립의 열풍을 막을 수 없었는데, 유관순, 이봉창, 윤봉길, 백범 김구 등이 서울과 해외에서 독립운동을 했다면 남원의 독립운동 중심에는 덕과 면장 이석기가 있었다.

이석기(李奭器)는 전주이씨 영해군파 시산군 후손으로서 평소에 항일 애국정신을 품고 있던 인물이었는데, 재종제 이성기(李成器), 이용기(李龍器) 형제와 면직원 조동선(趙東先) 등 몇몇 유지들과 의사를 통하여 오던 중, 4월 3일의 소위 식수기념일(植樹紀念日)을 기하여 독립만세를 크게 외칠 계획이었다.

이석기, 그는 늘 검소하고 늘 겸손했다. 언제나 친절하고 애국심이 강한 그는 곧 모든 사람의 시선을 끌었다. 용기와 성기는 그가 재종형님이 되지만 사회적으로는 스승 같은 존재였다.

서울서 3·1대한독립만세운동이 3월이 다 지나가는 데도 남원은 이렇다 할 움직임이 없었다. 아니다. 천도교 측이 독립선언서를 요소요소에 배포하고 게시판에 붙였지만, 일제 헌병이나 경찰들이 발견 즉시 떼어버렸기 때문에, 남원 군민들은 어렴풋이 짐작만 할 뿐 3·1운동의 확실한 윤곽은 모르고 있었다.

남원의 그런저런 사정을 개탄하고 수치스럽게 생각한 석기는, 남원에서도 대대적인 독립운동을 일으키고자 결심하고 은밀히 그 준비를 하였다.

허울뿐인 면장직도 결정적인 순간에 사직하기로 한 그는 현 정세에 밝은 오수보통학교 교사로 재직하고 있는 친조카 이광수를 불러 우선은 덕과 사매면에서라도 만세운동을 벌일 계획을 설명하며 도움을 요청했다.

"저도 아까부터 그런 생각을 하고 있었는데 대단하시구만이라우. 숙부님, 부족하지만 저도 힘을 보태겠구먼요."

다음 날, 이석기는 조카 이광수를 은밀히 서울에 파견했다.

며칠 후, 서울에 갔던 이광수가 돌아왔다.

"어서 오니라! 아, 우리 병기 동상도 왔구나. 어서 들어가자."

"그래, 서울은 3·1독립만세 이후 정세가 어떻더냐? 잉?"

"요즘 서울은 조용합니다. 민족대표 손병희, 권동진, 오세창 등이 붙잡힌 후 3·1독립만세운동이 지방으로 퍼진 때문이지라우."

"그래, 이번 서울선 누구를 만났느냐잉?"

"민족대표들은 당일 체포 구금되어 만나 뵙지 못하고, 최팔용 등 동경 유학생 몇 명을 만나고 왔구먼요."

이광수는 최팔용으로부터 받은 독립선언서를 이석기에게 넘겨준 다음, 이번 서울에서 보고 들은 3·1운동의 배경과 동기, 그리고 행동 지침(비폭력)을 일일이 설명해 주었다.

"그래, 애썼다잉."

이광수의 서울 보고를 받은 이석기는 나름대로 남원 독립만세운동을 구상 계획하고, 3월 31일 면내 각 부락의 구장회의를 소집했다.

이광수의 서울 보고를 받은 이석기는 나름대로 남원 독립만세운동을 구상 계획하고, 3월 31일 면내 각 부락의 구장회의를 소집했다.

"올해도 해마다 그래 왔듯이 4월 3일에 식수기념행사가 있습니다. 십여 년 전까지만 해도 대들보감으로 울창하던 산이 어쩌다가 벌거숭이가 되었는지는 여러분들도 잘 아실 거구먼요."

이병규 구장이 입을 열었다.

"그걸 모를 조선 사람이 누가 있겠습니까? 다 왜놈들땜이지라우."

"그것이 누구 탓이건 산에는 나무가 자라야 합니다. 그런께 선조들이 물려주신 푸른 산을 벌거숭이로 만든 것을 부끄럽게 생각하면서, 후손들에게 푸른 산을 물려 줄 수 있도록 나무심기에 힘을 써야것습니다잉."

그 둘의 말을 귀 기울이던 이명원 구장이 두 주먹을 불끈 쥐고 일어나 입을 열었다.

"면장님 말씸이 옳으시구먼요. 땅얼 팔라면 심이 세야지라우."

"그렇지라우."

이석기 면장의 맞장구에 이풍기 구장이 신이나 뒤를 돌아보며 반문한다. 더욱 신난 이명원 구장의 음성 끝이 높아진다.

"그날 헌병주재소 앞에도 나무를 촘촘히 심어 그놈들 상판대기 안 보고 지나다닐 수 있게 합시다잉."

그러자 여기저기에서 이구동성으로 옳다고 했다. 그 모습을 가만히 지켜본 덕과 면장 이석기는 흐뭇한 미소를 지었다.

'이심전심으로 마음이 통하면 밥 안 먹어도 배부른 거인디, 내 오늘 십 년 묵은 체증을 내릴라고 구장님들을 만났능개비다, 아매 이게 웬 복잉가 모르겄네에.'

이심전심은 내 심중의 말인데, 꼭 내 심중처럼 그가 내 말을 해버려 석기는 4월 3일 거사 계획이 탄로 날까 봐 벅찬 그 마음을 감추려고 정색하며 단호하게 말했다.

"그날은 노약자나 부녀자, 어린아이들은 절대로 안 됩니다. 오늘 회의는 이만 마칩니다. 신앙리 구장 이병규 씨와 고정리 구장 이명원 씨는 잠시 남아주시고 다른 분은 돌아가셔도 됩니다잉. 아, 이풍기 구장도 좀 남아주시고, 내가 방금 당부한 것을 잊지 마시기 바랍니다잉."

이석기는 이 모습을 지켜보고 있던 조동선에게 남으라고 한 구장들을 면장 사무실로 모셔 오라고 한 후, 4월 3일 덕과와 사매에서 벌일 독립만세운동을 어떻게 설명해야 할지에 깊은 생각에 잠겼다.

생각 같아서는 그날 헌병주재소에 찾아가 그놈들을 죽이고 불을 질러 그놈들의 자취를 싹 없애고 싶은데, 그 후에 당할 보복과 피해를 어찌 감당할 것인가.

그것도 예사 사람이 아니라 세종대왕의 지덕과 시산군의 지조를 삶의 푯대로 삶은 자로서.

"이런 미련한 놈, 선량한 백성들을 선동하여 사지로 몰아넣고, 네 놈이 간악한 일제 그것들한테 온전할 것 같으냐? 네 이놈, 그 폭력을 생각한 까닭이 무엇이냐? 네가 지금 네 선조 세종대왕과 영해군파 시산군 문중을 능멸하기로 작정하였구나. 그렇지 않고서야 네 입에서 아무 대책도 없이 폭력을 행사하겠다는 말이 나온단 말이냐. 너는 책임도 없고 체면도 없느냐? 에이 미련한 놈."

이런 진노와 질책이 이석기의 머리에 꽂히는 것만 같다. 그리고 이어 면민들의 노엽고 식구들의 근심스러운 얼굴이 떠오른다.

이내 어두운 밤바람이 그 얼굴들을 씻는다.

제일 먼저 면장 사무실 앞에 왔으면서 왠지 얼른 문을 못 열고는 잠시 주춤하던 이명원 구장이, 이병규 구장의 눈빛에 문을 벌컥 열자 줄줄이 다 들어섰다.

이석기는 한참을 구장들의 얼굴을 쳐다보다가 조심스럽게 말 문을 열었다.

"여러분들도 소문을 들으셨을 줄 압니다만, 지상이나 인편에 들어 잘 알고 있겠지만 지금 서울에서 일어난 삼일만세운동이 전국 각지로 퍼져나가고 있소. 우리 전북지방만 해도 전주, 임실, 순창, 오수에서 만세운동이 일어났습니다."

이에 이병규 구장도 만세운동 얘기를 하고 싶었다는 듯이 벌떡 일어나 말문을 열었다.

"저도 며칠 전에 오수에 갔다가 만세 부르는 것을 봤구먼요. 손에 태극기를 들고 대한독립만세, 대한독립만세, 하고 외치드랑께요."

"헌데 남원은 잠잠하기만 하니, 낯이 부끄러워요. 남원이 어떤 고장이요? 구한말에는 어느 곳보다 의병이 많이 일어난 곳이며, 임진, 정유년의 왜란 땡에는 모두 목숨을 걸고 왜적과 싸운 충의 고장이 아니요?"

"면장님 말씀에 저도 동감입니다, 헌디, 누가 앞장서야 따라가든지 어쩌든지 헐 것이 아닙니껴?"라고 이풍기 구장이 말하자, 이명원 구장이 "기왕에 저희를 믿고 남의 라고 하셨응깨, 속에 있는 말씀얼 다혀보시쑈잉."이라고 이명원 구장이 말하자 조동선 "이 모든 일은 면장님의 뜻에 따르겠습니다. 말씀만 하십시오." 하니, 이석기가 무슨 결심을 한 듯 어금니를 꽉 물고 힘차게 일어나 말했다.

"여러분의 생각이 이라도 상통하니 오늘 우리의 만남은 하늘이 정해준 듯하니, 이참에 우리 넷이 의형제를 맺는 것이 어떠한가요잉?"

"예에?"

"동선 씨는 마땅치 않은가?"

"아닙니다. 다만 면서기에서 형님 동상 사이가 되니 얼떨떨하구먼요."

"그래, 풍기 씨는 어떤가잉?"

"저는 형제가 적어 다행이구먼요."

"음, 병규 씨는 어떤까?"

"저는 형제가 많아 골치가 아픕니다. 허나 큰 성님께서 명하시니 따르겠구먼요."

"내가 주관했으니 정표를 주어야 하는디 준비한 거라고는 이 술과 권주가밖에 없으니, 이보게들, 잔을 들게나,"

"네. 성님."

그리고 술이 한 순배 돌자 이석기가 자신의 마음 같은 이석규의 시를 읊었다.

오늘 동지들과 조국의 미래를 논하였더니

이석규

평생 지기지우(知己之友) 하나 얻기를 소망했네!
그래, 늘, 군자를 찾아 헤맸는데
오늘 동지들과 조국의 미래를 논하였더니
어느덧 서로 마음이 통하였도다
백척간두(百尺竿頭)에 서 있는 조국을 생각하면서
오늘 동지들과 의형제를 맺고
영원토록 함께하기로 약속해서
고난이 밥이 되었어도 감사하고
가무(歌舞)를 잊었어도 감사하네!
오늘도 술집 찾는 옛 친구를 보니
옳고 그름이 확연히 두 갈래네
친일파와 밀정들이 득실거리고 떵떵거리며 잘 사니
어찌 서로 나라 걱정이 없겠는가?
지금 심정(心情)이 설중매(雪中梅) 같으니
비록 일제의 총칼이 내 앞길을 가로막고 있어도
나는 하나도 두렵지 않네
사람이 사람답게 살기 이렇게도 어렵도다
현실을 따르자니 억지 모양 짓게 되네
꿈을 가졌어도 실행하기도 전에
기왕에 행할 것 놓칠까 봐 두렵도다
모름지기 마땅히 행할 것을 행하고

내 분수에 맞게 길이길이 살리라
나의 모든 꿈 해바라기처럼 한결같으니
그 모든 일 지극정성으로 이루리라
다만 한(恨)은 본래 축적(蓄積)이 없는 것이니
늘 보충하고 늘 수습하리라.

이 시에 거기 모인 이들이 한참을 숙연해지더니 이내 이구동성으로 이석기의 뜻에 따르기로 해, 일사천리로 오는 4월 3일 식수기념일에 독립만세를 부르자고 결의하였다.

덕과면 구장들의 뜻을 하나로 모은 이석기는 이날부터 바로 만세운동의 준비에 들어갔다. 구장들은 이틀 밤을 꼬박 새워 당일 면민들에게 나누어 줄 태극기를 만들었으며 이석기 면장은 남원 군내 각 면의 면장들에게 보낼 '만세운동 참가 취지서'와 '경고 아 동포제군'이라는 격문을 작성하고 이십여 부씩 필사하여 놓는 등 준비를 철저히 하였다.

그 이튿날 1919년 4월 1일 이석기는 보절 사는 제종제(再從弟) 병기(丙器: 안의 댁으로 양자 간) 부친 회갑 잔치에서 만난 사매 대신리 여의터에 사는 성기, 용기와 보절 병기 그 재종제들에게도 4월 3일 만세운동을 설명도 하고 또 참여시키기 위하여 잔치가 끝날 때까지 기다렸다가 동상 셋에게, 할 말이 있다고 자기 집으로 그 셋을 데리고 가는 초저녁, 병기 집 앞 대숲 사잇길을 지나 산모롱이에 이르자 덕과면장 이석기가

"어이, 용기. 언능 오시게. 쩌짝 산에서 독립군 구신 나온깨."

독립군이란 말에 조금 뒤처져 있던 용기는 부리나케 쫓아와 석기 옆에 바짝 붙어 걸었다.

"3월 1일 서울 탑골공원에서 시작된 대한독립만세 운동하다가 희생되

신 분이 많지요잉?"

"말해 뭐해 산천이 피로 물들어가고 있다고 해도 과언은 아니지…."

"우리도 손 놓고 있을 순 없잖아요?"

"암, 우리도 일치단결해 일제와 싸워야지."

"어떻게라우?"

"용기!"

"야."

석기는 뭔가 작심을 하고 계획한 일이 있는가 비장한 표정으로 입술을 달 막이었다.

"내가 병기 동상에게는 살짝 귀띔을 했는디, 성기 용기 동상들도 우리가 일제와 어떻게 싸워야 할지를 좀 생각해 보시게."

"아, 그럼 오늘 그것을 의논하려고 하는개비요잉?,"

석기는 대답 대신 머리를 끄떡 끄떡였다. 그런데 덕과 면장 이석기 사랑방에 도착해 보니, 이미 그곳에는 서울에서 3월 2일 독립선언서를 오수에 처음 가져온 천도교인 이기동(李起東), 고정리 이승순(애족장), 덕과 사율리 이기원(대통령 표창) 등이 하나둘씩 모여들어 제법 큰 사랑방이 북적북적 꽉 차자 석기는 문밖에 머슴 하나를 내보내 망을 보라고 한 뒤, 언제 준비했는지 옆 방에서 간단한 다과와 농주를 내와 한 순배 돌자 석기는 목소릴 다듬으려는 것인지 헛기침을 두어 차례하고 말을 꺼냈다.

"으흠, 흠…. 네 다른 말이 아니고 오늘 밤 제 재종제 병기 부친 회갑날이라 기쁘기는 헌디 작금 온 산천이 3·1독립만세의거로 인하여 많은 동포가 일제의 총칼에 죽고 피체되어 고통받고 있는 분들을 생각하면 한시도 지체 없이 우리도 이 대열에 합류해야 하지 않겠는가? 그런저런 생각으로 여러분을 모셨는디 여러분들은 어떻게 생각하신가요잉?"

이에 용기가 "엄동설한에서 수레 멈췄다고 한(恨)하지 마시오잉, 부평초 신세에 이런 만남도 감사한 일이니께. 일제 압제만 생각하면 설움 병이 시름시름 도지지만, 비장한 마음만은 3·1독립만세 후에 더욱 느껴워졌으니깨, 오늘, 이, 술자리는, 삭풍 부는 잔설에 묻혀 있는 수레를 꺼내는 자리가 되어야 마땅하지라우."

"그렇죠. 잔설에 묻혀가는 수레…. 아 그 같은 나의 조국…. 국민의…. 저 패배주의…. 깨워야지요잉? 그런디 무얼로? 아, 우리도 대한독립만세 운동으로!?" 면서기 조동선 씨가 이렇게 울분을 토하자, 여기저기에서 옳소, 옳소, 우리도 대한독립만세 그 운동을 펼치자고 했다. 사랑방 뒤편 밤하늘은 벌써 짙은 핏빛이었다.

그런저런 열띤 토론 후 4월 3일 식수기념일에 덕과 사매가 함께 만세 시위를 하기로 결의하고 또 준비할 것을 각자에게 분담도 하고 덕과 보절, 사매, 연락책도 정했다. 그리고 일제하 면장을 수치로 여긴 이석기는 사매 대신리(매안이) 친족들과 4.3 시위 준비를 위해 친족들과 비밀회합을 다음 날 하기로 하고 그 책임을 이성기에게 맡겼다.

용기는 덕과 면장 이석기 재종형 집에서 사매 여의터(매안이)로 돌아오는 내내 회색이 싫었다. 회색 담벼락도, 회색곰도, 회색 옷도 회색 꽃까지도 싫었다, 회색은 어쩐지 기회주의자를 떠올리게 해주고 제 이익만 챙기는 얼굴을 생각나게 한다. 회색은 또 재와 같고 사라질 징조로 보이는 색깔이다. 현실과 적당히 타협하다가 끝내 도태되는 사람을 너무나 많이 본 용기는 원칙이 있는 곳이 있다면 늘 그곳에서 살고 싶었다.

동해골에 울려 퍼진 만세 함성

대한독립만세 부르다가 피체되어도 한(恨)하지 마소
나라 잃은 백성에게 이런 피체는 영광스러운 일이니까요!

일제의 억압과 수탈에 시름 병은 날로 악화되고 있지만
비장한 마음만은 3·1독립선언 후에 더욱 깊어졌네
거사를 하루 앞두고 동지들의 애국충정의 술에 취해보고
등불 아래에 부모님 편지를 빨리 읽어 보네
내일 동해골에 올라 대한독립만세를 외치면
아직 안 핀 제비꽃 마음이 정녕 어떨까

4월 3일, 도화곡에는 면민 약 800명이 집합하여 식수행사는 유례없는 대성황이었다. 대부분 단순한 나무 심기 행사로 알고 참석한 사람들이었다. 이석기는 식수 행사로 위장하기 위해 헌병주재소 소장과 보조원까지 초청하는 치밀함도 보였다. 이날 오후 식수 행사가 끝나자 이석기는 참석자들의 노고를 위로한다며 막걸리를 내놓기도 하였다. 이에 앞서 이석기는 각 면사무소에 보내는 공문이라고 하면서 아래와 같은 독립만세 참가 취지서를 공문에 넣어 보내는 봉대(封袋)에 넣어 서면의 사환 김광삼(金洸三)을 시켜 각 면장에게로 보내기도 하였다.

사유 기미(己未), 오월(吳越)이 동주(同舟)하고 만국이 악수하여 세계 평화의 서광아 조(照)한지라 근유첨위(謹惟僉位) 귀체 청목(淸穆) 경하이외다.

각설, 우생이 수십 년간 면장 재직 중 공사 다양 애호하심은 진심난망자야(嗔甚難忘者也)라, 연이 현금 20세기 차시대는 문명의 보무(步武)가 정지치 아니한지라 무(無) 유(有)하고 허(虛)로서 실하여 작일의 패자(敗者)는 금일의 흥자(興者)요, 석시(昔時)의 약자는 현시의 강자라, 역사가 없는 저 몽고(蒙古) 독립을 선언하고, 미약한 저 파란(波蘭)도 민족자결주의를 주창하거든, 신성 자손 아 조선민족이라!

자에 우생(愚生)이 면장의 직을 사(辭)하고 만강진성(滿腔眞城)을 다하여 조선 독립을 고창(高唱)하옵니다. 청컨대 첨군자는 불아하기(不我遐棄) 하고 배가 혜호(惠護)하심을 무망.

조선개국 4252년 4월 3일

구(舊) 남원군 덕과면장 이석기

각 면사무소 어중(御中)

평소에 일제의 탄압과 착취에 공개 불평을 품어 오던 면민 중에는 막걸리기 몇 순배 돌고 취기가 오르자 새삼 비분한 기분을 가지게 되었다. 이런 분위기를 간파한 면장 이석기 면민 앞에 나서서 큰 소리로, "여러분 지금 삼천리 방방곡곡에서 독립만세의 함성이 날로 드높아져 가고 있소. 우리도 만세를 불러야 하지 않겠소."라고 큰소리로 제안했다. 이에 면민들이 일제히 손을 치켜들고 "우리도 독립만세를 부릅시다."라고 호응했다. 여기서 조동선, 이풍기(李豊基), 이승순(李承珣), 및 이석화(李石和), 복봉순(卜鳳淳), 복경화(卜京化), 강응화(姜應化), 김택두(金澤斗) 등이 이석기와 함께 대한 독립만세를 외치니 8백 명 군중의 대한독립만세 소리가 산곡간을 진동하였다. 돌발적인 일이기 때문에 헌병 분견소장 등도 어찌할 줄을 몰랐다. 제지하여 보려고도 하였지만 다수의 함성에 기가 질려 도리어 몸 둘 곳을 몰라 했다.

이석기는 다시 조동선, 이풍기, 이승순, 복봉순 등과 함께 앞장서서 남원-전주 간의 큰길로 나서 연도 주민들의 환호를 받으면서 시위대열을 지어 사매면(巳梅面) 오신리(悟新里)의 헌병 분견소 쪽을 향하여 전진하였다. 그리고 도중 사율리(沙栗里)에서 이석기는 길가 오백룡(吳佰龍)의 집 지붕에 올라가서 「경고아동포제군(警告我同胞諸君)」이라는 격문을 소리 높여 낭독하였다.

> "신성한 단군의 자손으로 반만년 동방에서 웅비한 우리 조선 만족은 경술년이 원수로다. 금수강산이 식민지도(植民地圖)로 출판되고 신성한 자손은 노예의 민적에 입(入)하였다. 이러한 치욕을 당하고 무슨 면목으로 지하의 조상님들을 뵙고 어떻게 열강인을 대하겠는가? 몽고도 독립을 선언하고 폴란드도 민족자결을 주장하고 있도다. 이에 분발하고 떨쳐 일어나 가슴 가득히 열과 성을 다해 대한독립을 소리 높여 외치자. 만세! 만세! 대한독립 만만세!"

대한독립의 열망은 모두의 가슴 속에 있었던 터라 행사참석자들은 너나 할 것 없이 크게 환호성을 올렸다. 20여 장의 격문이 살포되기도 하였다. 대열은 다시 전진하였다. 만세 소리도 그 울분도 요란하게 전진 또 전진하였다. 오신헌병주재소 앞 큰길에 당도하였다. 일동은 다시 함성을 올리며 대한독립만세를 크게 외쳤다.

그런데, 이때, 남원읍에서 헌병 분대장 및 군대 다수가 무장을 갖추고 자동차로 출동했다. 면민들에게 피해가 생길 것을 우려한 이석기는

"내가 주동자다."라며 시위대 앞으로 나섰다. 그로 인해 이석기를 비롯한 조동선, 이재화, 김선량, 이풍기, 이승순 등이 현장에서 체포되고 면민들은 일단 해산했다.

이석기는 오신 헌병주재소에서 오후 내내 심한 고문을 받았다. 일제의 큰 혜택과 사랑을 받은 그 은혜를 원수로 갚느냐는 둥 언제부터 모의했

으며 누구와 연락했냐는 둥 그 자금의 출처는 어디냐는 둥….

그렇게 모진 고문과 협박과 때론 회유에도 굴하지 않고 잘 버티다가 철창에 기대에 잠든 조동선 등등의 동료들을 바라보다가 문득 쳐다본 하늘은 아, 하늘은 오늘도 외눈으로 나를 바라보고 있어서, 대한독립은 여전히 강호(江湖)의 달(月)이었다. 그래. 일제의 철창이 이불이어도 괜찮았다.

이석기, 조동선, 이풍기, 이승순 4인은 그 후 광주지방법원 남원지청에서 징역형이 선고되자 공소, 대구복심법원에서는 괘씸죄가 적용되어 2년 6개월, 1년 반, 1년 형이 선고되었다 4인은 다시 서울고등법원에 상고하였다. 그 재판에서 이석기는,

"보안법은 광무 11년에 제정한 법률이다. 그런데 조선 인민은 본시 광무황제의 백성이다. 광무황제의 백성이 조선독립만세를 부르는 것을 광무 11년에 제정한 보안법 위반죄로 처함은 부당하다. 그 임금을 위하여 한 것을 죄라 칭하고 징역에 처한다면 천하의 백성은 다 죄를 받아야 할 것이다. 조선독립만세를 조선인민인 자 한 사람도 부르지 않는 사람이 없다. 그러면 조선인민 전부를 처벌할 것이냐…."

고 따지면서 만세운동의 무죄를 주장하기도 하였다. 이것이 침략자 일제 법관에게 통할 리 없었다. 이석기 등 4인은 결국 1년 내지 2년간의 옥고를 치르지 않을 수 없게 되었다.

사매면

계명당 고개의 함성 대한독립만세탑(전북 남원사 사매면 월평리 산35-2)

한편 도로보수를 하고 있던 사매면민들도 도화동에서 거의 같은 시간에 대한독립만세를 불렀다. 격문을 낭독하고 태극기를 나누어 가진 그들이 계명당 고개에 이르자, 거기에 모여있던 사람들과 합세하니 어느

덧 300여 명이 되어 노도처럼 사매 헌병주재소 쪽으로 나아갔다.

"너희 일제들은 물러가라. 물러가라. 너희 일제는 물러가라. 대한독립 만세! 대한독립 만세! 대한독립 만세!"

용기는 오직 그 생각만 골똘히 하고 있었다.

바람이 세게 불었으나 화창한 4월 3일, 오전, 마치 두엄, 바로 구덩이를 파서 풀이나 짚, 낙엽, 쓰레기와 동물의 배설물 따위를 모아 썩혀 만든 거름처럼 있다가, 벌떡 일어나 논밭으로 나가서 어린 남새들의 기운을 북돋을 때, 서서히 스며드는 기운, 그 기운의 힘, 그것은 급습이었다.

이형기, 이범수, 이광수, 성전 성님, 금기 성님, 정기도 오고, 한동안 월탄회에 뜸했던 구터 금석이, 고산골 정우도 오고, 덕과 면장 이석기의 4·3독립만세운동에 관한 온갖 심부름을 밤마다 사매 대율, 오신, 중신, 구터, 고산골, 풍촌, 여의터 구장들에게 전달한 석래 할아버지 이점규(李点奎)도 와서 대한독립 만세를 외쳤다.

그것은 자주(自主)였다.

그때 용기는 몇몇이 대한독립 만세를 부르면서 발걸음은 자꾸 뒤로 빼는 모습, 자꾸 움츠러드는 모습을 보면서 집에 두고 온 어린 4남매를 생각했다. 뒷걸음치는 모습이 몹시 신경에 거슬렸던 나머지 용기는 자신을 타일러야 했다. 두려워할 것 없다… 정의, 신의에서는 원래 이런 모습이 한둘 보이는 것이다. 말과 행동이 따로 노는 모습… 한 지진에 회벽이 뒤틀리는 모습… 벽이 우는 소리… 각성하라, 너는 일제의 착취를 외면할 수 없다 외면하고 싶지만, 도저히 외면 못 하고 필사적으로 저항하고 싶었던 한 사나이의 내면, 그토록 오랜 내 함성을 꾹꾹 누르고 여기까지 왔으니까… 그렇다면 나의 독립만세 의의는 무엇이었던가? 일제의 핍박으로부터, 아니면 역사로부터 그렇다고 무엇이 달라진단 말인가. 나의 만세운동 참가는 도덕적 선택에 따른 것이었던가? 아니면 또 하나의 의지에 나 자신을 맡겨 보는 전략이었던가? 그 의지가 너무 늦거나 너무

일렀다면 나의 나이 때문이다. 어쨌든 일제의 총칼에 맞서고 싶다. 그러다가 일제의 총칼에 희생될 수도 있다. 그러나 한 번쯤은 그 위험과 맞선다고 하더라도 떳떳하게 고개를 들 수 있다는 것을 증명해야 했다. 오늘 시위한 사람 중 과연 몇 사람이 그런 이유에서 만세를 불렀는지 궁금하다. 누군가에게 등 떠밀린 용기, 그것은 좋은 용기가 아니다.

덕과면 동해골이 훤히 보이는 계명당 고개는(사람들은 이 고개를 형제 고개라 했지) 덕과로 제금(分家)난 둘째나 셋째 동생의 외딴집이 훤히 보이는 언덕일 수도 있지. 남원 장에 가는 날 함께 모여 가는 곳이기도 했고 또 그 고개는 사매 '하신' 마을 아이들과 '서도' 아이들이 모이던 곳이었다. 누구의 간섭없이 마음껏 뛰어놀고 장난치던 곳이었다. 그런 곳이 일제에 맞서 독립운동을 하는 전초 가지가 된 것이다. 하지만 사매면사무소나 오신 헌병주재소로 나가려면, 신작로로 나가지 않으면 안 되었다. 산으로 가로질러 가는 길이 있지만, 도둑놈처럼 슬그머니 가고 싶지는 않았다. 게다가 용기는 일본놈들을 피해가고 싶지는 않았다.

봄날의 오전 10시쯤, 누구든 상쾌해 앞으로의 시간이 기대되기 마련이다. 신작로에 들어선 그들은 자못 엄숙하고 조금 긴장돼 보였다. 그러나 그곳에도 바람이 불어왔고, 심은 나무들 사이에서 나뭇가지 부딪히는 소리와 태극기를 꺼내 드는 소리가 들려왔다. 신작로가 한껏 달아올라서 쇠똥구리들에게 충만한 용기를 불어넣어 준 것 같았다. 지나가는 고양이의 그림자가 해에 어렸다. 그 모습을 보려고 고개를 돌리면서 용기는 혼자가 아니라는 사실을 깨달았다. 손에 손에 태극기를 들고 줄지어 신작로로 나가는 아침이슬처럼 빛나는 검정 치마에 무명 저고리 입은 어메와 흰 바지 저고리 입은 아부지와 삼촌들이, 왠지 모르게 늠름하고 여유 있는 그 발걸음을, 한 발 한 발 뗄 적마다, 이 신작로, 이 사매는, 누가 뭐라 해도 우리 땅 우리 구역이라는 것을 일본놈들에게 각인시켜 주러 가는 듯했다.

사매 면사무소가 있는 '하신마을'은 용기에게 고향 여의터만큼이나 마찬가지로 공적인 출입문, 지울 수도 없고 멈출 수도 없는 성장의 민낯이 속속들이 드러나는 곳이 아니었던가.

아니면 엄니 아부지, 남원장이나 오수장에서 탄 버스가 그곳에서 멈출 때 그곳이 흡사 어느 궁궐이나 교회 같은 느낌을 주는 사매면사무소가 있는 하신리는 정겨운 나머지 더더욱 친밀해 보였다.

그래서 서울과 전주 그리고 남원이나 오수로 떠나고 돌아오는 나그네들의 영욕(榮辱)이 향수와 더불어 깊이 배여 있었다.

> 내가 고향을 그리워하는 것은/ 향긋한 고향 내 치밀어들고 날 내려다보는/ 하늘 탓이고/ 구름 속에서 막 걸어 나와 방긋 웃는/ 해님 탓이고/ 새벽이면 어김없이 닭 울음소리에 일어나/ 논밭으로 나가시는 아버지 탓이다
>
> 내가 고향을 그리워하는 것은/ 내가 잘 다니는 골목길에 누이 같은/ 봉숭아가 활짝 핀 탓이고/ 어릴 적 멱을 감던 냇가와 된장국에/ 꽁보리밥이 그리운 탓이고/ 언제 어느 때라도 반기는 고향이 있다는 것이/ 복 중의 복이라는 말이/ 자꾸 들려오는 탓이다

하신리 정거장은 그렇게 소리 없이 고향을 떠나는 뭇 아들딸들의 발길에 서서히 스며들며 속삭였던 것일까.

그리고 다시 고향으로 돌아오다가 주춤거리는 발길에 보란 듯이 하신리는 이만큼 마중 나온 엄니처럼 다정하게

어서, 어서 오니라.

맞아들였던 것인지도 모른다.

용기는 오신 헌병주재소를 볼 때마다, 어릴 적 일본놈들에게 아무 죄없이 끌려가는 오 약방 오 영감의 망국의 서러움을 술도가 집 현철이와 분노하면서, 훗날을 기약했던 얘기가 들린다. 혼내주고 싶어도 힘이 없는 어린아이의 가슴에 봄은 더욱 깊어 간다.

결혼 후, 남원의 사매는 폐허였다. 겨울 찬비가 온종일 내렸다. 겨울비 그치기를 바란다는 것은 꿈과 같다.

지금은 일제 헌병들이나 순사들의 관사가 들어선 빈터에 그때는 무 배추 등등의 남새들이 수북수북 자라고 있었다.

일제 침탈로 사매는 많은 것을 잃었다. 친구 근석이는 징용당하고 순자는 감언이설로 여자근로정신대에 끌려가 위안부가 되었다는 얘기가 소리소문없이 들려왔다. 그 정신대는 전쟁으로 인해 남성노동력 부족을 느낀 일제가 여성들을 군수공장으로 동원하기 위해 만든 것이었다. 일본에서는 이러한 여자근로정신대와 군 '위안부'의 구분이 아주 선명하다. 그런데 왜 우리는 일본군에 의한 성폭력 피해자를 '정신대'로 생각하게 된 것일까? 그리고 여자근로정신대로 동원되었던 이들이 자신이 정신대였다고 말하지 않게 된 이유는 무엇일까?

그것은 일제의 여성 동원을 고려 공녀처럼 본 까닭이라고 생각한다. 당시에 '처녀공출'이란 말이 나왔던 것은 바로 정신대에 대한 이런 의식을 보여주는 것이 아닐까? 한편으로 여자근로정신대와 일본군 '위안부'가 완전히 분리되지 않았기 때문일지도 모른다. 새로운 슬픔이 왔다. 상처와 불안 절망의 지식인들 사이에서 카를 마르크스 공산주의자들이 하나둘 나타났다. 밀정과 친일파들이 나타났다.

친일파들은 거의 토착왜구(土着倭寇: 한국을 혐오하거나 일제를 미화하고,

일본의 정치적 입장을 옹호하는 한국인)이고, 밀정은 거의 돈에 매수된 자들이었다. 그리고 공산주의자들은 역사를 계급투쟁으로 해석한 카를 마르크스 신봉자들.

국권을 찬탈당한 대한제국은 늘 겨울이다. 겨울은 술을 마시게 한다. 한번 동상(凍傷)에 걸리면 젊은 가슴에는 두려움과 공포가 달리는 것이다. 모든 게 암울, 골방에서 기도하던 옛 성도들이 그토록 말한 암울이 전혀 새로운 것으로 나타난 암울이었다.

그러나 용기는 그런 암울 속에서도 더딘 봄을 탓하기보다는 저 스스로 봄이 되고 싶었다. 무엇보다도 춥고 배고픈 자들의 온기와 밥이 되고 싶었다. 그리고 정의로운 길이라면 옆 사람 눈치 안 보고 쭉 앞으로 가고 싶었다. 그리고 의리가 내 이기주의에 짓밟히지 않도록 늘 초심으로 걸었다. 그리고 좀 더 깊고 넓은 사람이 되고 싶어 가슴을 바다에 두고 걸었다.

이제는

이상하다 마소 나의 봄이 더디게 오는 걸
그동안 일제 치하에서 고개 숙이며 살았다오
허허벌판에 해 높이 걸리도록 누워있으니
이제는 날씨 관계없이 씨를 뿌릴 때라지

잠시 후에는 8백여 명으로 불어난 대군중이 오신 헌병주재소 앞에 집결하자 용기는 그 대열 제일 앞으로 나와 외쳤다.

"우리는 일제의 억압과 수탈이 너무나 분하고 분해서 우리는 손에 손에 태극기를 들었습니다. 제가 선창할 때 따라 하세요. 물러가라, 너희 일제들은 물러가라. 물러가라. 너희 일제는 물러가라."

그 외침은 비수보다 날카로웠다. 그 함성은 총소리 더 컸다. 조국의 광복을 위해 죽은 선열들이 현실로서 강조된다. 대한독립은 삶보다 강렬했다.

"물러가라. 너희 일제들은 물러가라. 물러가라. 너희 일제는 물러가라."

입이 총이 되어 입 총을 쏜다. 입 총을 쏜다- 이런 총밖에 쏠 수 없다고 비가 온다. 가슴에-

대한독립은 일제에 묻히지 않았습니다. 그러나 몇몇은 대한독립이라는 그것은 말뿐, 그런 당신은 시궁창에 끌려가서 거기에 묻혔습니다. 나는 그런 당신을 잊어버렸습니다. 너무나 많은 애국지사가 조국 광복을 위해 많은 피를 흘렸기 때문에.

"말은 어떤 길, 그 말이 이 길의 시간, 그 시간 속에 떨어뜨리는 무수한 희망이다."

소나무는 연료로도 아주 좋고. 목제로도 쓸 수 있을 뿐만이 아니라 관상수로도 아주 좋은 나무입니다. 그 소나무 숲을 이룬 조선, 아 대한제국은 장대합니다. 그렇게 푸르고 장대한 숲이 있었기에 세종대왕, 장보고, 장영실, 사임당이 나왔습니다. 그들은 오늘도 우리 애국애족의 서사시로 서 있고, 당신도 그 숲에 한 독립운동가로서 푸르게 서 있는 것입니다. 일제의 침략에, 그 수탈에, 그 신음하는 동포에…

진정한 조국애는 그 조국을 위하여 한 알의 밀이 되어 썩어야 합니다. 썩을 때 매국노 이완용 따위는 만나지 마시고, 무궁화나무 한 가지만 꺽어들고 부활해 돌아오십시오.

그러므로 열매를 보고
그가 어떤 사람인지 알 것이다

그 열매를 보아 그 나무를 알 수 있다. 마찬가지로, 좋은 나무마다 좋은 열매를 맺고, 나쁜 나무는 나쁜 열매를 맺는다. 좋은 나무가 나쁜 열매를 맺을 수 없고, 나쁜 나무가 좋은 열매를 맺을 수 없다. 좋은 열매를 맺지 못하는(먹지 못하는 열매를 맺는) 나무는 모두 잘려서 불 속에 던져진다. 그러므로 열매를 보고 그들이 어떤 사람인지 알 것이다.

마태복음 7:16-20

용기는 병든 사회가 강요하는 이원론적 질서(시류에 편승하는 적당주의)를 거부하고 정의롭게 살고 싶었다. 자아 성찰의 시선을 내면으로 돌리고, 인의 앞에는 무소의 뿔처럼 돌진하고 싶었다. 일제 식민지의 어둡고 쓰라림에 절망 대신 희망을 품었다. 숨 막힐 정도로 옥죄는 일제의 탄압에도 불구하고 그는 어둠을 밝음으로, 고난을 기회로, 고통을 열정으로 승화시키고 싶었다.

"너희 일제들은 물러가라. 물러가라. 너희 일제는 물러가라. 대한독립 만세! 대한독립 만세! 대한독립 만세!" 용기는 목이 쇠였다. 용기는 대한독립만세와 동포애에 젖었다.

사매면민의 대한독립만세는 어느 도시보다 강렬했다. 한쪽 손엔 태극기를 들고 한쪽 손엔 삽과 괭이를 들고 메기도 했다. 몇몇은 괭이에다가 태극기를 달기도 했다. 제대로 휘두르기만 한다면 괭이는 치명적인 무기가 될 수 있었다. 그날만큼은 모두가 독립군이 된 것처럼 진지했다. 그중에서도 가장 용감한 것은, 내가 아니었다. 그날 만세운동을 지배한 것은, 일제 헌병과 맞닥뜨렸을 때의 담대한 의기, 바로 그것이었다. 가슴 저리고, 걱정스럽고, 그러면서도 나 자신이 자랑스러웠던 순간… '얘들아, 안녕, 네 엄마를 잘 부탁한다….' 요컨대 용기는 조국을 위하여 목숨을 바치고 있었다. 선조, 시산군이, 군자란 모름지기 그래야 한다고 가르쳤듯이….

덕과면민들과 사매면들의 만세운동은 치밀했다. 덕과면민은 동쪽 사율에서 오신 헌병주재소로 오고, 사매면인 서쪽 개명당 고개 쪽에서 오신 헌병주재소를 기습, 대한독립만세 공격했다.

대한독립만세의 '대한'이라는 이름은 1919년 4월 11일 수립된 대한민국 임시정부가 '대한으로 망했으니 대한으로 다시 흥해보자'는 취지로 국호로 재사용했고, 1948년 8월 15일 수립된 대한민국 정부에 그대로 이어졌다.

대한이 나왔으니 대한에 대해 말하자면, 대한은 언제나 대한이다. 대한을 소리로 내거나 쓰는 것은, 먼저는 대한에 의해서이므로, 대한으로 대한을 뚫고 나갈 때라도, 언제나, 늘, 대한 안에서이므로, 대한은 영원한 것이다. 그래, 대한은 밟혀도 질경이, 민들레처럼 곧 일어난다. 짓밟히더라도 질경이, 민들레, 쇠뜨기처럼 곧 일어난다.

"물러가라. 너희 일제들은 물러가라. 물러가라. 너희 일제는 물러가라." 덕과 사매면민들의 노도와 같은 만세 시위에 당황한 헌병소장과 보조원들은 갈팡질팡 어찌할 줄을 몰랐다. 군중을 제지 해산을 시키려고 시도하여 보았지만, 중과부적이라 속수무책이었다.

덕과 사매면민들의 당당한 기세에 놀란 헌병주재소 소장은 곧바로 남원 헌병청에 병력 증파를 요청했다. 총칼로 무장한 헌병들이 남원에서 차를 타고 출동했다. 면민들에게 피해가 생길 것을 우려한 이석기는 "내가 주동자다. 면민들은 식수하러 온 분들인데 내가 데리고 왔으니 이분들은 건들지 말라."라며 시위대 앞으로 나섰다.

이석기를 비롯한 조동선, 이재화, 김선량, 이풍기, 이승순 등이 현장에서 체포되고 면민들은 일단 해산했다.

4월 3일 밤 9시경, 사매면 여의터(매안이) 이성기 사랑방에는 이용기, 이형기, 이점규, 이범수, 장경서 6명이 은밀히 모였다.

방 안의 분위기는 침통하였다. 비록 속이 후련하게 대한독립만세를 불렀다고는 하나, 이석기 등의 주동자가 체포 구금되어 있다는 사실이 그들을 우울하게 하였다.

이성기가 한참 만에 입을 열었다.

"같은 뜻을 가진 사람들만 다시 만났으니 기탄없이 얘기를 나누어 보도록 합시다잉."

동네 구장 이형기가 말했다.

"만세운동은 시작되었소, 여기서 그만둘 수는 없는 일이오."

"이틀 전에 석기 형님께서 제게 우리 매안 전주이씨 문중이 이 만세운동에 꼭 앞장서야 할 텐데 그렇게 걱정하시기에… 제가 우리 문중은 꼭 앞장설 것이라고 했구만이라우."라고 이주기가 말하자, 장경서가 "무슨 근거로 그리 장담하시오?" 하니, 이석래 조부 이점규(李点奎)가,

"우리 문중은 세종대왕의 지덕, 지식과 덕성 그리고 그의 증손 시산군의 지조, 옳은 원칙과 신념을 지켜 끝까지 굽히지 않는 꿋꿋한 의지, 또는 그러한 기개를 이어받은 자손들이니, 꼭 앞장서고도 남을 것이구만이오." 하니, 모두 다 고개를 끄덕일 때 형기가 "언제까지나 억울하게 왜놈들한테 당할 수만은 없지 않습니까? 더구나 우리 종친 덕과면장 이석기가 면민과 독립만세를 부르다가 지금 오신 헌병주재소에 구금되어 있는데, 우리가 이를 방관할 수 없는 일이 아니오? 독립만세를 계속 부릅시다. 내일 면민을 총동원하여 만세를 부르면서 오신 헌병주재소를 습격, 덕과면장 이석

기 등을 구해냅시다잉."

"옳은 말씀이구먼요. 그리고 내일도 대대적인 만세운동을 벌입시다잉."

"네."

이형기의 뜻에 모두 찬성하자 이성기 이용기는 곧바로 가문 여러 어른 형님 동생 조카들에게 권유하여 대집단을 형성하고 대한독립만세를 표방하여 거사를 일으킬 것을 결의하였다. 이렇게 4월 4일 거사를 결의한 여섯 사람은 이점규가 각 마을을 돌면서 내일의 계획을 전달하기로 하고, 각자 밤을 새워 태극기를 만드는 등 준비를 하였다.

집으로 돌아온 용기도 밤을 꼬박 새워 태극장을 그린 '대한독립기 사매면(大韓獨立旗巳梅面)'이라고 쓴 구한국 깃발을 본뜬 목면으로 만든 깃발 1개를 만들었다.

그는 일제가 이렇게 억압하지만, 그 억압에 절대로 굴하지 않는 대한의 결기를 보여주고 싶었다.

국권을 찬탈당한 이 나라에서, 이 나라 다음 세대를 위하여 그는 만세시위를 하려고 했다. 낮은 자세로 행동하는 양심의 애국지사 안중근, 백범 김구, 유관순에게 견주어도 절대로 손색이 없는 애국애족 그 하나로….

그런데 그다음 날 새벽, 이석기 등 덕과 사매면의 만세운동 주도자들이 남원으로 호송되어 갔다는 소식이 이형기에게 전해졌다. 이에 이형기, 이성기, 이용기 등은 계획 일부를 바꾸었다. 마침 4일은 남원 장날이니, 남원 시장으로 가서 장을 보러 모여든 군중들과 합세하여 독립만세를 부를 것을 계획했다. 이에 이성기와 이용기는 그날 오전 7시경 가문 20여 명을 모아 전후 사정을 설명하여 일동이 찬성하자, 이용기와 그 가문 일행은 아침 일찍 몰래 남원으로 들어가서 마침 장날임을 틈타 그곳에서 동지를 규합하기로 했다. 그리고 이주기를 시켜 사매면민들을 남원 북(北)시장으로 모이도록 은밀히 전달했다.

남원

이형기, 이성기 등은 4일 오후 1시경 남원읍 북시장으로 들어가 장을 보러 나온 이들에게 태극기를 흔들며 외쳤다.

"여러분도 잘 알고 계시겠지만 서울에서 시작된 독립선언 그 만세운동이 전주 심지어 오수에서도 일어났는데 우리 예와 충의 고장 남원에서 가만있을 수 없지 않습니까? 우리도 다 함께 대한독립만세를 부릅시다."

하니, 여기저기에서 이구동성으로 "옳소, 옳소, 그렇게 호응한 이들이 갑자기 1,000여 명으로 불어나 어떤 사람은 술 취한 사람처럼 어떤 사람은 잔뜩 성난 사람처럼 독립만세를 고래고래 지르며 헌병청으로 나아갔다. 그러나 헌병청에서 1백 미터쯤 되는 곳에 이르자 담이 세지 못한 이들은 슬슬 꽁무니를 빼는 이들도 한둘 있었다.

그러나 이용기는 대나무 깃대 약 3간(間)에 미리 준비한 구한국 깃발을 게양해서 문중 20여 명과 이형기, 이성기, 김해근, 문경록 정한익 등과 함께 군중의 선두에 서서 깃발을 흔들며

"너희 일제들은 물러가라. 물러가라. 너희 일제는 물러가라. 대한독립만세! 대한독립 만세! 대한독립 만세!"를 외치며, 북 시장의 동북쪽 구석에서 이용기가 푸른 대에 게양한 태극기를 앞세우고 대한독립만세를 부르며 헌병청을 향해 행진했다.

같은 시각 광한루 앞 광장에서도 만세 함성이 터져 나왔다. 남원 읍내 전역이 독립만세의 환호성으로 진동하고 태극기의 물결로 넘실댔다.

일제는 이날 장날에 많은 장꾼이 모일 것을 대비하여 미리부터 헌병과 수비대의 병력을 증가시켜 경계하고 있었다. 그러나 넘쳐흐르는 독립만세 인파를 제지할 수는 없었다. 당황한 일본 헌병들은 공포를 쏘며 위협했으나, 동안의 일제에 대한 분노와 울분을 터트린 만세 시위운동의 행렬은 멈추지 않았다. 일 헌병들이 막으면 막을수록 더욱 거세게 대한독립만세를 외쳤다.

그 꺾일 줄 모르는 기세에 놀란 일 헌병들은 아, 잔악무도한 일본 헌병들은 드디어 군중을 향하여 야만적인 무차별 사격을 하였다. 많은 애국지사가 적의 총탄에 맞아 쓰러졌고, 붉은 피가 길바닥에 흥건히 물들었다. 환호성은 비명으로 바뀌었고, 만세의 현장은 아수라장으로 변했다. 그리고 이때… 수많은 애국지사와 동포들이 조국의 독립을 위해 명태처럼 자신의 모든 이기주의와 욕심을 버렸다.

명태

얼렸다 풀렸다
내 고집을 바짝 말렸더니
좀 비싸졌다

유창근(46세, 사매 오신리, 애족장)

4월 4일 남원장에 갔는데, 사매면 대신리 전주이씨 영해군파 문중 사람들이 태극기를 앞세우고 대한독립만세를 외치고 있는 것을 보고, 자신도 그곳으로 가서 만세를 부르며 다른 사람에게도 만세를 부르라고 소리치며 다녔고, 그 현장에서 헌병에게 체포되었다.

김해근(61세, 사매 관풍리, 애족장)

같은 날 대신리 전주이씨 주민이 주동자가 되어 민중에게 대한독립만세 운동을 개시한다고 하여 자신도 이에 가세하였고, 오후 2시경 곤봉으로 민중에게 만세를 연호하라고 지휘하고, 외치지 않는 자는 구타하려고까지 하다가 헌병에게 체포되었다.

문경록(1884~1919, 인화리, 애족장)

오수리 천도교 전도사 이기동으로부터 「독립선언서」를 받아 사매면 계수리와 인화리에 이를 붙였다가 피체되어 6개월 옥고를 겪었으나 극심한 후유증으로 출옥 직후 순국하였다.

천연도(30세, 구례, 경성 매일신보사 외사부장)

북시장의 야채시장 주변에서 있다가 대한독립만세를 외쳤는데, 헌병

수비대가 발포하자 도망치다가 붙잡혔다.

황일환(1895-1921, 인월리, 애족장)

남원읍 독립만세 시위에 참가하여 1천 명의 시위군중과 함께 시위행진을 벌이다가 피체되어 5월 6일 광주지방법원 남원지청에서 징역 1년이 선고되어 옥고를 치렀는데, 출옥 후 고문 후유증으로 1년여 만에 순국했다.

김홍록(1895~1919, 금리, 애국장)

4월 4일 남원 독립만세 시위에 참여하여 수천 명의 군중과 함께 태극기를 흔들면서 독립만세를 부르다가 일본 군경의 무차별 총탄을 맞고 순국하였다.

황찬서(1873~1919, 왕정리, 애국장)

4월 4일 남원 독립만세 시위에 참여하여 수천 명의 군중과 함께 대한독립만세를 부르다가 일본 군경의 무차별 총탄을 맞고 중상을 입어 응급치료를 받았으나 순국하였다.

장경일(1886~1960, 보절 성서리, 대통령표창)

1919년 3월 2일 임실군 천도교도 이기동으로부터 「독립선언서」 12통을 전달받아, 천도교 장수교구장 박영춘에게 장수면 용계리 및 계내면, 천천면 면사무소 게시판에 붙이게 해 피체되어 징역 6개월의 옥고를 겪었다.

정부는 고인의 공훈을 기려 2006년에 대통령 표창을 추서하였다.

유태흥(53세, 이백면 남계리. 애족장)

동학혁명 때 남원대접주 출신인 그는 1919년 3월 2일 당시 남원읍 천도교 교구장이었는데 임실 오수리에 사는 천도교 전도사 이기동으로부터 독립선언서를 받은 덕과면 사율리 '이기원'으로부터 이날 오전 독립선언서를 전해 받고, 그는 즉시 장남인(유석, 30세, 대통령표창), 천도교인 김성재 등 8명에 서울의 상황을 설명한 후, 이들에게 그 독립선언서를 군내에 배포하게 한 혐의로 피체되어 징역 1년, 유석은 6월이 선고되어 부자가 함께 옥고를 겪었다.

조동선(49세, 덕관면서기, 애족장)

4월 3일 덕과면장 이석기와 함께 마을 주민의 선두에 서서 조선독립만세를 외치며 군중과 함께 오신 헌병주재소에 당도하여 만세 시위를 벌였다. 이때 남원에서 일본군이 출동하여 시위 군중과 대치하며 형세가 험악해지자, 그는 자신이 주동자라며 스스로 주재소에 남고 나머지 주민들은 귀가하도록 하였다. 그리고 1년 6월이 선고되어 고초를 겪었다.

이석화(李石和, 1868~1931, 사율리, 대통령 표창)

4월 3일 덕과면 신양리新陽里에서 전개된 만세시위를 주도하였다. 그리고 이석기 등과 함께 시위 군중을 인솔하여 남원-전주 간 큰 도로로 행진하였으며, 사매면 오신리에 있는 헌병주재소에 당도하여 만세시위를 벌였다. 그리고 출동한 일본군과 대치하다가 험악해지자, 그는 자신이 주동자라며 스스로 주재소에 남고 나머지 주민들은 귀가하도록 하였다.

그는 1919년 6월 12일 광주지방법원 남원지청에서 소위 보안법 위반으로 징역 6월이 선고되어 옥고를 치렀다. 그리고…

사매면

강경진(姜景鎭, 1893~1940, 오신리, 애족장)

김행즙(金幸楫, 1879~1954, 월평리, 애족장)

문경록(文璟錄, 1884~1919, 인화리, 애족장)

한태현(韓太鉉, 1878~1951, 대율리, 애족장)

형갑수(邢甲洙, 1892~1973, 대신리, 애족장)

이용식(李容式, 1923~1946, 건국표창)

덕과면

이승순(李承珣, 1868~1936, 고정리, 애족장)

이기원(李起元, 1884~1952, 사율리, 대통령표창)

이풍기(李豊器, 32세, 사율리, 애족장)

신경화(申景和, 1882-1940, 덕촌리, 대통령표창)

김선양(金善養, 43세, 금암리, 덕과면서기)

이재화(李載和, 44세, 사율리, 덕과면서기)

신봉순(申鳳淳, 33세, 덕촌리, 대통령표창),

신경화(申京化, 48세, 덕촌리, 대통령표창)

김민두(金泯斗, 31세, 고정리, 대통령표창)

김용식(金容湜, 1892~1967, 고정리, 애족장)

진만조(陳萬祚, 1894~1929, 고정리, 대통령표창)

황동주(黃東周, 1891~1963, 사율리, 대통령표창)

황석현(黃錫顯, 1853~1943, 사율리, 대통령표창)

아영면

이두석(李斗碩, 1921~1947, 아곡리, 애족장)

산내면

김성재(金性在, 1874~1928, 남원군 산내면 대정리, 대통령표창)

주천면

최병현(崔炳鉉, 1888~1957, 주천면 주천리, 대통령표창)

김찬오(金贊五. 1874~1975. 주천면 송치리, 애족장)

인월면

황일환(黃日煥, 1895~1921, 인월리, 애족장)

오종옥(吳種玉, 1925~1944, 서무리, 애족장)

주생면

방명숙(房明淑, 1879~1919, 지당리, 애국장)

방양규(房亮圭, 1879~1919, 지당리, 애국장)

방진형(房鎭馨, 미상~1919, 주생면, 애국장)

이태현(李太鉉, 1907~1942, 상동리, 애국장)

이용기, 이성기 형제와 20여 명은 남원 독립만세 운동 주동자로 체포됐다. 그리고 남원 헌병분견소 유치장에 갇혀있는데 연이어 붙잡혀 오는 사람들에게서 '만세를 부르는 동포들에게 일본군이 무차별 발포를 하여 8명 이상의 사상자가 나왔다'는 소식을 듣고, 한참 동안 천장을 멍하니 쳐다봤다. 그리고 이내 눈을 창밖으로 돌려 하늘을 쳐다봤다. 하늘은 쾌청하고 맑았다. 이런 날은 비라도 내려야 제격인데 하늘은 여전히 하늘거리며 높은 제 본분을 다하고 있었다.

아, 하늘은 어쩌면 나라를 되찾고 싶은 이 독립만세운동은 누구 한 사람의 전유물이 될 수 없으며, 또한 이 독립운동은 대중의 정신을 마취시키는 아편이나 장식물처럼 되어서는 안 된다고 애써 태연한 척 한지도 모른다. 그러기에 독립운동을 한다는 것은 외로움을 자위하면서 나라의 일들을 항시 나의 일로 느끼며, 나라가 나에게 무엇을 요구하기 전에 내가 나라를 위해 할 수 있는 일, 이웃과 시대의 진실에 투철해야 한다고 믿었다. 그래서 된 사람 바로 군자는 한 사회를 바라보는 시각과 신념이 사회적 태도로 나와야 한다는 것이다.

그러기에 용기는 자신이 추구하는 가치를 소유하려고 들지 않고 끊임없이 자기 자신을 열어두고 비워두고 싶었다. 그러기에 그는 세계(가까이는 이웃과 친척, 넓고 깊게는 나라)와의 관계에 있어서 주체적이며 인간적인, 관계를 맺고 싶었다. 이런 존재 양식은 이기적인 자아를 버리기 때문에 참다운 용기와 신념을 가진다. 그래서인지 용기는 일제 유치장 안에 갇혀있어도 두려움이 없고 또한 절망하지 않았다.

참고문헌 『이성기·용기 형제와 남원 3·1독립만세의거』, 이태룡, 광문각, 2021

남원의 삼순절(三純節)

독립운동가 방극용 숭모비

1919년 3·1운동의 발상지인 서울 종로구 탑골공원에는 3·1운동 기념 부조가 조각돼 있다. 3·1운동 당시 전국적으로 기억할 만한 10대 사건을 동판으로 제작해 전시하고 있다. 호남에서는 유일하게 남원 4·4만세운동이 새겨져 있다. 이른바 '남원의 삼순절(三純節)'로 불리는 방극용의 가족 이야기다.

방극용(당시 26세 건국훈장 애족장)은 평소 암울한 조국의 현실을 개탄하며 독립에 대한 열망이 누구보다 강한 청년이었다. 그런데 1919년 3월에 들어 서울 탑골공원에서 독립선언서가 낭독되고 대한독립만세를 불렀다는 소식, 그 운동이 전국적으로 퍼지고 있다는 소문이 남원에도 쫙 퍼졌다. 그런데 남원에서는 어쩐 일인지 잠잠했다.

일본놈들은 여전히 여기저기에서 활개를 치며 동포들의 고혈을 빨아 먹고 있는데 고양이 앞에 쥐처럼 끽소리 못 하는 현실이 부끄러웠다. 그것이 참으로 부끄럽고 슬플 뿐, 다른 생각은 안 났다. 왜냐하면, 친구들조차 늘 먹고살기에 바빴슨께, 벙어리처럼 입 꾹 다물고 살았슨께, 그런디 나는 그보다 더 큰 괴로움에 떨고 있다. 조국의 광복이다. 한시가 급하다. 그런디 아직 요원하다. 그런디 마음뿐인 날 보면 나의 11대조 임진왜란 때 의병을 일으킨 남양 방씨 만오공방원진께서 혀를 끌끌 차다가 틀림없이 한참을 나무랐을 거야. 그럼 나는 힘이 없슨께 그런디 어쩌고라우. 그렇게 한 번쯤 대들었을 거야. 그럼 나의 11대조 만오공방원진께서는 어질고 착하신 분이니께 금세 아이고 불상타 하며 어깨를 툭툭 치며 자신이 가지고 있던 용기(勇氣) 한 아름쯤, 아니면 결의 두 아름쯤은 빌려주시겠지.

드디어 4월 4일 남원 장날을 기하여 독립만세운동이 벌어진다는 소식을 듣자 방극용은 자신이 참여함은 물론 가까이 지내던 이웃들에게 독립만세 운동에 참여해 줄 것을 아침부터 간곡하게 당부하였다.

"길성이 자네 내일 남원장날 만세운동을 한다고 하는데 들었는가?"

"얼핏 듣기는 들었는데 자세한 것은 잘 모르는디 자네는 뭘 좀 아능가 잉."

"어이 참, 지나가는 소도 안다가 허등만 자네는 나라 잃어버린 설움을 잊은 것 갔구먼 잉."

"아녀, 어찌 잊겠능가. 아참 남원 어디서 헌대?"

"북(北)시장으로 와."

"나도 쫌 있다가 꼭 감세."

"암, 자네 아들딸 보기 부끄럽기 전에 몬야 깨우쳐서 면이서겠그만, 시방이라도 그 참다운 것을 알었응게 잘 되었어. 머, 참 귀한 것 알었고 깨쳤네어이."

정오가 가까워지자 방극용은 남원 북 시장으로 가다가 만나는 사람마다 남원독립만세 운동에 참여할 것을 부탁했다. 그리고 그 길가에 있는 고모집 대문이 열려있는 것을 보고 들어가

"고무."

"극용이 왔구나."

"네. 고무."

"극용아, 이리 고무 곁에로 오니라 고무랑 밥 묵자."

극용은 고모 곁으로 고모가 덜어주는 밥을 한사코 사양하면서 남원만세운동에 참여할 것을 말씀드렸다.

늘 먹거리가 부족할 때라 배고픔을 면하는 것이 행복이었던 시절이지만 극용은 그보다 더 독립만세 운동이 절실하였다.

남원이 보이기 시작하자 걸음이 더 빨라졌다. 하늘에 구름은 강남 갔던 제비들이 다시 돌아오는 그것처럼 힘겹게 교룡산 산모롱이 돌아오고 있었으나 지리산 육모정에서 불어오는 봄바람은 북시장에 모인 인파들 가슴과 가슴 속에 대한독립만세를 더욱 부채질하고 있었다.

드디어 오후 2시, 대한독립만세의 함성이 하늘을 찌를 듯이 솟구치자 방극용은 가장 앞장을 서서 목이 터지라 만세를 불렀다.

그러나 간담이 서늘해진 일제가 가만히 있을 리가 없었다. 노도와 같이 밀려드는 남원 백성들을 향해

"탕! 탕! 탕!"

무차별 사격을 해댔다.

가장 앞에서 만세운동을 선도하던 방극용의 가슴에 일제의 총탄이 뚫고 지나갔다.

"대한독립만세! 앗, 윽, 대한독립~만~세~~~."

방극용을 그렇게 픽 쓰러졌다. 피가 가슴을 뚫고 분수처럼 치솟다가 이내 독 깨진 것처럼 줄줄 흘렀다. 남원 3·1운동의 현장에서 첫 번째 순절자가 생겨난 것이었다.

한편 남편의 죽음을 들은 그의 아내는 냇가에서 빨래를 하다가 빨랫방망이를 들고 쫓아와 일제 헌병과 대적하다가 역시 총에 맞아 죽었다. 아들과 며느리의 죽음을 들은 방극용의 모친이 앞뒤 안 보고 쫓아와

"왜 내 아들과 며느리를 죽였느냐? 내 아들과 며느리 살려내라."

고래고래 함성을 지르며 대들다가 역시 총에 맞아 죽으니, 훗날 사람들은 그들 셋을 가리켜 남원의 3순절(南原의 三殉節)이라고 불렀다.

정부에서는 그의 이런 공을 기리어 1991년 건국훈장 애국장을 추서하였다.

방명숙(房明淑, 1879~1919, 주생면 지당리, 애국장)

일제는 남원 읍내에서 만세시위 분위기를 탐지하고 미리 헌병과 수비대의 병력을 배치하였으나, 노도와 같은 수천의 군중 앞에서는 중과부적이었다. 그래 일경은 무차별 사격을 가하면서 시위 군중을 탄압하였고, 이로 인해 수십 명의 사상자가 발생하였다. 이때 방명숙은 시위 행렬의 선두에서 만세를 힘껏 외치다가 일본 군경의 총격으로 현장에서 순국하였다.

정부에서는 고인의 공훈을 기리어 1995년에 건국훈장 애국장을 추서하였다.

방양규(房亮圭, 1879~1919, 주생면 대지당리, 애국장)

1919년 4월 4일 남원읍 장날을 이용하여 방극용, 형갑수 등이 주도하여 전개한 독립만세시위에 참여하였다.

그는 이날 정오경, 광한루(廣寒樓) 광장에 모인 1천여 명의 시위 군중의 제일 앞에서 만세시위를 벌이다가 일제 군경의 무차별 사격으로 현장에서 순국하였다.

정부에서는 고인의 공훈을 기리어 1991년 건국훈장 애국장(1968년 대통령표창)을 추서하였다.

방진형(房鎭馨, 미상~1919, 남원군, 애국장)

1919년 4월 4일 남원읍 장날을 이용하여 방극용, 형갑수 등이 주도하여 전개한 독립만세시위에 참여하였다.

그는 광한루(廣寒樓) 광장에 모인 1천여 명의 시위 군중과 함께 독립만세를 외치며 시위를 하다가 일본 군경의 무차별 사격으로 현장에서 순국하였다.

정부에서는 고인의 공훈을 기리어 건국훈장 애국장(1968년 대통령표창)을 추서하였다.

그 외에도 방제한, 남원의 김공록, 박재길 등 8명이 현장에서 순절하고, 사매면의 정한익, 남원 왕정리 황찬서, 동충리 이일남, 사매 여의터(매안이) 이성기, 이용기 20여 명은 주동자로 체포됐다. 전북에서 가장 많은 사상자가 발생할 정도로 일제의 탄압은 가혹했지만, 당시 주민들은 굴하지 않고 마을별로 장례비를 모았고 명정(銘旌)에 '의용지구(義勇之柩)'라고 크게 써서 만세운동으로 순절한 이들의 높은 뜻을 기렸다.

전주이씨 영해군파 집성촌(사매면 여의터) 독립운동가

남원 3·1독립만세 축시

감축드립니다
임들이 일제의 핍박과 압박에도 전혀 굴하지 않고
분연히 일어나 외친 대한독립 만세 대한독립 만세
어둠의 골짜기를 깨우는 종소리였습니다
골짝골짝 구석구석
남원의 의가 살아 숨쉬는 고동소리였습니다

어둠을 찢고 태양이 솟아오르듯
어둠의 땅에 의로운 빛을 뿌려
암울한 땅을 구국의 일념으로 개간한
외로운 나팔수여
임들은 진정한 선구자이셨습니다

감축드립니다
임들의 눈부신 발자취는
소경을 인도하는 지팡이였습니다
날마다 바다로 흐르는 냇물이었습니다

날마다 새로운 출발을 알리는 뱃고동였습니다

이제 임들의 행동하는 양심으로
새로운 출발을 다짐하리라
잠자는 정의를 깨우리라
잠자는 양심을 깨우리라

이 땅의 모든 동포들이여 위정자들이여
임들의 나라 사랑을 가난하게 안으라
임들의 나라 사랑을 꽃피우라

감축드립니다
임들의 높은 기상 춘향골 넘어 한라산에 흐르고
백두산에 다시 오르고 있습니다
남원 3·1독립만세 선열들이여
이 나라 지켜주소서
동포여 이날을 길이 빛냅시다

전주이씨 영해군파 집성촌인 남원시 사매면 여의터(매안이)는 세종대왕 증손 시산군(詩山君)* 후손들의 전거지(奠居地)인데, 이들은 세종대왕

* 시산군(詩山君). 이정숙은 세종대왕의 17번째 왕자 영해군의 차남 길안도정 의(義) 장남이며, 휘 정숙, 호 삼사당, 시호 문민이다. 부인은 군수 숙의 따님 순흥 안씨고 아들은 위威다. 출생은 중종 16년 (1521년) 10월 16일 갑오 5번째 기사를 보면, 신사무옥 억울한 누명을 쓰고 16일 처형되고, 17일 날 아들(위, 15세, 장가간 지 3달)도 그 연좌제로 처형된 것을 보면 출생은 1486년~1488년이고 사망은 1519년~1521년으로 나이는 33~35세 추정된다. 어머니(여산송씨)를 일찍 여의고 외가 정읍 칠보에서 자랐으며, 그곳 무성서원(武城書院) 사림(士林) 모임에

후손답게 나라가 어려울 때 항상 나보다 국가를 먼저 생각하는 호국정신을 발양해 왔다.

남원에서 가장 먼저 3·1독립만세운동을 선도하고 일제관헌에 맞서 싸워 갖은 고문과 옥고를 당하셨던 분들은 이석기(李奭器) 공, 이형기(李炯器) 공, 이성기(李成器) 공, 이용기(李龍器) 공, 이범수(李範壽) 공, 이광수(李光壽) 공, 이명수(李明壽) 공, 이병기(李丙器) 공도 3·1독립만세운동에 동참하였다.

한편 마을 청년들도 1931년부터 야학운동을 통하여 주민의 계몽과 반일 사상을 고치시켰고 그 일로 투옥되셨던 분들은 이백수(李栢壽) 공, 이태수(李苔壽) 공. 이대수(李大壽) 공이다.

교지(敎旨)

贈正義大夫詩山君 行彰善大夫詩山副正正叔

贈諡文愍公者 勤學好問曰文 使民悲傷曰愍

同治四年四月 日

증직 정의대부 시산군 행직 창선대부 시산부정 정숙에게 문민이라는 시호를 내린다.

학문에 힘써 묻기를 좋아함이 (문)이요 사람을 부림에 불쌍하고 가엾게 생각함이 (민)이다.

서 조광조와 조우한 후 서울에서 도학으로 의리를 맺어 친히 사귀었으며, 중종반정 이후 조선 유학자의 우두머리가 되어 유교부흥의 신진사류로 부각되었다. 그 이후 기묘사화 때 삭탈관직 되었고, 1521년 안처겸의 옥사(신사무옥)에 휘말려 억울하게 죽임을 당하였으나, 선조대왕 때 복원되고, 정조대왕 17년 정의대부 시산군 행직 창선대부 시산부정으로 증직되고, 정조 17년 9월 5일 '남원에 사는 유학 이가춘이, 자기 방조인 시산정 정숙에게 시호를 내리는 은전을 베풀어달라고 상언하여 시호를 내렸다.

남원 3·1독립만세의거 때 (전주이씨 영해군파 한 문중 한 마을에서 11명의 독립운동가를 배출한) 이런 사례는 전국 아무 데도 없고 오직 여기 남원시 사매면 대신리 여의터뿐이다. 이런 사례는 우리나라 문중 사史에 유일무이한 일로 타의 모범이 되고도 남는다.

이석기(李錫器, 1879~1932, 대신리, 애족장)

자는 양오(陽五) 호는 매호(梅湖), 시산군의 13대 손이며 덕과면장인 그는 교협(敎協)의 3남이다.

성품이 곧고 몸가짐이 올바르며 항상 나라와 민족을 위하여 처신하였다. 남원군 덕과면장 재직 시 선정을 베풀어 면민이 힘을 모아 송덕비를 세워 기린 바 있다.

1919년 서울 탑골공원에서 3·1독립만세의거에 온 겨레가 궐기하였다는 보도를 접하고, 호남의 독립운동 선봉이 되기로 다짐하였다. 군내 17개 면은 물론 가까운 둔남(屯南), 지사(只沙), 산서(山西) 각 면장에게 편지 형식의 격문을 인편으로 전하고, 대중 앞에 살포할 격문, 태극기 등을 20여 명의 동지와 며칠 동안 만들어 치밀한 거사 계획을 세웠다. 드디어 4월 3일 사방사업과 도로보수로 가정하여 1천여 군중이 만세를 부르며 대행진 하여 삽시간에 사매 헌병주재소를 점령하였다. 여세를 몰아 읍내로 진출을 꾀하였으나 기마 헌병대의 총부리 앞에 공과 주도 인물들은 피체되고 군중은 해산되었다.

이튿날 4월 4일 남원 읍내에서 온 군민이 일어나 남원골을 뒤흔든 만세운동이 있었다. 이는 공이 사력을 다한 결과라고 할 수 있다. (이 내용은 남원시 남원역적 3·1기념탑, 한국역사편찬위원회 사료, 판결문 등에 기록되어 있다.)

1년 6월 옥살이에도 전혀 굴하지 않고, 출옥 후 출옥동지들과 비밀조직인 영춘계를 만들어 평생 항일운동으로 일관하였다.

국가에서는 공의 공적을 기리어 1991년 건국훈장 애족장을 추서하고 묘 앞에 공적비를 세웠다.

묘소는 전북특별자치도 남원시 사매면 관풍리 방축내 선영에서, 대전현충원 독립유공자 제3묘역 63호에 안장되었다.

이형기(李炯器, 1884~1936, 대신리, 애족장)

자는 명언(明彦) 호는 매은(梅隱), 시산군의 13대손이며, 교두(敎斗)의 외아들이다.

성품이 강직하고 올곧아 의롭지 못한 것을 보면 비분강개하여 몸을 아끼지 않았다. 1919년 삼종형 이석기와 뜻을 같이하여, 4월 3일 독립만세운동을 일으켜 선봉에서 주도하여 일제 헌병 사매면 주재소를 점령하는 데 성공하였으나 기마헌병대에 이석기와 함께 피체되어 1년 6개월 동안 옥살이를 하였다.

국가에서는 1990년 건국훈장 애족장을 추서하였다.

묘소는 대전현충원 독립유공자 제1묘역 239호에 부안과 합폄되었다.

이성기(李成器, 1890~1978, 대신리, 애족장)

자는 중옥(重玉) 호는 노은(魯隱) 일명 난기(蘭器) 시산군의 13대손이며, 교성(敎性)의 장남이다.

1919년 재종형 석기와 뜻을 같이하여 4월 3일 일제 헌병 사매면주재소를 점령하였으나 피체되어 2년간 경성감옥(마포형무소 전신) 옥살이를 겪고 출옥 후에는 출옥 동지 39인과 영춘계(迎春禊)란 비밀단체를 만들어 평생을 항일운동으로 일관하였다.

국가에서는 형제(아우 이용기 애국지사)의 공을 가려 1990년 건국훈장 애족장을 추서하고, 묘소에 애국지사 형제로 기념비를 세웠다.

묘소는 전북특별자치도 남원시 사매면 오신리 선영하 해좌이다.

이용기(李龍器, 1897~1932, 대신리, 애족장)

자는 중빈(重彬) 호는 성당(省堂) 일명 두기(斗器) 시산군의 13대손이며, 교성(敎性)의 차남이다.

이성기의 동생이기도 한 그는 1919년 4월 4일 재종형 석기와 뜻을 같이하여 남원읍내에서 거사에 참여하였으나 피체되어 광주감옥 전주분감에서 2년의 옥고를 치렀다.

일제는 요시찰 인물들의 카드를 만들어 늘 감시를 했다. 그리고 그들이 피체되면 고문 심하기로 널리 알려진 전주, 김천, 원주로 보냈다.

그런데 그중에서 가장 악독한 전주 감옥으로 이감한 이용기는 모진 구타와 고문으로 멀쩡한 사람이 꼽추가 되어 출옥했다.

출옥 후 사숙을 열어 후손에게 민족혼을 심어 뒷날을 가하려 힘썼으나 모잔 고문에 병들어 향년 36세로 별세하였다. 국가에서 건국훈장 애족장을 추서하고, 묘 앞에 애국지사 형제로 지칭하여 기념비를 세웠다.

묘소는 전북특별자치도 남원시 사매면 오신리에 있는 이성기 산소 왼편에 있다.

이범수(李範壽, 1893~1945, 대신리, 애족장)

자는 인석(仁錫), 시산군의 14대손이며, 참봉 현기(玄器)의 3남이다.

숙부 이석기와 뜻을 같이하여 1919년 4월 4일 남원 읍내에서의 거사에 참여하였으나 피체망을 피애 피신한 후, 서울에서 조선독립대동단(朝鮮獨立大同團)을 찾아가 가입하고 전라북도지부 조직의 직책을 맡고 내려와 한태현(韓泰鉉), 형갑수(邢甲洙), 강경진(姜景鎭) 등과 지부를 조직하여 군자금 헌납의 임무를 수행하다가 피체되어 오랜 구류 끝에 장역 1년 집행유예 3년이 선고되었다. 출옥 후 영춘계에 가입하여 항일운동을 계속하고 조경참봉(肇慶參奉)을 역임하였다.

국가에서는 1990년 건국훈장 애족장을 추서하였다.

묘소는 대전현충원 독립유공자 제1묘역 314호에 있다.

이광수(李光壽, 1896~1948, 대신리)

자는 인옥(仁玉), 호는 설산(雪山), 시산군의 14대손이며, 참봉 현기의 4남이다. 공은 임실군 오수보통학교 교사로 재직 중, 마을을 돌며 청년회와 농민회를 조직하여 독립정신을 고취하는 데에 힘써 왔다. 3·1독립만세의거 소식을 듣고 숙부 이석기와 상의하여 상경하여 손병희(孫秉熙) 선생의 지령을 받고, 수십 장의「독립선언서」를 간직하고 내려와서 문중 어른을 비롯하여 임실군 지도 인물과 청년회, 농민회 등을 돌며「독립선언서」를 전달하고 3·1독립만세의거 상황을 설명하였다. 이에 3월 11일, 3월 15일, 3월 23일, 4월 3일, 4월 4일의 크고 작은 거사가 일어나게 되었는데, 이는 공이 자신의 임무를 착실하게 수행하고, 모든 정보를 신속히 알려줌으로써 얻어진 결과라고 할 수 있다.

그 후 공의 비밀활동이 드러나 상해로 망명하여 임시정부에 가담하다가 일본에 건너가 일본대학교 법과를 졸업하고 학생운동을 계속하다가 탄로되어 결국 일제경찰에 채포된 이광수는 가혹한 고문으로 병이 악화되자 병보석으로 풀려나 귀국하였다.

귀국 후 1919년 3월 10일, 전국에서 유일하게 초등학생들의 만세운동을 끌어냈고, 3·1만세운동을 주도했다.

그리고 해방 후에는 이왕직(李王職) 예식과 전사(典事)를 역임하였다.

제자들과 뜻있는 인사들이 힘을 모아 현 오수초등학교 교정에 추모비를 세워 공을 기렸다.

묘소는 전북특별자치도 남원시 사매면 방축상 자좌에 있다.

일제와 맞서 독립운동을 하다가 이미 너무나 멀어진 세월의 아득한 뒤안길 너머로 가물가물 스러져 가는 선대 애국지사들의 발자취는, 후손인 필자도 찾을 길이 없었다.

다만 애국지사들의 사료(史料)와 그분들의 피와 땀이 섞인 고증뿐이어서…

2023년 봄날, 오수시장에 사는 월동 이병기(李丙器, 아직 독립유공자 서훈을 받지 못한) 할아버지 아들 이정수 아재를 찾아뵈려고 오수장에 갔다.

오수장

소설 쓰기 위해 고향에 내려와서
아따 거 머냐 옛날 생각이 나
어제 오수장에 갔는디
그 옛날에 엿장수, 동동구루무 장수,
빵이요! 함서 갱냉이, 콩, 떡살, 튀기던
뻥튀기 장수와
코뚜레 뚫려 질질 끌려가면서
음메 음메 엄니 아부지 날 살려주시쑈잉
함서, 울어쌌던 송아지 온데간데없고
봉고 트럭 참외가 날 빤히 쳐다 보길레
어이서 외깃소 머 볼 것 있다고 여그까장 왔다요?
그런께 성주에서 왔다고 하는디
문득, 난장에 가마솥 걸어놓고 뽀글뽀글 끓여 파는
국밥에 탁주 한 사발 머글라꼬 찾아봐도
아, 눈 씻고 찾아 봐도잉 안 보이니께

서운해도 어쩌것소, 헐수 없제 함서
오수 버스정류장 밑에서
부모님 산소 주위에 심을라고
단감나무와 대추나무를 모과나무를
사가꼬 오는디
봉고 트럭에서 시계, 라디오, 열쇠 파는
아잡씨 스피커에서
지금이 사랑하기 딱, 좋은 나이라고
외쳤쌋트만.

그런디 첫날은 못 만나고 다음 날 아재를 만났는디, 정수 아재가 가져온 서류를 보고 깜짝 놀랐고 안타까웠는디, 최근에 다시 서류를 보충 보완에 서훈을 신청한 이병기(독립유공자공적 조사서)는 이랬다.

이병기(李丙器, 1900~1980, 대신리)

이병기 지사

시산군의 13대손이며, 교혁(敎赫)의 차남이다.

공은 어릴 적에 보절 안의댁으로 양자(養子)가 바로 옆 동네 덕과 이광수 선생의 심부름을 할 정도로 총명하였다. 그리고 청년 때인 1919년 4월 3일 덕과면장 이석기 재종형과 덕과 사매면민 800여 명의 만세운동에 사전 준비에 가담 조동선, 이풍기, 이승순 등과 태극기 제작, 주민동원에 앞장서서 활동, 4월 3일 만세 삼창을 선두 지휘하다가 왜병들이 체포하려 하자 도망하였고, 주동자로 계속 체포하려 하자 경남 하동으로 피신하였다.

하동 여러 곳을 전전하다가 하동에서 제일 큰 방앗간에 취직하였다. 그는 워낙 진실하고 성실하여 곧 방앗간 주인의 신임을 얻었을 뿐만이 아니라 사랑을 받았다. 그런데 얼마 후 주재소 헌병과 순사들이 젊고 똑똑하고 또 인물도 훤한 그가 방앗간에서 오래 있는 걸 보고 의심하자, 그곳에서도 더는 머물지 못하고, 20세 나이로 방앗간 이모가 사는 일본에 밀항했다.

일본에서 그 이모 딸과 그곳에서 결혼한 후, 일본 나고야, 아오모리, 오사카 등에서 한인들 대표로 활동. 아오모리 탄광 400명 한인들과 일제에 항거 투쟁, 1945년 홋카이도에서 해방 후 귀국 1980년 8월 운명하셨다.

그런디 그 항일운동 그 공적이 남원 3·1독립만세의거 발상지 덕과면 동해골 남원 3·1독립만세의거 탑과 사매 계명당 고개 남원 3·1독립만세의거 탑과 구 남원 역전 앞 남원 3·1독립만세의거 탑에 선명히 '이병기' 공적과 이름이 쓰여 있지만, 아직 서훈을 받지 못하고 있으니 통탄할 일이 아닌가 한다.

이명수(李明壽, 1906~1950년 6·25 동란 이후 행불, 대신리)

시산군의 14대손이며, 이현기(李玄器)의 막내이다. 그리고 이명 박춘(朴春)이다.

공은 1919년 4월 3일, 덕과면 동해골과 사매면 계명당 고개에서 있었던 남원 3·1만세운동을 앞에서 주도했던 이석기 면장과 숙질간으로, 남원용성공립보통학교에 다니고 있는 이명수는 어린 시절부터 항일의식을 가슴에 키워갔다.

보통학교를 졸업한 이명수는 호남의 수재들이 모이는 전주고등보통학교 졸업한 후, 나라가 일제의 사슬에서 벗어나는 길은 어린 새싹들을 제대로 가르치는 데 있다고 믿고, 전주고보를 졸업하자마자 바로 교직의 길로 들어섰다.

1. 공은 1926년 5월, 임실공립보통학교에 교사로 재직하는 동안 친지 및 평소 친분이 있는 동창생들과 사회계몽활동으로 조국독립운동에 참여하였고 1928년 4월 28일 개최한 전북기자정기대회에 임실청년회 회장으로 참석하여 항일민족운동으로 언론 활동으로 동아일보 순창지국장 손각, 중외일보 김엽춘, 동아일보 군산지국장 조판오 등 6명과 함께 구속. (독립운동사 제9권 학생독립운동사 p483~484)(동아일보 1928. 5. 5)(독립운동사 제12권 문화투쟁사 p114~120)

이것이 이명수에게는 암울한 일제 강점기를 온몸으로 저항하면서 살아야 하는 고난의 길로 들어서는 시초가 되었다.

2. 1928년 5월 21일 전주지방검찰청에서 석방. (동아일보 1928.5 25)

3. 1931년 10월, 치안유지법 위반으로 경성지방검찰청에 피체되어 1932년 5월 14일 경성지방법원에서 징역 5년 언도. (사매면사무소 수형인명표, 1931년 11월 9일)

4. 1933년 1월 27일 옥구군 회연면 신안진申顔眞이 이명수 은닉죄로 징역 1년 6월 언도. (판결문)

5. 1939년 7월 26일에서 1940년 3월 31일까지 8개월간 남원운봉보통학교 교사 근무. (남원운봉초등학교)

6. 1940년부터 사회주의운동에 참여하여 조선공산당 책임비서위원 활동 중 구속되어 전주, 대구, 경성, 청주형무소로 이감 복역 후 1945년 해방으로 출옥. (형무소에서 아내에게 보낸 봉합엽서 다수가 있다.)

이후 그는 1945년 8월 15일 해방이 되기까지 농민회와 신간회, 사회주의 활동을 통한 독립운동을 한 혐의로 20여 년간을 체포 구금과 석방을 되풀이하였다가 해방을 맞이하면서 자유의 몸이 되었다.

그러나 조국이 좌·우익과 남북으로 분단되고 결국 6·25 동란이 일어나면서 그토록 그리던 통일의 감격을 맛보지 못하고, 홀연히 행방불명이 되고 말았다. 조국의 독립을 염원 속에 품고 일생을 다 바친 그의 생애, 그 공적을 아직 인정받지 못하고 있으니 참으로 안타까울 뿐이다.

부디 최근에 다시 서류 보완해서 서훈 신청을 했는데, 그의 애국애족이 이념에 매몰되지 않고 정당하게 평가받기를 빈다.

이대수(李大壽, 당 24세, 대신리, 대통령표창)

시산군의 14대손이며, 이일기(李鎰器)의 장남이다.

공은 농민운동을 중심으로 항일운동을 펼쳤는데, 사매면 이현수, 이봉래, 운봉면 임철호, 이백면 윤철호, 송동면 김천월, 산동면 김재수 등과 수시로 회합을 갖고 농민조합과 노동인계를 조직하여 급료 인상, 부역 반대, 소작료 감하 등의 운동을 전개하였다.

3·1만세운동을 주동했던 덕과면장 이석기, 이성기, 이용기 이들은 같은 마을 전주이씨 문중의 당숙질 사이이다. 이들은 같은 마을 조선일보 기자였던 이현수와 이영수, 이경수, 이형수, 이백수 등과 동창 친목회를 결성한 뒤 1931년 10월에 '노동야학회'를 설립하고 동네 어린이 30여 명을 회원으로 모아 초등학교 전 과목을 가르치는 한편, 일본인 지주들의

횡포를 일치단결하여 이 불공평한 제도를 파괴해야 한다고 역설하였다.

1932년 8월 추석날 밤에 이들은 동네 이문수 씨의 집에서 많은 동민을 모아놓고 이현수가 쓴 '단결하자'라는 연극을 했는데, 그 내용은 가난한 한국인 여인이 생활이 곤란하여 일본인이 경영하는 삼성정미소에 취직하는데, 그녀의 미모에 반한 일본인 주인이 그 한국 여인에게 감언이설로 자기의 요구에 순순히 응해 준다면 호의호식 잘 살게 하여 주겠다고 유혹한다. 그런데도 그녀가 불응하자 강도의 누명을 씌워 고소하겠다는 등 협박한 끝에 정조를 유린한 후 결국 그녀를 해고하여 버린다는 그런 내용이었는데 이때 출연 배역으로는 이대수, 이태수, 이현수, 이형수, 이백수, 이교천 등이 출연하였는데 왜경의 감시에 걸려 체포되었다.

그리고 이들은 1932년 초부터 남원 군내 각 면을 연결하면서 농민운동을 했는데 이 사건으로 60여 명이 남원경찰서에 체포되어 6개월 동안 온갖 고문 속에 취조를 받다가 그해 11월 남원지방법원과 전주지방법원을 거쳐 대구복심원(고등법원)에서 무죄로 풀려났다. 그러나 최종 판결을 받기까지 무려 2년 동안 죄명도 없이 미결수로 고문을 당하면서 옥살이를 했다.

정부에서는 2018년 이대수에게 대통령 표창을 추서하였다.

이태수(李台壽, 당 27세, 대신리)

시산군의 14대손이며, 이석기(李碩器)의 차남이다.

공은 소화9년 형공공 제 540호 판결문에 의하면, 소화 3년부터 가문의 선배인 이현수 조선일보 기자와 교류하면서 그가 가지고 있는 좌익서적을 탐독한 결과 공산주의에 공명하게 되었다.

그로 인해 소화5년 7월 5일 이대수, 이현수와 같이 동네 앞동산에서 회합을 갖고 동창 친목회라는 단체를 조직하여 사유재산제도를 부인할 목적으로한 결사조직에 대한 협의를 하였다. 그 후 같은 동네 이영수 등 5명에게 권유하여 그달 11일에 창립총회를 개최한 다음 이현수가 집행위원장이 되고 이대수가 서무부집행위원에 이태수가 회계 집행위원이 되었다. 그리고 그 결사의 목적을 수행하기 위한 수단으로 (1) 소화6년 10월경 동네 서당에서 노동야학회를 설립하여 무산계급에 속한 30명의 아동 남녀에게 보통학교 과목을 가르치면서 현재의 불공평한 자본주의를 파하고 평등한 신사회를 건설하지 않으면 안 된다는 내용의 교육을 하면서 잘못된 현 사회 제도를 바꾸어야 한다고 강조했다.

또한 우리는 가난한 농민의 자식, 일만하고 굶주린 농부의 자식, 직업도 없이 굶주리는 부당한 사회, 두들겨 맞고 짓밟혀도 끝까지 굴하지 않는다… 라는 농부가를 가르쳤으며, (2) 무학무지(無學無知)한 농민 대중들에게 이와 같은 사상을 쉽게 선전할 수 있는 방법으로 이현수가 창작한 '단결하자'는 연극을 통해 우리도 단결하면 무슨 일이라도 이루지 못할 것이 없으며 단결력이란 이처럼 위대한 것이다. 또한 이런 연극을 통하여 계급투쟁의식과 공산주의 사상을 주입하는데 노력한 흔적은 있다. 그러나 사실을 증명할 만한 확증이 없어 무죄를 받았다.

그렇다. 이태수도 그 당시 지신인들 사이에는 사회주의(사유 재산 제도를 폐지하고 생산수단을 사회화하자)는 열풍에 동조는 했지만, 공산주의자는 아니었다.

그런데 같은 시대에 같은 방법으로 항일운동을 했는데 이대수는 서훈을 받고 이태수는 아직 받지 못한 까닭은 아마도 이태수 조부가 힘을 써 이대수보다 조금 일찍 석방된 탓도 있다는 설도 있다. 부디 이번에 서류를 보완해 다시 서훈 신청을 했는데 정당하게 평가를 받아 가문의 오랜 염원이 이루어지기를 빈다.

이백수(李栢壽, 1913년 7월 7일 生, 대신리)

시산군의 14대손이며, 이영기(李英器)의 차남이다.

공이 태어난 대신리 여의터는 1919년 4월 3일 남원에서 최초로 3·1 만세운동이 일어났던 덕과면 동해골과 사매면 계명당고개의 만세운동을 주동했던 이석기 면장의 출생지다. 이백수는 전주이씨 문중 이석기, 이풍기, 이성기, 이용기 등이 덕과와 사매에서 최초 남원만세운동을 발의했을 때 이백수의 나이 7살 때였다. 그는 성장하면서 옥고를 치르고 출옥한 선대들의 항일정신을 평소 보고 자란 그는 1930년대에 들어서 같은 마을 형님뻘 되는 이현수가 활동한 남원청년동맹과 신간회 활동 영향으로 더욱 반일감정이 깊어갔다.

그 이후 1931년 10월에 노동야학회 설립에 참여해 농촌의식개혁을 위한 토론회와 문맹퇴치운동으로 무학인 남녀 부락민들에게 보통학교 과목을 가르쳤으며, 그 회원들과 수시로 강연회를 열어 자본주의 피해에서 벗어나는 신사회건설이라는 이론을 강의하여 반일감정을 일깨워 주었다.

이처럼 약관의 젊은 나이에 암암리에 항일운동을 하다가 일경에 발각되어 이대수와 이태수는 체포되었으나, 이백수는 다행히 체포되지 않았으나 일제의 심한 감시아래 숨어살면서 정상적인 생활을 하지 못했다. 해방 후에는 사매면의원. 농협조합장. 남원향교전교 등을 역임한 이백수는 항일운동당시의 판결문과 신문조서 등 많은 자료와 증언을 남기고 1985년 10월 26일 타계하였다.

참고문헌 『남원항일운동사』, 윤영근-최원식, 남원도시애향운동본부, 1958
『이성기·용기 형제와 남원 3·1독립만세의거』, 이태룡, 광문각, 2021

옥중서신

최대한 원문에 가깝게 옮기며 괄호 안에 풀이를 병기함.
알아볼 수 없는 원문은 '…, (?)' 등으로 표기.
원문이 된 서신 사본(寫本)은 말미에 있음.

母, 사랑하는 어머니시여! 못난 막내 상서(上書)

요전에 형덜(들)을 만나 어머니 문안을 듣자온후 순(旬:열흘)이 갓가오니 우리 어머니 그동안 정력이 어떠하옵시며 식사는 여하하옵신지 복모(伏慕:웃어른을 공손(恭遜)히 그리워함)모이압나이다. 불효자식은 요사이 일기도 청양(淸陽) 하여져서 거처도 편안할 뿐 아니라 음식도 조와서 잘 먹고 지냅니다.

그저 한갓 어머니께 염려를 끼치게 하온 것이 불효막즁할 따름입니다. 늘 말삼 살 운 말삼(말씀)입니다만은 그저 심간을 너그럽게 자시와 잡수시기 싫으신 식사라도 그저 이 불효 막내를 생각하시는 마음으로 강작(?)하셔 주서요. 두 형 두 형수도 무사하오며 제질(諸姪)덜도 선장(성장?)하옵난지요.

그리고 칠월을 위한한, 신당 정식모는, 다시 변동할 수 없어 가게 되는지요. 형덜 만난 후에 구월 삼일에 월촌 형이 면회하고 돈 십원 주워서 사식도 배불이 먹습니다.

오늘은 석동이 편지가 와서 위안이 되었습니다. 이와가치연대서 편지가 오며, 면회를 하며 사식을 먹으니, 어머니 염녀(염려)마셔요. 참, 학수도 면회를 하곤 돈도 줍니다. 그만 살웁니다.

(년 10월 6일)

〈소화?+25=서기 1942년〉

[받는 사람]

전북 오수소 삼매면 대신리

국본복분 씨(창씨 개명한 듯)

[보내는 사람]

대구 살립정82의 〈대구 삼덕동〉

명수

애인에게!

한가위! 한가위! 달! 달!(신사 8월 16일 당신의 사랑하는 명수)

한가위가 다 무엇이며 달이 다 무엇 하는 것이겠습니까? 달이 원래 사람과 같이 정신작용이 있어서 정의의 후박이 있거나 귀천의 차별이 있는 것이 아니며 달은 천고불변하는 보름 이지러지고, 보름 차고 하는 그저.

멀쩡하고 원만한 것입니다. 한데 사람들은 이 달을 보되 마음이 화평하고 기쁨이 있는 사람은 사랑과 기쁨의 신령으로 생각하며, 수심이 있고 마음이 불안한 사람은 이 달을 무슨 원망과 미움의 등신으로 생각을 합니다. 그리하여 눈물 흘린 사람은 한월(한이 되는 달)이라 하며, 흥이 있는 사람은 환월(즐거워하는 달)이라 하야 제각기 편리하게 가지각색으로 별별 해석을 하는 것이 인간 사회의 형태입니다. 그러나 저 달이 꿈쩍인들 하리오. 만일 저 달이 정신이 있어서 이러한 인간의 형태를 알고 보면 얼마나 가소로운 일이 있겠지요.

이러한 경우를 번연히 아는 날도, 벽언 인간 인지라 인간 그 속에서 자라나서 그것을 배웠고 행하였고 몸에 배었으며 정신이 되었는지라

역시 인간의 그 테를 벗지 못하… 마음이 동요 되었습니다.

…12시 어느 때에 고향 생각이 없으리요마는 기왕 오지도 않지만 한가위라…서 얼마나 우리 가족의 마음을 설레이게 하는가 하는 생각을 할 때에는 자연히 어머니께 대한 불효의 책임, 형님덜께 대하는 부제의 늦김, 아내에게 대한 미안, 자식 덜게 대한 안쓰러운 감정이 일시에 가슴 다의 복받쳐 순서 없고 말이 중얼거리여 지더이다.

(석용의 편지는 한번 받았소. 이후 답장하겠습니다.)

(락 해설은 무엇보담도 당신이 병이 되었는가 걱정하였더니 다행이요.)

(돈도 없기는 하지만은 병이 있거든 지치지 말고 빚내서라도 약을 먹어요.)

(의복은 아직 필요 없습니다.)

(편지를 다 쓰고 나니 당신 편지가 왔으니 다른 말은 더 없습니다.)

여기가 대구라면 달성공원도 여기 있으련만은 달성은 어디 가고 여기는 이다지 조조하는 거나 한가위라면 밝은 달이 천지를 널리 비출 터인데

밝은 달은 어디에 빠지고 내 방은 이리도 캄캄하느냐? 명월이면 로다 명월일까? 마음이 화평하여야, 명월이지 낡은 옷 그대로 입고 항상 먹던 밥 그대로 씹으니 나의 명절은 꾸려 무엇 하는가. 가면은 나물 한 가지라도 이것 새 마시라고서 아부님 영위에 드리게 되었는가.

농사에 대한 몇 가지 생각을 말하겠습니다.

1. 도장굴 논과 구터논은 일꾼을 들여서 도구를 널리 쳐서 물을 잘 빼세요. 작년에는 그것을 못하여서 손해를 많이 보았으니 올해는 미리 준비를 하여서 잘 지어봅시다. 차라리 거리는 좀 멀다 하여도, 모래밭보담 논에다 힘을 쓰는 것이 살패가 적을 것이니 그리하시요.(이 편지를 받을 때에는 먼저 한 편지는 보았겠지요.)
2. 강변 밧은 거름이 어떠한지 모르나 거름이 넉넉지 못하거든 아주 삼밭으로 다 쓰고 거기는 보리를 갈지 않이한 것이 어떠할까 합니다.
3. 보릿대 썩은 거름이 얼마나 된지 몰으나 비료를 아니 하여서는 보리 갈았짜 허사이니 빚을 내서라도 나의 하던 줄예로 비료를 하시오.
4. 구터 목화가 전재라면 쓸데없이 놓드락 풀찔을가 없으니 남 먼저 일손 바쁘기 전에 보리를 가는 것이 어떠할까 합니다.
5. 석동에게 부탁한 논이 되면은 농사짓는 것 다 집이앙(지붕이앙)은 이저버리겠는데 어찌 되었다는 소식 몯 들었오. 석남이가 조금 철이드

요 어쩌요 학수는 사방에 잘 다녀요. 그리고 학수 농사는 어떻게 되엇소. 우리는 추수할 때에 도장골 논과 굿터논을 먼저 베어서 보리갈 때에 습기가 없도록 하시오. 더할 말은 모두 도구를 쳐서 물을 잘 빼시오. 석한의신… 무소식안가. 병수 일은 어찌 되었는가. 여기까지 쓰다가 당신의 당월 10일 (?음력) 한 편지를, 마침 읽었습니다. 섭섭한 붓을 놓습니다.

10월 6일(?음력 신사 8월 16일)

여보! 애인이여! 내가 애인의 못난 남편으로서 마음만은 그이, 이것이 인경이 없고 효성이 부족한 탓이겠지요. 네? 할만하게 이개년을 기약하리. 내가곳발광이 많이 되는 겄 가만인들 하겠는가. 하루가 졍말, 삼추같은 우리어머니를 언제 다시 내가 살어나와서, 그 다늙으신 우리어머니를 다시 보일이제는 어머니께 영영 불효의 자식이 되고야 말겄이 않을까.

우리 어머니께 엇저함인가? 어머니 이름을 어터케 잊을까? 힘이 남아있으니 설마 만나는 날이 오겠지요. 아! 아!! 아!!! 아직은 살에 피기운이 있으매,

그렇나, 실상은 애인의 걱졍도, 걱졍도, 나의 고초도, 그까짓것로써 것이 용서하시오. (석희입학준비와 나 생일, 수짜등) 단말인가. 진실은- 미안하고 어이가 없읍니다. 사랑하심으을 끼어드리게될가요. 감옥도 팔자이며, 고생도운명이 불초한 남편명색이 되여, 이다지도, 가초-걱졍 고생의 넉울 태어났기로, 당신덜의 부모의 귀애하는 애인의 전에, 또다시, 그곳을 가기눈 졍말쓰래립니다. 내가 무슨 귀신애인의 가삼애, 골병되게 박어준 서대문의병이, 풀이기도, 서대문형- 형무소인가합니다. 그곳이 예방구금소람니라. 는 말이니 앞으로 갈곳은 경셩이며, 거처갈곳은 저-

쉽게 말하면, 전주에서, 받은 그 판결대로 반려를 한다. 상당하다는 리유

로 공소기각을 당하였읍니다.

애인이여 대구에 와서 넉달고생이 물거품이 소가에도 고루 태평합니다. 애인 몸이 무사하으매, 어린것들도, 충실함니까? 대구에서 두 번 드린 소식은 받아보셨읍니까? 그리고 애인에게!

임요 일월구일

대구창밖에 눈내리는날 애인의 애인에게 씀

〈봉함엽서〉

신사(1941) 섣달그믐 날 편지

[받는사람]

전북 오수소 삼매면 대신리

국본복분 씨(창씨개명한 듯)

[보내는 사람]

경성 부 현저 정(町) 보호 교도소

명수

애인이여!

애인을 부른지 벌써 오날(늘)이 꼬박 한 달이며 대구에서 서울로 살림을 옴(옮)긴지도 사흘 전이 한 달이었나이다. 지리 한 생각에 그대로 머물러만 있는 것 같은 세월이 언마는(건마는) 손을 급(굽)혀 따져 보면, 역년광음은 흐르고 맙니다. 더욱히 나의 서울에 와서의, 이 한 달은 어머니, 형님 덜(들)의 하루 걸러서 면회에 정말 꿈속같이 영화로이 지냈습니다. 애인에게 문안은 한 달이 되었으나 사이를 띄워 두 분 형님덜(들)께서 환차 하셨음으로 나의 소식을 저윽히 인편에 미루었기 때문에 나의 무신(無信)이, 애인이 일부러 책망하지 않이하신 줄 믿습니다. 그 후에 가벼웁지 못한 몸이 연해 부지하시며 아이들은 충실합닛가? 형님 덜께서 자세히 들으셨으면 알겠습니다만은 나는 관청에서 주는 의복만도 넉넉히 추위를 면할 만 합니다. 더욱이 애인의 정신을 담은 휘여자(?) 보선에 가죽같은 사쓰에 추위는 남으로 지내며 자조(자주) 오시는 형님 덜 면회에 아조(아주) 평화로운 생활을 하오니 안심하시옵소서. 어제는 석동이 부처(夫妻)가 일부러 불초한 작은 아비를 면회하러 와서 질부 대면을 하였습니다.

귀한 질부를 이러한 곳에 대면하기가 부끄럽더이다. 어머니께서 이삼일 전부터 위석하셨다 하오니 걱정입니다. 쉬이 거동하셨야 하겠는데 만일이라도 오래 걸리시면 어찌할가요? 나는 불효가 만한 자식이니 어머니 심정도 모르는 나의 과실로 밖에 해석할수 없습니다.

이 달에 우리집에 손님이 온다더니 아직 안 왔읍…(?)…

무거운 짐이 한시 속히 가벼워지는 것을 간절히 바래는 때문입니다. 손님을 보지 못하고 성정(성질) 급한 나는 벌써 이름을 지어놓고 있습니다. 아비 노릇도 못한 주제에 기뻐서 그런 것이 아니라, 수속이 늦으면 벌금을 물기 때문에 그런 것입니다. 음력설을 폐지하였으니 오날이 그믐이라도 별다른 생각이 없읍니다만은 애인은 나를 생각하야 다시 한번 마음이 수란(愁亂) 하겠지요. 부디 안심하시며 몸 건강하시오.

신사 (1941) 섣달그믐, 애인의 애인은 씀

(년 10월 6일)
〈소화?+25=서기 1942년〉

[받는사람]
전북 오수소 삼매면 대신리
국본복분 씨

[보내는 사람]
대구 살립정 82의 〈대구 삼덕동〉
명수

애인에게

오전에 두 번 드린 소식은 받어 보셨읍닛가? 그리고 애인 몸이 무사하오시며 어린것덜(들)도 충실합니까? 대소가에도 고루 태평 합닛가?

애인이여! 대구에 와서 넉달 고생이 물거품이 되고 십이월 삼십일날짜로 전주에서 결정한 것아 상당하다는 리유(이유)로 공소기각을 당하였습니다. 쉽게 말하면 전주에서 받은 판결대로 반려를 한다는 말이니,

앞으로 갈 곳은 경성이며 거처할 곳은 저--- 서대문 형- 형무소인가 합니다. 그곳이 예방 구금소랍니다. 애인의 가삼(가슴)에 골병되게 박아준 서대문의 병이 풀리기도 전에 또 다시 그 곳을 가기는 정말 쓰라 립니다. 내가 무슨 귀신의 넉(넋)을 태어낲기로 당신덜(들)의 부모에 귀애하는 애인의 불초한 남편 명색이 되어 이다지도 가초…걱정 고생을 끼쳐드리게 될까요? 감옥도 팔자이며 고생도 운명이란 말인가? 진실로--- 미안하고 어이가 없습니다. 사랑하심으로 깊이 용서하시오.(석희입학준비 시켜요. 이름이나 생일숫자 등)

그러나 실상은 애인의 걱정도 걱정도 나의 고초도 그 까짓 것은 오히려 문제도 않이 됩니다. 아직은 살에 피기운이 있으며 힘이 남아 있으니 설마 만나는 날이 오겠지요. 여보! 애인이여! 내가 애인의 못난 남편으로서 마음만은 그이, 이것이 인졍이 없고 효성이 부족한 탓이겠지요. 네? 할만하게 이개년을 기약하리.

하루가 졍말, 삼추같은 우리어머니를 언제다시 내가 살어나와서, 그 다늙으신 우리어머니를 다시 뵐까? 이제는 어머니께 영영 불효의 자식이 되고야말겼일까?

우리어머니께 엇저함인가? 어머니 이름을 어터케 잊을까? 아직은 살에 피기운이 있으며 힘이 남아있으니 설마 만나는 날이 오겠지요. 아! 아!! 아!!! 우리 어머니께 어찌 합닛가? 어머니 일을 어떻게 잊을까?

임오 일월 구일, 대구철창 백설 나리는 날
애인의 애인은 씀

계미년 석희 생일 날

석희가 어머니 뫼시고 잡닛가?

애인에게(편지 마닥 부탁한 애인의 빚을 벗음, 나도 몸이 가벼워진 듯 하오. 이제는 깃븝닛가?)

세월은 쉬일 사이 없이 다름질을 칩니다. 내일이 벌써 입하의 절후입니다. 곡우 날 이십칠차의 어머님께 상서를 틀림없이 받아드렸읍닛가? 그 후에 어머니 기력이 강영하옵시며 진지도 잘 잡수시고 잠도 잘 주무시며 동네 출입이랑 하십닛가?

그리고 큰 형님은 그 후에 병세가 여하하신지, 지금도 입원중이신가, 퇴원을 하셨는가? 그 소식 듣는 즉시 상서를 량차(2차례)를 하였는데 받아보셨는지, 모르겠습니다. 큰댁 형수이하 무고하시며 삼형께서는 이제는 완쾌하시와 식사도 여일하신지, 당신 편지에 형수, 석홍 부처가 어머니를 환영봉안한다기로 이십이일부로 감사의 편지를 하였더니 받았다 합딧가? 삼형의 하서(下書)는 이십칠일에 복승(伏承)하였습니다. 그 말삼(말씀) 사루십시오. 그리고 중숙모께서 나의 편지를 보시고자 하신다 하시기로 다른 공양은 우선 못하여 죄송할지라도 오전이면 족히 하여 드리는 공양까지야 어찌 지체를 하리요! 오일 전에 상서를 하였습니다. 작은 댁에서는 이사 문제에 얼마나 덜 염려를 하시는지 머리가 아픕니다.

나는 여전히 몸 건강하니 안심하시오. 누에고추 갑도 오르고 목화도 상화(?) 삼십구전으로 올랐으며 쌀도 한 섬에 육십원가량 할 모양이니 부지런히 근농 덜 하시오. 남은 마 어머니 뫼시고 건강하시오.

계미 우리새끼 생긴날.

국본 석남 보아라

석남아! 너의 아비는 십팔년 정월 초 삼 일,

새해가 왔다지? 해가 밧귀었다고(바뀌었다고) 무슨 해가 특별한 고운 옷을 입었거냐 색다른 빛을 띄었거냐 한 것은 아니다. 어린 아해(아이)는 커지고 큰 사람은 늙어 늙어잔다.

그리고 어제까지 철이들지 않이 한 너 같은 사람은 얌전한 고운 마음을 갓이게 한 것이다. 석남아! 어머니만 뫼시고 아우덜만 데리고 아비 없이 새해를 맞이하니, 쓸쓸한 생각아 있더냐? 아비 없이 네 마음대로 뛰고 노니 오히려 자유롭고 기쁘더냐?

석남아! 네가 소원하는 아비가 되어 주지 못한 것이 나도 미안하나 네가 또한 나의 소원하는 얌전하고 귀여운 자식이 되지 못하니 절통하다.

작년 일 년을 너의 작난으로 우리 집안이 얼마나 우려 중에 지냈느냐? 석희를 병신 만들어 놓고 학교를 일년 망쳐 놓았고 아비, 어미의 가삼(가슴)에 못을 박아 놓았으니 일개 계집아이로 생겨나서 이토락(이토록) 큰 과실을 범하고 네 다시 깨달음이 없을까? 네 생각하여 보아아. 네 형제 장성하기 전에 누가 하나 이 세상을 버린다면 모르겠다만은 그렇지 않이 하면 너는 형으로써 아우를 병신 만들어 놓은 죄인이 되고 마는 것 않이냐?

그렇나(그러나) 멀리 있으니 네가 하도 겁이 나서 엉겁질에 어찌 할 줄을 몰라서 그랬는지 혹은 아우를 미워하여 타 죽는 것을 보기 위한 것인지 사살을 몰라서 다시는 다시는 그러한 것이게 자식이라고 부르기도 몸이 떨려서 그만 단념을 하랴 다가, 그래도 새해를 맞이하야 한 살이라도 나히(나이) 더 들었으니 다시 깨달은 바가 있는가 하야 큰 용기를 내서, 편지를 쓴다.

겁잠에 그랬는지, 심술로 그랬는지 하여간 너로 말미암아 그런 것이 근 일년을 한 자리에서 죽었다 살았다 하며 어머니 간장을 태우고 여기 아비의 그늘에 있는 머리털까지 희게 하며 학교를 못 가게 하여놓으니 그것을 네 눈으로 보고 생각할 때에 안 쓰러운 생각이 없으며 미안한 뉘우침이 없더냐?

쇠코에 경 읽는 어리석은 아비가 되는지, 그래도 그러한 것을 자식이라고 미련을 갖는지는 모르겠으나 하나 털 끝 만치라도 석희에게 한 것이 미안하고 죄된 것을 깨닫거든 편지 보는 즉시, 석희를 안쓰러히 여기며 너 때문에 병신되고 학교가 늦은 것을 미안히 생각하야 다시 형으로써 아우를 사랑하야 전에 지은 죄를 잊어 버리고 참말 좋은 형으로 석희가 생각하고 그 병신 만들어 놓은 것을 잊도록 하여라. 그래도 아비는 자식의 사정을 네가 나무를 하여 나른다니 안쓰러운 생각이 나는 고나, 이 편지에도 깨달음이 없다면 너는 영원히 나의 자식은 않일 것이다. 잘 생각, 잘 깨달아라.

18년 정월 초삼일

경성부 현저 정(町) 보호소 국본 명수

오늘은 석동의 장인에게 편지를 합니다

임실 형수씨에게 상서하면서 애인몫까지 사죄하였습니다.

애인이여! 신사 십이월 십팔일 당신의 애인은 답 하노이다.

여보! 내가 정인 주머니 붓들고(붙들고) 닭값 내랄, 인색과 모즈럼도 없는 사람이어늘 어찌 날다려(날더러) 애인과 사소하게 편지의 다과를 다툰다 하시나요? 하루 밤도 말리장성(만리장성)을 말하는데 어뜻(어느덧) 거의 인생의 반생애를 같이한 애인의 심리를 모르는 나도 않이며 또한 이 애인을 가만히 앉아서 먹은 호 팔자를 만들어 놓지 못한 못나빠진 남편인지라, 애인더러 노는 사람이라고는 하지 않을 나입니다. (석남이 말 좀 듣게 되었소? 알려주시오.)

그러나 여보시오. 함경북도 같은 북선 지방에서 여기에 면회 한 번을 오는데에는 내왕 사오천리가 되며 차비도 적지 않케 사오십원이 듭니다. 이 거리와 이 거대한 여비를 써가며 와서 삼사분 동안의 면회를 합니다.

부자 형제, 부부가 아니면 돈을 줄터이니 와 달라고 간원을 한다 할 지라도 듣기에도 몸서리 치인, 그 붉은 담, 검은 문이 속에 험상굳은 인간을 어느 누가 와서 보아 주겠습니까? 세상에 무엇이 비싸네 해도 정말 옥방 면회보담 비싼 것이 다시 없을 것입니다. 저 정한몽에 알뜰이 살뜰이 믿던 리수일(이수알) 이를 헌신짝 같이 박차 버리고 김 중배에게 포로가 되었다는 심순애의 손에 끼인 보석반지 보담도 무엇 보담도 비싼 것은 이 삼사분 동안의 면회일까 합니다.

만일 거리가 더 멀면 멀수록 여비도 또한 더 들 것이니 그러면 삼분 동안에 몇 백원도 또한 들 수 있습니다. 정말로 면회가 아니라, 와서 말소리만 듣고 갈 수 있다 할지라도 그림자만 보고 가는 한이 있다 할지라도 말소리만 듣고 갈 수 있다 할지라도 그림자만 보고 가는 한이 있다 할지라도 역연(여긴) 올 사람은 오지 않이치 못할 것입니다. 이와 같이 부자 형제 부부는 큰 것입니다. 물건에는 값을 놓을 수가 있을 수 있으나, 인정에는 애정에는 값을 놓을 수가 없는 것입니다. 그것이 곧 생명입니다.

(어머니께는 일주일에 꼭 한 차례씩 상서합니다.)

그러면 우리 부부는 저사람덜이 갖는 애정을 갖지 아니한 사람일까요? 애정이 몇근 부족한 부분일까요? 않입니다. 우리도 남의 갖은 간도 허페도 갖는 사람입니다. 다만, 남과 같은 돈을 갖지 못한, 돈에 병신일 따름입니다. 그리하야 내왕 십여원 드는 돈이 있다면 당신은 나의 한 달 기름진 사식을 먹일 것이며, 내가 사식 먹을 돈이 있다면 나는 이것을 우리 다섯 식구 한 달 연명을 시키려 할 것입니다. 즉, 돈이라는 무서운 귀신이 우리의 불타는 가슴을 누르기 때문일 따릅입니다. 그래 이 원한을 우리는 할 수 있는 편지로라도 풀자는 것입니다.

당신이 나의 소식이 없으면 걱정하고 근심하는 심사를 미루어 당신 편지가 오래 없어도 나역시 애타고 가슴 답답하고 할 것울 생각하면 긴 말을 구태어 하지 않이 하여도 알 일이지요. 십이일에 부친 정다운 글월은 감사히 읽었습니다. 먼저 주신 십일월 이십사일 편지도 곧 받았습니다. 그러지 아니하여도 애인 편지가 올 때가 되었으니 기다리기도 하였거니와 내 편지 보낸지도 오래니 편지 기다리기도 또한 하였으리라고 빌었습니다. 편지가 없었던 이유는 애인에게 편지 보낸 후에 일주일 후에 석홍에게 편지를 하였고 또 일주일 후에 삼형(三兄)에게 상서가 있었으니 직접 편지를 않했더라도 내 소식이 끊어지지 않이 하였으나 애인의 걱정을 둘 정도 아니었건과(거니와) 그 보다도 중요한 이유는 석홍의 혼사 때문에 다른 곳에 편지를 하지 못하였습니다. 몸으로 참예는 못할지라도 물질으로 부조는 못하더라도 감옥에 있다는 핑계로 귀먹고 벙어리 되기는 너무나 양심에 불안하야 전후 구희의 편지에 무려 이만사오천자를 적어 보냈습니다. 편지에 쓰면 아마 일백 사오십장은 되오리.

(…이어지는 내용은 엽서 글씨가 희미해서 판독 불가…)

애인에게! 당신의 애인 씀

어제 추위에 피랭이꽃, 고초(고추)도 할 수 없이 이별을 하게 되었음.

삼형주(三兄主) 께서는 안녕히 환차하셨으며 그 후 기력 강령하옵나잇가? 그리고 당신도 새끼 덜 데리고 몸 만이라도 건강하옵나잇가? 삼형수 말씀을 듣자오니 금년에는 나무 것 까지도 한 군 데도 없었다 하시오니 그러면 어찌 나 시량(柴糧, 땔 나무와 양식)을 삼으며 보리는 비료가 없이 어떻게 뿌렸으며 김장은 어떻게 하고 또 이양(이엉?)은 무슨 재주로 한단 말인가? 근심 걱정도 한 가지 두 가지가 아니요. 입을 열어 세는 것이 모도(모두) 다 걱정뿐이며, 그 걱정을 내심으로 어찌할 도리가 없으니 생각나서 늘어 놓은 걱정은 마치 노래 가락을 늘어 놓은 것 같으며, 아무런 무게도 없는 것 같으며, 아무런 동정도 없는 것 같구려! 오레(올해) 무배차(무우 배추)는 어찌 되었던가요?

풍촌 것은 또 어떻던가요? 마포는 가져 왔던가요? 듣고 싶습니다.

금번 질부 신행에 차림은 어떠하던가요? 듣고 싶습니다.

학수는 해산하였읍닛가? 어떻게 하여 사는가요? 금년 농작은 먹을만치 지었는가요? 사방공사에는 부지런히 다니며 벌이 하였는가요?

모산 당숙모의 병중에 놀라 그 즉시 백수군에게 위문의 편지를 하였더니 또한 곧 완치되셨다는 회답이 왔더이다.

석희는 이제는 어지 되었읍닛가? 아직도 봉피가 아니 되었오? 그저 못 나았었오? 그래 내 부탁대로 학교에 한 차례나 데리고 가 보셨읍닛가? 어쩌셨읍닛가?

질부 신행시에 배자 작은어머니 행차하셨읍닛가?

내가 올린 상서를 하람(下覽) 하셨다고 말삼(말씀) 아니 하셨읍닛가?

며칠전에 석재 소식이 왔습니다. 의남 부처(夫妻, 부부)에게 안부편지를 하였습니다.

내의편지 시월 십팔일, 십이월일일, 십일월 십오일, 세차례 것 다 보셨읍닛가?

내내 애인의 몸 건강시기만 축수하오며 그만 섭섭히 붓을 그칩니다.

추동, 구계, 노단, 상동댁, 다른 이웃 제제히 안부하시오.

십일월 이십구일

경성부 현저 정(町) 보호교도소, 국본 명수

부인에게 쓰나이다

서로 옷깃을 나눈 제가 내일까지 달로 세어 석달이요. 날로 세어 백일(百日)이로되 지금까지 둘이 사이에 글발 한 장도 없이 아조(아주) 적적하게 이르러온 것이 이 사람의 잘못임닛가? 부인의 잘못임닛가? 첫채는 내의 잘못이라 할지라도 또 부인의 과실도 전연 업다고 안 할 수 업슬 줄 생강(생각)합니다.

올에는(올해는) 작년 부담(보다는) 일직히 철이 치워(추워)져서 요새에는 아조(아주) 대단히 설렁글임니다.(쌀랑거립니다.)

이러한 일기에 장조모님(처 할머니) 기력이 안녕하옵시며 장모님 외내(내외) 분도 기체후 일향 만안하옵시며 두 처남 내외분도 또한 평안하옵시며 처질도 충실함닛가? 두루두루 알고자 합니다.

이 사람은 거기서 온 후로 바로 전주로 왔습니다. 그래서 아조(아주) 몸은 학교 생도 중에 제일 튼튼하야 아무 병도 없이 잘 지냅니다마는 다만 집피(깊히) 한 되고 걱정 된 것이 우리 두 사람이 내 마음과 갓치 공부 못한 것이여요.

부인에게 긴히 부탁하고 간절히 바랜 것은 공부 하시란 것이여요.

물론 각금(가끔) 편지에도 부탁하였거니와 친히 만날 때에도 내가 공부밖에 더 부탁합디까?

내 이야기를 한아(하나) 하리이다. 전 세상에는 여자라 하면 한 갓 밥이나 해 먹고 의복이나 해입고 자식이나 나서 키오고(키우고) 살림살이나 하고 꼭 안에만 들어 안저서 혹 공부한다는 것이 본문(한글)만 하고 다른 것, 즉 한문(부인네들의 진서라 하는 것) 같은 것은 깜깜하고 밤이나 낫(낮)이나 늙어서는 늙어서나 졂어서는 나 담 밖에는 도모지 달달이(다달이) 여기서 책을 사 보낼 것이니 공부 잘 하고 달달이 어마님(어머님)께 하고 내게 하고 편지하시오. 나는 지금까지 꼭 열두해 공부를 하나 그래도 삼년이나 더 하여야겠소, 남은

신유(1921년) 9월 17일 리명수(李明壽)

사랑하시는 어머니시여!

요전 상서는 하람(下覽)하셨습닛가? 그리고 가력강영하옵시며 진지도 잘 잡수십닛가? 불효 막내는 몸이 여전하오니 안심하시압소서. 남은 말삼(말씀)은 어머니 기력 강영(강녕) 하시옵기만을 축원하나이다.

해형(海兄, 국본 해수 氏)!

자주(慈主, 명사= 흔히 [어머니 편지에 씀]) 뫼시고 해형호 안녕하십닛가? 어머니와 형님덜의 기대와는 너머도(너무도) 상위(相違)하게 객년(客年: 지난해) 12월 30일부로 1심 결정이 상당(相當)하니 항고(抗告)를 기각(棄却) 한다는 결정을 한 결정서를 8일에사 저의 손에 들어 왔습니다. 계원에 사정이 있어서 타전을 못하고 금일에 하였습니다. 복심에서 기각을 당하면 재항(再抗)을 할 수 없다고 담당이 말하며, 또한 예방구금 실시 이후에 항고하여 복심에온 無○한 사람덜이 항고에 승리하야 무사히 석방된 사람이 없다하니 무공(無功)의 고생을 그만 단념하고 하루속히 장거(長居)할 장소로 가서 근신하야 하루 속히 귀가의 방도를 자신이 취함과 동시에 형님께서 혹은 면접으로 서면으로 예방 구금 소장에게 애원하는 것아 유리할까하나 사제(舍第)의 고생은 다소 무용의 세월을 비(費) 할지라도 자주(慈主)께서 衣○하는 황송을 하루라도 덜까하야 이용할 도리(途理)가 있다면 그대로 할까 하야 금일

(일본어) 기노우기기 야구게쓰 데이 우게......................

자주(慈主)께 죄송한 점을 생길지 아니하면 아직도 혈육(血肉)이 생생하니 고생을 고생으로 생각지 아니하나 정말 이 불효를 어찌하여 자주께 여하(如何) 한 모 큿(?) 드리○가 다음은 서대문이 형제상봉일까 합니다.

직접 구금장에게 유력한 보증을 세우고 애원을 하여 보시는 것이 여하(如何) 불비상(不備上)

형님의 12월 30일의 하서(下書)는 제 추측과 여(如)히 6日 오후에 복견(伏見) 하였습니다.

1월 9일 대구 철창, 명제(明弟) 上

대구부 삼립정 82-1 명수

1월 14일

애인에게!

대구에서 드린 편지는 받으셨읍닛가? 미안합니다. 어머니께 불효, 당신께 이 미안을 어찌하면 좋을까요?

많이 용서하삽시오.

나는 십일일에 대구에서 앞으로 있을 보호교도소로 왔습니다.

내가 애인을 생각하야 자식덜을 생각하야 마음으로 미안하는 것은 물논(물론) 먹을 것을 주지 못한 남편, 아비의 책임으로서의 불만이 더욱 많은 것아 말 못할 불만이며 내의 죄입니다.

요사히 몸 건강하옵사며 삿기들(새끼들)도 충실합닛가? 나는 여전히 건강하오며 다른 사람덜이 추워 못 견디겠다는 요사예도(요사이에도) 아직 몯 견대게(못 견디게) 느껴 본 적이 없습니다. 그리고 여기는 형무소와 달라, 모든 것에 대우가 훌륭합니다. 위선(우선) 거처로 말하더라도 방에는 다다미를 석장을 깔고 책상, 식기상자, 거울, 필통, 철필(펜) 등이 있으며 그림족자도 걸려 있으며 이불도 까는요, 이불이 두채 요 위에 펴는 후 이불까지 있습니다. 밥도 많고 물도 더운 물을 마음대로 먹을 수 있습니다.

오늘은 형 행주의 면회를 한 시간 동안이나 하며 어머니 가력 여전하시다는 말삼(말씀)과 두 형님 댁 소식도 들었습니다. 내일은 형님께서 담요와 샤쓰를 들여주실 것입니다. 약(보약)도 먹을 수 있으니 형님께서 차입하실 것입니다.

당신에게 부탁, 내 샤쓰 전부, 안다(?) 샤쓰까지 보내시오. 그리고 보선도 허가하여 주니 검은 베나 회색 베로 모양은 없더라도 좀 크게 하여서 보선 한 켜레 하여 보내시오. 어머니 생산에 형님 오실것아니 그 편에 보내세요.

날이 좀 따뜻하여지면 어머니 면회도 하여 합니다. 형무소와 달라 한꺼번에 여러 사람도 면화할수 있으니 형남 덜 오시면 다 보암겠소.

석예 석만이도 하면 일주일에 한번씩 가족면회를 하겠으며 어머니 안부를 뫼시겠습니다. 우리 보험을 어쩔 수 없이 해형에게 넣어 주시도록 말씀하셔서 허락하셨으니 이번에 보험서류를 전부 월촌 형남 오살 때에 보내시오.

내내 몸 건강하시오.

일월 십사일 애인의 애인 씀

석남아!

어머니 뫼시고 아우를 다리고(데리고) 잘 있느냐? 아버지는 지금부터 얼마동안 집에 가지 못하개 되었다.너머(너무) 슬어워(서러워) 말고 어머니 말삼 잘 순종하고 아우를 사랑하면서 잘 있거라. 네가 잘 하면 아부지는 아무 걱정도 않 하겠다. 부대(부디) 명심하고 실행하여라. 아비 씀.

경성부 현저 정(町) 보호 교도소
명수

사랑하는 어머니시여!

안녕히 환차하셨습닛가? 어머니께서 자식을 대리시고(데리시고) 말삼(말씀) 하시고 싶으신 그만큼 자식도 어머니 따뜻한 손을 놓고 싶지 아니하였습니다만은, 어머니께서 여러 시간 지체하셔서 허라도 아프사련과(시려니와) 때가 늦어서 시장도 하시겠삽고 잘녀가 젓도 지우겠기로 면회시간을 간단히 마쳤습니다. 그리고 가지고 오신 것을 못 먹이신 것을 결코 서운하게 생각하시옵지 마시압소서. 어머니께서 자식을 생각하옵신 마음이야 물론 여북하시겠습닛가만은 저 하나만 아니 먹이는 것이 아니라, 규칙이 그러 하오니 규칙대로만 하면 좋습니다. 규칙이 먹을 때에는 남과 같이 저도 먹는 것이 당연합니다. 그리고 형의 병으로 너무 근념을 말으시고 진지도 잡수시며 마음을 안온하시와 수련도 하시압소서. 효성이 있는 형으로는 형의 병보담도(보다도) 어머니께서 글로(그짓으로) 인하시와 근념(勤念)하시는 것이 죄송하와 아픈것도 아니 아픕니다. 할 것이며 약 단지를 버릴 것도(빌려놓은 것도) 어머니 놀라실가봐서 주저할 것이니 너무 진지를 아니 잡수시며 주무시지 아니 하시도록 근념을 마시압소서. 못난 자식들이 왜 우리 어머니 여년(餘年)을 평화롭게 하여 드리지 못하는지 죄소만만, 불효막대 이압나이다.

어머니의 사랑하신 막동이 상서

上 光兄主 前(상 광형주전) 광수 형님 전에 올립니다.

海兄來書 痛歎(해형래서 통탄) 해형께서 보내 오신 서신 통탄스럽습니다.

광 형님이 자리에 누우셨다 하니 심히 놀랍습니다. 오늘 정오에 형수 씨가 어머님을 모시고 면회를 오셨을 때 형님이 궐을 나갔다고 했는데 다소 마음을 놓았으나, 병의 차도가 혹 효험이 있었는지 알 수 없었습니다. 혹 쇠약해져서 부득이 그리 된 것 같습니다. 엎드려 울적한 마음뿐입니다.

우리 집이 작년금년 두햇 동안의 재앙이 어찌 이렇게도 위난에 이르렀단 말입니까?

장 탄식을 금할 수 없습니다. 병이란 것은 경중이 있어서 비록 경증이라도 오래가면 또한 고질이 되는 것이니 두말 할 필요가 없거늘 하물며 형님이 늘 어머님의 노심초사를 두려워한 나머지 억지로 지은 병이 아니겠습니까? 자식이 어버이 생각하는 것이 진실로 이와 같이 성(盛)하거늘……

치 대환의(致 大患矣) 대방(待訪) 대상가(大祥家) 귀지기(歸之期) 큰병을 부른 것이지요. 대상가 집을 방문하였다가 돌아올 때 박씨 의원을 찾아가거나 아니면 이석하씨를 찾아가소서 석하 씨는 삼형님에 침을 놓아준 이리의 명의입니다. 세세하고 오랫동안 복약하여 뿌리를 뽑기를 엎드려 빕니다. 아우는 감옥에서 형의 병이 근절와기를 바라나이다.

어머님께서 날로 노쇠를 제촉하시니 이보다 항공하고 불효하고 불효한 일이 어디 있겠습니까. 엎드려 위로 드립니다.

편안하시기 바라오며 불비상서 합니다. 아버님 세 번째 기일에는 복계즉 해형면회래시(海兄面會來時) 혹 간지 혹 주지 엎드려 헤아리건대 해형님이 면회오실 때 간지(簡紙)나 아니면 주지(周紙)라도 넣어주시면 어떠하온지요?

三月 二十五日 〇〇下

明弟書

시내 수송정(田丁) 3P 완왕궁(完王宮)

국본 광수 씨

현저 정(町) 보호교도소에서

명수

4월 3일 한양의 한 구석에서

애인에게!

삼월 팔일 드린 글월은 받아보셨읍닛가? 그리고 그 후 몸 건강하옵시며 아해덜(아이들)도 무고하오며 대소가에 별 연고 없읍닛가? 두루 알고 싶습니다.

어머니께옵서 일 주일 전에 김제 형수씨와 면회를 오시와 뵈앗사온데(뵈었아온데) 광형께서 월여(月餘)를 위석하여 계시다가 보도시(빠듯이, 겨우) 출근 하신지 몇날되신다 하오며, 석만이가 늑막염으로 학교를 결석하고 치료를 하는 중이라 하며, 신당절 어린 칠녀가 심상치 않은 증세로 앓는다는 등,

량가(양가)에 우환이 가득하다니 어머니 염려가 여북하시리라는 것을 말하여 무엇하리요? 다 늙으신 어머니께 한 가지도 위안을 밫일(바칠) 일은 없이 첩첩히 불상사가 생겨 파리하신 기력에 염려를 끼치게 하온 일, 얼마나 불효 막대하오릿가?

더욱이 스무 엿새날이 가까워오니 가슴은 답답 합니다. 우리 구남매 하늘같이 지중하신 아부님을 영결하온지가 벌써 삼년입니다. 자식되어 부모에게 효성을 극진히 하였다는 증자 같은 성인으로도 부모의 은혜의 만분의 일을 보답치 못한다 하옵거늘 아부님 생존하야게실제 봉양을 게을리 하였으며, 성신이 되어서 삭망을 궐 한지 구개월을 지냈는데 마지막 영위(靈位)를 영결하온 그날도 또 한참 예(礼)를 못하게 되오니 이 천추의 한을 어찌하오며, 이 불효를 무엇으로 속죄하리오? 생각할수록 눈물이요, 죄송 불효 뿐이외다.

나는 그 후에 계속하야 몸이 건강하며 잘 삭히며 잘 잡니다.

그리고 얼마전 부터는 뒷산에 나가서 땅을 파서 밭을 이룹니다. 그대(거

기에다) 냄새도 슴으고(심고) 꽃도 갓굽니다.(가꿉니다) 나의 잘 알고 잘할 수 있는 일이니 수월하기도 하련과(하려니와) 이 생활을 하끗(껏) 태양을 친히 하며 썩지 않은 좋은 공기를 호흡하니 아조(아주) 몸이 무럭무럭 늘어갑니다.

그러나 나의 이만한 생활은 결코 외로히 고생하는 애인에게 자랑을 하고 싶으지는 않습니다. 나의 생활의 사실을 보담으로써 애인이 애인을 염려하는 안타까운 정을 덜게 하는 한편으로 봄이 되니 말입니다. 두 사람이 밤낮없이 꿈으덕이어도(꾸무럭거려도) 늘 남아 맺힌 알을 어린애들 갖은 몸으로 어찌 감당 할가, 생각할수록 가슴이 멍멍합니다.

거던, 애당초에 누구에게 반작으로 내놓은 것이 어떨가 생각합니다. 농비도 문제련과(려니와) 또 한해 거름도 없을 것이 않입닛가? 밭은 그대로 짓고 논은 내놓은 것이 어떨가요? 그러나 모든 것을 삼형의 계획대로 하십시오. 애인이나 애들이 큰 연고가 있을 때에는 나의 걱정을 염려할 것없이 꼭 기별하시오. 형남덜게 죄송할지라도 그러할때에 말씀하와 선후책을 강구하여야 할 것이니 말입니다. 걱정한다고 숨기는 생각도 한편 이유가 없지도 않이 하나 잠간 걱정을 제할수 있는 것을 숨겨서 영원히 다스리지 못할 병통을 만들고 마는 일도 없지 않이 하니 일의 경중을 잘 상량 하시와 그릇됨이 없게 하시오. 최후로 애인의 건강을 빌며 섭섭하 붓을 멈추나이다.

사월삼일 한양의 한 구석에서 애인의 애인은 씀.

전북 오수소 사매면 대신리 국본 복분씨
현저 정(町) 보호교도소에서
국본 명수

갑신 우수(청주발 제4차 신)

립춘(입춘) 날 드린 글월 틀림없이 받아 보셨읍닛가? 입춘을 잘못 불엇는지(붙였는지 : 입춘대길을 잘 못 붙여 놓았는지?) 오날이 우수이니 이제는 치웁다는(추웁다는) 소리가 없어질 시절인데 치우(추위)가 줄 곳 계속을 하니 나무야 무엇이야 어찌나 변통이 되어 살아 나는지 그 후에 어머니 기력 강영하옵시며 진지도 잘 잡수시며, 잠도 잘 주무십닛가?

이사를 가셨으면 이웃에 행보하실 곳도 없으시고 말삼(말씀)하실 벗 조차 없으셔서 얼마나 고적하오시리, 애인의 샛귀덜(새끼들) 데리시고 육신만이라도 탈 없잇가? 석희가 학교에 다니면서 부터는 날이 조금만 싸늘하면 그 약질이 그 독한 파창이 바람에 얼마나 몸을 떨면서 오르내리는가, 하고 가삼(가슴)에 끼입니다.

구레, 도올리, 동촌 내왕은 한 차레나 있었더잇가? 그러치 않이하면 소식이라도 자조(자주) 듣나잇가? 그 다음에 구게댁, 후동댁, 노단댁 기타 신세지은 이웃댁 정히 태평하시며 일촌이 두루 무고 하나잇가? 나는 여전히 지내오니 안삼하시오. 석난이가 금년에 몇 살입닛가? 석란아 너 몇 살이냐? 네 시 하던 기억을 미루어 보면 벌써 일곱 살이 되었겠는데 학교에 래왕 잘 할만 합니까? 견대여(견디어) 다닐 수만 있으면 금년에 압학을 시키는 것이 어떠할까요? 하여간 조금 일죽 보내는 거아 좋을까 생각합니다. 보리싹이 여하 합닛가?

작년 겨울에 눈이 아조(아주) 없었고 또 요지음(요즈음) 치우(추위)가 대단하야 자미(재미) 없지 않이한가만 염려 됩니다. 작년에 뭇 같은 나락이 몇섬택이나 되더잇가?

작은댁 몸채에는 누구가 삽닛가? 석남이가 이제는 지각이 좀 드는지 엇저는지 답답하오. 다음으로 미루고 섭섭히 붓을 놓습니다.

석남아!

너의 편지 빗을 많이 졌다. 너 둘도 알다사피 그동안 사세가 자연 곳 답장을 하지 못하게 되었던 것아다.

그 후에 아비 없는 탓으로 어머니 일 돕고 아구덜(들) 거느리기애 네가 큰 힘을 쓴 줄 아노니 기특하고 미안하다.

석남아!

사랑하는 새끼야 네가 올해 몇 살이냐?

너도 이제 여자로서 위선 먹을 나이를 먹은셈이야, 이제는 무슨 이말 저말 아비어미가 귀에 거스른 말을 하가도 늦은 때 일 것아더. 내가 자발적으로 제 속을 차리지 않이 하면 아비어미의 말도 우이독경의 격이 될 것아다. 만은 더욱이 이러니 저러니 한다니 갑자기 겁이 난다. 이 자식을 어떻게 남에게 보낼가 하는 걱정이 난다는 말이다. 지금부터라도 이 편지 보고 나서라도 정산을 차려 얌전한 소문난 규슈말을 듣도록 하여다고. 갑신우수

아버지 서.

국본 복분 씨

충북 청주읍 보호교도소

국본 명수

갑신 경첩, 청주 발 제5차신

금 년 붙어(부터) 보리값이 한 섬에 육원 가량 오릅니다.

우수 날 편지 보셨습닛가?

애인이여!

한 동안 소삭이 없어 궁금하던 차예 이월 이십이일에 「갑신 일월 십삼일 밤」 이라는 애인의 글월 받자와 저저히(제제히) 형편을 들으니 기쁘기 한량 없습니다.

어머니께옵서 절망하옵신다는 눈물 그리운(겨운) 황공과 우리 애인의 간장 맞이는 하소연을(동촌, 도을리, 앗불사(?) 도을리 ○○ 요절은 가석가한(可惜可恨) 이외다 이 뜻을 전하시오.

하소연을 뭇지(묻지) 않이 하고 듯지(듣지) 않이한들, 그것까지 짐작 못 할 봐 않이로되 편지 보니 새삼스러히 어머니께 죄송무지하오며, 애인에게 불안막대함을 금치 못하겠습니다. 그러나 내가 이곳에 오래 있는 그 만큼 사람으로서 밟을 참다운 도리를 좀 더 깨닫고 배워 얻는다는 큰 뜻을 생각하시와, 애인도 짐작 감내하시며 어머니께도 이와 같이 위로를 풀어 드리압소서.

(종기 아재 세움(?)은 칠원인데 축리 축리 해서 그러한 모양이요. 삼형께 여쭈어서 원금이라도 갚도록 말씀 하사요.)

그 후에 어머니 기력 강영(강녕) 하옵시며, 잔지도 잘 잡수 십닛가? 애인도 샛기덜(새끼들) 데리고 건강하옵나잇가? 큰댁에도 아무 연고 없나잇가?

귀여운 종이 출세를하였다니 얼마나 강사이겠습닛가?

큰 형님 깃븜(기쁨)도 말 할 것도 없거나와, 우리 어머니께서종손자를 대면하시는 깃븜(기쁨)이 또한 여북하시겠습닛가? 이렇게 층층이 웃 어른님 덜께서 조와(좋아) 하시는 것을 볼 떼에…(?)…

석홍이가 그 귀여운 손자를 작명을 부탁하였는데 그 뜻안 즉 감사하며, 엽에 있고 보고드면(?), 조급한 성미에 모르세 하지는 않이 하오리다만은, 시간의 관계도 있으련과, 그 귀여운 보배의 일음(이름)을 제 아비의 걸작으로 지명하기 케 하기 위하야 나는 애석하나마, 가권을 하렵니다. 원컨대 그 모아(?) 몸이(?) 충전하야 일취월장 하기만 축복합니다.

석희 필적 보니 얼굴을 대한 듯 깃븜(기쁨)니다. 아비에 보이겠다고 애써 쓴 그 글씨가 내 샛기(새끼)의 어엽분(어여쁜) 태 보이나이다. 그만 다음에.

전북 오수국 사매면 대산리

국본 복분 씨

청주읍 금정(錦町) 234 보호교도소

국본 명수

애인에게! 자세히 답하시오

입술이 끊어져라 하게 이를 악물고 참기도 하며 눈을 꽉 잡고 참기도 하면서 엇젓 턴지(어쩌튼지) 모-든 근심을 없애버리고 이 귀한 살덩이를 살려야겠다는 굳은 결심도 기차의 기적소리가 나면은 두레굿 소리가 들리면, 아기 부르는 소리가 들리면, 홍로점설(빨간화로 속의 눈송이) 같이 사라지고 철창의 넋은 구중심처(九重深處) 철창을 몇을 넘고 붉은 벽돌담을 몇을지내서 집으로 들로 헤메이기 시작합니다. 집에 가서 좋은 음식, 아름다운 의복을 입자는 것도 않이요 오직 다 늙으신 어머니, 불쌍헌 당신, 슬기 들지 않이한 자식덜(들)을 못이즈미나이다(못 잊음입니다).

우리는 아마도 전생에 원수로서 이 세상에 태어난 모양이어늘 살지 말라는 사람덜(들)이 살자니, 이처럼 고생이구려, 그러나 너머(너무) 걱정마시오.

그리고 보험은 잊지 말고 너시오(넣으시오).

사년(4年) 적공이 허사되게 마시오. 나는 음식거쳐가 좋고 책도잘 얻어서 잘 보니 안심하시오. 석희는 왔습닛가? 월촌형님 서울서 오셨습닛가? 의복은 입었자 도저히 땀을 당적(감당)할 수가 없어서 여기것을 입으니 다시 보내지 마시오. 그리고 편지 자조(자주)하여 주시오. 그만 섭섭히 붓을 놓소(놓소).

八月 十五日 明壽

남원군 사매면 대신리 국본 복분 씨
전주 소화정(昭和町) 322 번지
明壽

십이월 망일 (이십차신)

눈이…… 치에

소식 받으니 점잔히 뛸수는 없으나 뛸 번 하였습니다.

나의 사랑하는 새끼 석희가 설마 이제는 다 나았겠지 하였더니 지금까지 않이 나았으면 나을 시절이 언제이드람, (언제이란 말인가)

편지 보시는 즉시 물에 있는 이끼를 붙여 보시오.

그 다음은 「마늘」을 찧어 붙여 보시오. 대단(대단히) 신효(神效)하다니 여러 차례 붙여 보시오.

이 약 말을 시월 십팔이 편지에 기별한 듯 한데 유실이 되니, 늦게 되었습니다.

두가지 약을 삼사차 하여 보아서 아니 낫거든 마루 상자 안애 두었던 고약 같은 검은 약을 물에개어… 바르시오.

무, 배차(무우, 배추)까지 흉년이라면 어찌사나?

석희가 이렇게 늦다가는… 위터우니(위태하니) 속히 서둘러 치료하시오.

십이월 망일 당신 애인 씀

이십차편지

내 주소를 잘 쓰시오. 이번 편지도 한 자 빠졌습디다.

경성 현저정 보호교도소

명수

계미 우수 23차 통신

…(?)… 부친 글월 읽었습니다. 나의 입춘날 한 편지도 그동안에 보셨겠지요. 나는 매월 정해놓고 두 번씩 소식을 전할터이니 그리알고 너머(너무) 기다리지 마시오.

세월은 쉴 새 없이 흐릅니다. 오날이 벌써 우수라지요.

삼형께서 위석치료하신다 하오니 울울 면면 하오이다.

그 후에 경과는 여하하신지요? (편지가 설혹 늦더래도 그것은 배달부 책임이니 절대로 오해 마시오) (석희 잘 때에 장갑을 끼워 자게 하시오)

애인은 샛기들(새끼들) 데리고 건강하삽닛가? 나는 여전히 튼튼한 몸으로 수양 잘 하오며, 일주일 전에 행형께서 면회를 오셨는데 자주(慈主 : 어머님)께옵서 기력 근근 안녕하옵시며, 량형댁도 전권일안 하다 하오니 이만 다행이 외다. 안씸하여 주시오. (석희 조독을 범연히 방치마시고 곳 치료하야 다시 큰 걱정이 없도록 하시오.)

일본서 석재, 석봉이 편지가 빈번히 오며 의남이 편지도 오는데 일전에는 석재가 삼원, 의남이가 돈을 일원을 붗어(부쳐) 왔습니다. 마음가운데에 여간 불안한 봐가 않입니다.

그만 우리 권구의 건강을 빌 뿐, 백수, 술매에 안부, 그리 신세 지은 이웃에 저저히(제제히) 문안하시오.

전북 오수국 사매면 대신리 국본 복분 씨

경성부 현저정(峴底町) 보호교도소

국본 명수

계미 춘분 (25차신)

술메 백수에게 안부하오

애인에게!

어머니께옵서, 닷새전애 이곳에 오셔서, 모레는 집으로 가시겠다고 명수를 연거펴 불으시며 차마 가시지 못하사고 내 손에 눈물을 지으셨으니 말씀대로 기어히 행차를 하셨거드면(하셨으면) 어제는 어머니를 뫼시겠습니다. 그려!

원로에 과히 피뢰나 게시지 않고 안영히 행차하셨으며 기력은 무손(?)하시녀잇가?

양춘을 당하야 어머니를 뫼시게 되오니 어머니 손 나 자식은 말할 것도 없고 우리 동리가 다시 화기가 돌 줄 압니다. 그러나 어연 어머니를 뵈온지가 벌서 사년만이 있으니 그동안 여지 없이 쇠잔하신 것을 뵈옵고는 눈물 없이는 있을 수 없었겠지요! 내가 여기에 거(居)한 후에 그 곤란하신 거동으로 못잊을 손자식의 애정을 열 한 차례의 많은 번수를 행차 하셨으며 이번에는 막동이를 떼어 두고 차마 이곳을 떠나시고자 않이 하시면서도 불상한 막내며느리가 걸리시와, 아마도 큰 모즈럼(?)을 내사와 행차를 하산 줄로만 생각 킵니다.(됩니다) 그저 죄송막중, 불효 망극할 따름입니다. 부대(부디) 내 목(몫)까지 겸하야 어머니께 최대의 위안을 빛어(바쳐) 주시오. 부탁합니다. 믿습니다.

봉양이 반드시 음식으로만 능하는 것이 않이며, 마음을 봉안하는 것이 웃듬(으뜸)인가 합니다. 나의 경칩날 보낸 소식 보셨읍닛가? 애인의 음, 일월이십팔일 부 편지는 고맙소. 이 편지 보고 즉시 어머니 행차여부를 상세하게 알려 주시오. 기달습니다.(기다립니다)

당신의 사랑하는 명수

십오차 신
계미 춘분 삼월 이십일일
전북 오수국 사매면 대신리
국본 복분 씨

경성부 저현 정(町) 보호교도소
국본 명수

신사 12월 26일, 대구 옥방에서

애인이여!

「나와 같이 가리, 너 혼자 못 가느니라」 하시는 우리 어머니의 기진하진 목으로(목소리로) 안타까워하시는 음성을 뒤로 벌써 감옥맘(?)으로 명맥을 지지한(?) 지도 발년 (반년)입니다. 양역(양력) 칠월 이십삼일 아침 신당정에서 그 목메인 우리 어머니와 나와 모자, 나의 석희와 부자, 이별을 한 후, 한시, 하루, 오늘이야 끝나겠지, 내일이야 소식 있겠지, 내월(來月)이야 꼭 찬탄(?)이 나겠지, 하는 까막 까막도 지내고 나니 돌인(?) 세상이었구려, 세시(새해)가 되면 호강스러운 사람덜(들)도 흔히 절간으로 과세를 하러 가기도 하니, 조용을 취한다면 절 보담(보다는) 배나 조용한 철창이며, 음식을 기(期)한 것이라면

절 보담(보다는) 몇 백배나 소식(小食)을 하는 징역군(복역수)의 일이니 앉은 곳에서 하는, 좋은 과세를 구태어 피할 큰 이유가 없으련과(없으려니와) (허허 이 모양에 신 소리를 해)

(용저백수,술메에게 안부하시오.)

다 들어가서 오목한 눈으로 까막까막 기다리실 것을 생각하면 다 마르고 다 닳아져서 힘 없으신 간장, 녹이시는 어머니, 우리 어머니의 염려하신 정상을 생각하면 그저 금시에 ○○ 미지 않이한 것이, 이것이 불효 막대한 일이지요. 크드락(그토록) 우리 어머니께 양육받으면서 몸으로 드린 수고도 어대야(어디야) 한데, 다 늙어서 오날(오늘) 내일 하신, 낙일(落日) 같으신 어머니의 그 간장을 이다지도 수고롭게 하는 죄를 무엇으로 갚으며 어느 때에나 벗는다는 말이요?

정말 일각이 삼추같다면 나의 이 정상을 말할 것입니다.

내 몸이야 상하든 말던, 죽든 어저던(어쩌든) 그저 어머니, 우리 어머니께서만 천추의 장수를 하여 주시면 나는 다시 소원이 없겠소. (양력 설 때문에 편지가 늦더래도 그리 잠작하우, 양력 십오륙일 가야 편지하겠소.)

정말 이번에 들어와서는 어머님 생각에 여간 마음에 초조한 것이 아니어요. 그래, 애인에게 다소 편지를 게을리 한다고 짜증을 부렸다면 부렸다고 하오. 그 이유도 실은 여기에 있습니다.

편지가 경성서 집에서 연이어 오더라도 아무래도 불길한 사정을 나에게 알리지 않이 할줄로, 믿기는 하지만 은 그래도 소식이 간단이 되면은 이제는 적실히 우리 어머니에 무슨 일이 생긴것이로 고나 하고 애가 타기 시작합니다. 이러한 줄을 알면서 편지를 게을리 하는 것은 아무리해도 나는 나를 위하야 참으로 걱정을 하는 사람이라고 신용하기 어려워요.

하여간 나는 우리 어머니 자식, 않일(아닐) 자식이 잘 못 되어서 온 사람일 뿐이어요. 아무리해도 나는 이 세상에서는 어머니께 불효를 면치 못할 것이여요. 섭섭하나마 그만 둡니다. 애인이여 안영(안녕) 하시오.

석남아! 사랑하는 석남아!

어머니 뫼시고 아우덜(들) 데리고 잘 있느냐? 아부지가 여러번 써 보낸 편지 보고 조곰(조금)이라도 옳게 여기며 정신차렸느냐?

보아라, 여자라는 것은 나면서부터 남자와 달라서 남의 집에가서 사는 것이다. 월선덕(댁)의 쪼간이를 보아라, 정남이도 보고 월남이도 보아라 저렇게 곧 가게 되는 것이며, 남의 집에 가서 지천 그더기(구더기), 미운장이가 되지 않이하고 귀여운, 얌전한 대우를 받을 사람은 알을 잘 알아야 한다, 바느질, 음식, 등도 물론이거니와, 사람을 따르게 하야야 한다.

제아무리 귀신같이 보고 복통같이 따리고(?) 하는 사람은 남에게 대우를 받지 못하는 것이다. 이 편지 보고는 어머니 말도 잘 듣고 어머니 손을 못 가게 하고, 네가 다 하며, 아우덜(들)도 잘 거두며 학대 말아라. 아비는 너 때문에 고통이 크다. 그대로 가면 너는 쓸데가 없는 사람이니 명심하라. 내 말을 옳게 알아…… 편지하여라.

아비씀.

전북 오수소 사매면 대신리

국본 복분 씨

대구 삼립 정(町) 82~1

명수 발(發)

계미 한로 (제 36차 신)

애인이여! 나의 애인이여!

립춘(입춘) 날과 구례 양반 생일날과 드린 두 차례 글월은 받으셨읍닛가? 얼마 않인 몣일(며칠) 사이에 한양의 텐이(천리?)에는 완연한 가을 기운이 돕니다. 바로 어 그적게(엊그저께)까지 숨을 허덕이며 성급한 대로만 되려기면(?) 살 가죽이라도 한 꺼풀 벗기어도 사양치 않게 땀을 흘리던, 같은 그 자리에서 이것 보시오. 벌써 이불이라니? 이불을 덮기가 이불이 부끄러워서, 초저녁부터 아조(아주) 점잔을 쓰고 알몸으로 잠이든 후에 잠이 깨어 보면 몸둥이는 이불 속에 들어있겠지요!

이것은 나의 잠든 손이 나의 잠자기 전의 점잔을 무시하고, 순환하는 자연의 가을에 순종하는 본능적 반사작용이겠습니다.

불교 "의만심원"이라는 문자가 있습니다. 사람의 마음이 방향없이 날 뛰는 말과도 같고, 원숭이 같이 간사하고 원숭이를 간사하다고만 할 것아 아니라, 가만히 반성을 하여보면 볼수록 원숭아 같은 일이 쭉 하여는(?) 조금 더우면 아이! 더워 죽겠어! 조곰(조금) 치우면(추우면) 아이고 치워(추워)서 못 살겠어! 어허! 깁버라(기뻐라)! 애고! 서러워라! 하는 등, 원숭이가 안 일 사람의 말은 알아들을 수 있다면, 얼마나 인간의 간사 경 삽을 조소하며 자기의 명예훼손을 한다고 하리! 내가 무신(무슨) 원숭이를 변호하고 인간을 훼방할 근거가 특별히 있는 것이 않이라 가을을 맞이하니 하도 좋은 것이 되어서, 그저 다만 한 말로 좋다고 하기가 너머(너무) 단조한 것 같아서 한 말 한 것아니 어느 뜻(덧) 편지 절반을 가을이 찾이 하여 버렸습니다. 이만 하면 「납양」(?)의 축하는 제벅이(제법이) 되었다고 생각합니다.

이리하여 나는 가을 기운을 호흡하는 가을 사람으로서 우리 애인에게 가을 편지를 씁니다.

그 후에 연하여, 애인께옵서는 몸과 마음이 갓추(갖추어) 건전하옵시며 새기덜도(새끼들도) 낫낫치(낱낱이) 충실합니까? 더위에 고생하거나, 초학(추학: 학질)한 아이도 없었읍닛가? 석희는 화상자리가 아무러 독이 없이 여름을 경과하였읍닛가? 학교를 개학하였겠는데 다닙닛가? 굿하여(구태어) 아직은 공부하라고 성가시게 할 바 않이 로되 너머(너무) 게을리 하면「아부지께서 번번히 공부 잘하라고」하시는데, 하고 주의만은 있는 것도 좋습니다.

신문지상으로 풍년을 언제부터 누가 하기로 마음이 흡족하야 어서 가을이 되었으면 하고 기다렸더니 아! 어찌하리? 요사이 신문에는 대정(大正) 8년 이후에 처음 있는 현재라 하며 더구다나 들 일, 힘든 일, 출몰(?) 다 먹은 곡식을 만약에 못 쓰게 되면 어찌하리오? 그렇나(그러나) 비가 혹은 한 지방(地方)이라도 반드시 같은 법이 않이오, 한 마을에도 앞들과 뒷들이 같지 않이하여 앞논에 오는 비가 뒷논에 시침을 떼는 준례도 자조(자주) 있었고~?~

(술메 백수에게 안부)

보도 그대로 실민이(?) 되는지, 보리농사도 그 모양이고 어서 어서 가을을 하였더니 만일에 정말 그 모양이면 아! 어찌할까? 어찌할까? 나는 여전히 몸이 건강하야 공부에 하염이 없습니다. 지금 이 편지를 쓰는 때에 읽는 책까지 꼭 백권째 책을 읽습니다. 뜻을 전부 안다고 장담은 못 하겠으나 책도 백권이라면 적지 않는 수입니다. 그러면 애잉이 나를 대신하여 단독으로 살림을 하며, 자식을 기르고 고생을 하는 것이 젼혀 헛고생이 아닙니다.

나로 하여금 이만한 공부의 기회를 주며 우리의 앞날의 새길을 준비하게 하는 것입니다. 어서 속히 농사상황을 세세히 알려 주시오.

엇그저께 전주 소식이 왔는데, 어머니께서 안녕하옵시며 기화 기화(?) 이웃집 신세 지은 댁에 저저히(제제히) 감사의 안부를 하시오. 끝으로 애인, 새끼의 영원한 건강을 바래고 그만 섭섭히.

전북 오수국 사매면 대신리

국본 복분 씨

경성부 현저 정(町) 보호교도소

국본 명수

계미 만종날(삼십차 발신)

① 애인에게!

작은댁이 이사를 가시고 얼마나 쓸쓸함을 느끼십니까?

어머니께옵서 그 길에 가셨다하오니 그래도 기력이 그만큼 부지 하신가 하고 여간 깁비(기뻐) 한 바가 않이였습니다. 지금도 전주에 게십닛가? 환차하옵셨나잇가? 기력은 강영하옵나잇가? 큰형님께서는 퇴원 하셨듭닛가? 어쩌셨읍닛가? 전주 병원으로 세 차레 상서를 드렸으나 하회가 없으니

② 환차하셨는지 증후가 위중한 탓인지 울울하외다. 그 외 큰댁 권구(식구)도 일안하오며, 당신도 몸이나 건강하오며 새끼덜도 충실합닛가? 석희는 학교에 잘 다닙닛가? 그리고 무엇을 좀 아는 모양이며 해 볼려고 합닛가? 제 이름이나 쓸 줄 압닛가? 보리가 그래 아 소먹일 것이 없을 모양입닛가? 멋쩍습닛가? 모자리(못자리)는 덜(들) 어찌되었습니까? 누에는 칩닛가? 산 잔 가는 밭에 심는 뽕은 따 먹이게 됩닛가? 목화는 어찌 됩닛가?

③ 곡우날, 석희 생일날 소만날 드린 세차례 편지는 보셨읍닛가? 애인의 편지는 사월이십일 이후로는 없었으니 틀림이 없습닛가? 물론 호구(?)에 여가도 없을 줄로 알며, 양잠길쌈에 피곤도 하시겠지만은 너무(무) 소식이 없으니 답답하우 나는 튼튼히 잘 수양하고 있으니 안심하시오. 일주일 전에는 운봉형수께서옵서 석구와 석종을 데리시고 면회를 오셨는데 두형님 이하 권구(식구)가 일동무탈하다니 다행한 일이외다.

내내 어머님 뫼시고 몸 건강하시기 빌며 그만 다음으로 미룹니다.

당신의 그리는 명수. 계미만종날(삼십차 발신)

④ 사랑하는 석희야!

요전에 아부지 편지 잃었느냐? 멸자나 알아 보았느냐?

학교에 부지런히 잘 다니느냐? 부디 어머니 말씀과 선생님 가르치신 것을 꼭 복족(복습?) 하여 착한 사람이 되어라. 동모들(동무들)과 절대로 싸우지 말아라. 이것이 아부지 밤이나 낮이나 바래는 바다. 석희는 아부지 말 잘 듯지 응

전북오수국사매면 대린리

국본복분씨

〈봉함엽서〉

경성부 현저 정(町) 보호교도소

국본명수

신사 12月 26日차

① 사랑하시는 어머니시여!

「어머니의 못잊어 하시는」막내상서

어제 석동의 편지로, 어머니 기력 강영하옵시다는 깃븐(기쁜) 말삼(말씀)을 듣자 오니 복 히히이압나이다. 그 후에 어머니 식사며 전하옵시며 두 형덜(들)은 무고 하옵나잇가? 복 모모이압나이다. 손부들 보시니 어쩝니까? 할머니 마음에 흡족하더잇가? 양역정월 때문에 한동안 편지쓰기가 늦을지 몰라 미리 말씀하옵나이다.

② 해형(海兄령)! …?…

누차 상서는 하람(下覽)하셨습니까 錫東이 소식에 「五叔父主 陪食云 食堂의 光榮」云云으로 兄主께옵서 질부가 마음에 洽足하시와 함꼐 식당에 까지 식사를 하신줄 믿사오며 心中에 희환무애(喜歡無涯)이외다.

마(魔)의 年! 신사년이 저물었습니다. 이 신사년(辛巳年)이 우리 가족사(史)上에 우리 서 일찍 경험치 못한 장상병고(葬喪病苦) 의옥(疑獄)등 OO의 저주를 OO하게 우리 가족으로서 전율(戰慄) 상원(傷怨)을 준 것을 다시 말하여 무엇하리오? 四十이 不혹년(不惑年)이라 한다는데

③ 저의 불혹년은 의옥년(疑獄年)이었던가요? 오는 경오년(庚午年)은 금년의 재앙을 배상할 복원(福源)을 우리 가정에 주겠지요. 모~든 이치가 일진일퇴 소장(消長)이 순환(循環)하는 것이니 확실히 명년은 우리의 행운을 맛볼 좋은 기회가 오겠지요. 저는 그렇게 믿고 안심합니다.

형님께서도 금년의 그 함한 OO을 구태어 늘 기억에 남기실 것이 아니라 깨끗이 망각하시면 消滌 하시고 새희망 새 포부로 경오년을 맞이하여요.

종질(踵疾 :?) 쾌(快)합닛가? 在共君安在乎) 아

(재공군 편히 잘 있습니까)

⑤ 사제(舍第)는 오로지 자주(慈主)를 위하는 일념으로 모-든 全力을 다하여 몸을 함부로 야니함과 今時에 자주(어머니)의 하년(遐年)을 축복한 따름입니다.

신년관계로 아무래도 明十日 다가야 편지를 쓸 수 있을 것 같으니 전래(前例)와 如전히 일주일의 서통(書통)이 없음을 궁금하게 생가마시압소서. 자주(어머니) 뫼시고 과세(過歲) 안녕히 하시압소서

저도 잘 과세하겠습니 안심하시압.

대구 뇌리에서 신사 12月례 二十六日

명제(明第) 14회 상서

경성부 신당 田丁 304~495

국본 海 春 氏

대구 삼림정 82-1

명수

〈봉함엽서〉

계미 입추(34차답)

① 애인에게! 당신애인 계미압추(삼십사차답)

종사만주(?) 그동이었으니 낮에는 논밭으로 들며나며 몸을 째개 쓰려고 하는 신세이니 낮테 붓을 여가가 없을 것이며, 밤에는 모기에 습격을 피하기에도 여력이 없을 뿐 아니라. 등불을 풍덩이가 쉴사이 없이 빼으니, 그곳 편지를 기다리는 다른 것이 도시 박정한 탓이라고 열 번 짐작하면서도 그래도 너무 오래 편지가 없으며, 마음은 그저 핫갓 바쁜 탓으로만 따저 버리리가 〈석남이가 봉투를 그만큼이라도 쓰는 것이 대단 신기한 일입니다〉 나로서는 못하겠어서. 그리 오래 답답하던 차에 팔월사일 부친글월을 받아

② 어머니 뫼시고 혼가가(?) 그만하다니 이외에 바래올 것 또 무엇있아오리? 아마 애인의 그 고된 살림살이를 생각할 때에는, 마음이 금시에 콱 막히나 어찌하리? 호강도 한정없다면, 고생도 한정이 없을 것 있습니다. 그러니 우리도 그네 덜(들) 보담(보라는) 호강스러우니 하는 생각으로 살가압시다. 그리고 지내놓고 보면 고생이 호강 보담 자랑이라고 하는 말은 옛성인의 일러둔 말이니 우리는 뒷날의 자랑거리를 작만한셈 대고

③ 살아납시다. 인간은 밥이 엇이는 살지 못할 것이로되 밥만으로 사는 인생을 우리가 부러워 할 것은 없습니다. 결코 없습니다. 밥이 없는대로 우리는 그래도 눈물있는 사람이 있습니다. 백면을 밥으로 사는 것 보담(보다는) 하루라도 사람으로 사는 것이 더욱 신성할 것입니다.

애인이여! 애인이 그 군색한 살림살이 가운데에서도 색다른 그 무엇을 볼때에 여기있는 나를 생각하며, 내가 잠깐 동안이라도 틈이나면 애인의 그 수고를 생각하며, 미안하고, 죄송스러이 여기는, 그 정이 우리는 밥과 바꿀 수 없는 우리의 보배인 것을 잊지 맙시다.

④ 언제던지 똑같은 편지없어졌자 아까울 것 없습니다. 석희가 성적이 그만한 것을 대단 사랑스러운일입니다. 죽을 줄만 믿었던 그 새끼가 살아서 다니는 것이 장할 뿐이요. 잘잘못은 말하고 싶지 않습니다. 너무 성급히 마시고 되는대로 보고 키우시오. 나는 여전히 몸건강하야 수양잘하며 십일전에 오형께옵서 면회 오셨는데, 두댁도 다 무고하다니 안신하시압소서, 삼형께서 수일전에 소식주셨는데 석한이는 상관면 서기로 채용되었다는데, 그 면장이 그 전에 오산형 손자인 나의 고등보통학교 동창생인데 지금도 그이가 있는지 좋은 친구인데 남은 말씀은 그만

어머니 뫼시고는 건강하시오.

〈봉함엽서〉

전북우수구 사매년 대신리

국본복분씨

경성부 현저 정(町) 보호교도소

국본명수

계미 내 생일 (제 삼십오차신)

어머님께 작일 상서

① 애인이여! 계미 내생일(제삼십오찬신)

실지가 저렇랴기면 임실꼬(임신고) 선유(船遊) 하염직하리만큼 맑아케(맑게) 개인 하날빛(하늘빛)으로 보면 또는 님 그린 넉실런가(넋일런가) 밤늦은 줄 모르고 목메인 설엄(설음) 그칠줄을 모르는 귀 또람의(귀드라미의) 울음증으로 따지면 철은 가을이 틀림없는 것 같은데 가르릅이(가믐이) 오래 계속된 탓일런가 잔서(殘暑)는 의연히 혹독하니 돌집 이층에 편히 거하야 수양하는 내 팔자야 그까짓 더우(더위)가 아무렇지도 않습니다만은 일복 많으신 애인을 생각하오면 어서어서 서늘한 그 바람을 바래나이다.

애인이여! 이 달은 대 달입니다. 이날은 내 달입니다. 인생으로서는 너나 할 것 없이 제일 기쁜날은 제 생일일 것입니다. 한데 나는 웨(왜)? 나의 기뻐하여야 할 이날을 기뻐 한 사람이 되지를 못할요?

② 나는 어머니를 뫼셨고 처자를 거나렸으니(거느렸으니) 희노애락을 혼다만 할 수 없는 처지이기 때문입니다. 동방의 공자라고 일찰은(일컫은) 율곡선생께서는 그의 생일이면 종일 정심단좌하야 「오날은 우리 어머니 수고하신 날이다」하며 근신하셨다는 말씀을 배웠기로 나도 오늘 그 선생의 가라침(가르침)을 본받아 사십일년전 오날 우리 어머니 수고와 사십일년동안 우리 부모의 기르시는, 가르치신 사랑하신 근심하신 산보담 높고 바다보담 깊으신 은혜를 황공하는 동시에 오날까지도 시직 우리어머니께 걱정을 하시게 하온 불효를 죄송 막급이외다. 따라서 사십일년전에 오날이 없었더라면 나의 장인, 장모의 애지중지 하시던 복분씨도 이 못난 명수의 배우자로서 저렇듯 신고(辛苦)가 없었을 것을

③ 그러나 사람은 대저 남녀귀천을 막론하고 삶을 원하며 죽엄(죽음)을 무서워하며 만락을 질기고(즐기고) 고초를 싫어하나 즐기는바 만략이 원하는 삶에는 있지를 않하며 거기는 고초가 있습니다. 안락은 오히려 무서워하는 죽음에 있답니다. 그러나 그 안락을 찾기 위하야 그 죽음을 취하고자 한 사람을 별로 없습니다. 그러면 살려고 하는 인생은 누구나 먼저 고초를 각오하지 않이치 못할 것입니다. 사는 것이 곳 고통이며 고통이 곳 사는것입니다. 널리 세상을 살펴보면 나 보담(보다는) 호강스러운 인간도 많으련과(많으려니와) 나만 못한 사람도 결코 없지를 않합니다. 고통이 설움이 우리의 전매특허가 않입니다.

누구나 처지에 따라서 다소의 고통이 있습니다. 고통! 고통! 고통을 무서워하고 피하려고 하니 고통이 됩니다. 어떠한 고통이든지 오라 닥쳐라! 내 능히 이기고 감내하겠노라 하는 아량으로써 고통을 물리니츤 담력과 용기를 갖읍시다. 자식에 갈증이 난 사람은 눈 먼 딸이라도 한다지요! 편지로라도 위로하여 주는 남편이 있다는 것이 논과 돈을 전장하여 주는 사진의 남편보담(보다는) 낫다는 생각을 갖어 보는 것도 어떠할까요? 아무커나 애일의 옆에 있었으면 오날은 제백사하고 애인의 정성들인 맛진 것을 정답게 먹었겠는데 땀을 흘려 가면서 부산하게 못난 남편의 사죄를 하자니 헛 웃음이 없지도 않습니다. 인간의 희망이란 이상도 하지요. 아침부터 엉터리없이 오날 무슨 길사가 없을런가 하고 고대를 하던중 신명이라도 보셨는지 저녁밥에 수접 …(?)… 일신 건강하시며 샛기털도 충실합닛가? 석희는 그 화상자리가 아무 탈없이 여름을 니잿읍닛가? 큰댁도 다 만길합닛가? 질부 태중이라니 흔희 흔희(欣喜)

④ 어머니께서는 전주행차 하시와 기력한녕하시다니 영광영광

나도 몸이 여전하야 수양 잘 하오니 안심하시압소서. 면화판매 하기전에 가격을 알아두시오. 금년부터는 새로 개정된 가격이 일등 삼십구전, 이등

삼십오전 삼십일전, 사증 이십삼전

그 전 가격은 일등 삼십사전, 이등 삼십전, 삼등 이십칠전, 사등 이십전이었습니다. 그러면 우리 면화도 오륙원은 증수되겠지요.

근자에는 재신군이 사진 영업을 하는지 어쩌는지 로사도 대면도하고 석희, 석란이도 보고싶은 생각이 가만히 나는데 될 수 있거든 가장 적은 판으로 한 장 박아 보내시오. 내내 애인의 건강과 생기털 충실을 바래고 그만.

전북오수국 사매년 대신리

국본 명수씨

경성부 현저 町(정) 보호교도소

〈봉함엽서〉 국본명수

九月九日 明弟

① 어머니시여!

그저께 상서 보셨읍닛가? 그 후에 기력 강녕하옵시며 식사는 어떻게 하시는지 그저 죄송할 따름입니다.

늘 말삼(말씀) 한 바이어니와 그저 마음을 너그럽게 자시와 천금귀체(千金貴體)를 행여나 손상테 마시기를 간절히 바라오며 저는 침식을 여전히 하오니 안심하시압소서. 내내 어머니기력 강녕하옵시기만 축원하옵고 그만 사회옵니다. 불효자 명수 상

② 해형(海兄)

五日付 上書는 入覽(입람) 하셨습닛가? 자주(慈主)께옵서는 …아니 하셨는지요? 어제…

五日付로 決定이 되었습니다.

主文

本人 …大同小異하여요 …同四十四條

一項이여요 한데 결정통지가 八日에 와서 九日에 抗告하였습니다.

③ 너머도(너무도) 자주(慈主현:어머니)의 염려도 兄규님덜(들)의 受苦도 바람없이 도리혀(도리어) 죄송할 따름입니다.

④ …(?)… 九月九日 明弟

경성부 신당정 304495 국본해수씨(귀하)

〈봉함엽서〉 사제(舍第) 명수

계미 소만절후(이십구차신)

① 애인이시여!

곡우날과 석희 생일날 두차례 편지 받으셨읍닛가? 편지가 중단되면은 섭섭도 할동, 화도 날동, 하나가, 급기야 리유(이유)를 알고 나서는, 다시는 편지를 기달으지(가다리지) 않이하여야 하겠다는 결심도

② 단 일주일이 못차서 다시금 궁금증이 소생하겠지요 무슨 리유(이유)를 듯지(듣지) 낳이한들 애인이 애인에게서 범연(?) 한다고 생각을 하거나 한만히(한가히) 놀면서 편지를 않안다고 어리석은 추칙(추측)이야 하릿가만은 이것이 따저보면 어절수 없는 정인 모양이지요 그 후에 연하시와

③ 어머님께옵서는 진지도 잘 잡수시며, 잠도 잘 주무십닛가? 큰형님 병환은 엇지되셨읍닛가? 퇴원하셨읍닛가? 전주병원으로 세차례 상서를 올렸으나 아무려는(아무런) 하회(회답)가 없기로 퇴원하셨는가 하와 그 후는 문안을 못하고 있습니다. 삼형께서는 완쾌하셨습닛가? 이사는 어찌 됩닛가? 그 외 큰댁, 자근댁 다 만안하오며 애인도 새끼들 데리고 몸이나 건강하십닛가? 나는 계속하야 몸 건강하오니 안심하시오. 석홍에게 거월(지난달) 이십이일에 편지하였는데 받엇는지 석희는 그 후 별 탈없이 학교에 잘 다닙닛가? 다음은 다음으로 당신의 애인은 계미(1943) 5월 22일 소만절후(이십구차신)

전북오수국 사매년 대신리
국본 복분씨
〈봉함엽서〉 국본 명수(明羞)

계미 청명(26차신)

① 애인이여!

오날이 벌써 청명이라지요. 나의 경칩, 춘분 두차례 보낸 편지 보셨읍닛가? 못하였읍닛가?

어찌된 일입닛가?

② 어머니께옵서는 하행하셨읍닛가? 어즈섰읍닛까?

환차하셔서 기력강명하옵시나잇가? 그리치 않아시고 혹 원로에 피로하시와 실성이나 하셨읍닛가? 왜 소식이 없읍닛가? 삼형께서서도 소식이 없으신지 달이 넘으니 아직도 평복(회복)이 못되셨는지 원, 어찌된 일입닛가?

③ 혹은 삼년만에 어머니를 뫼시니 하도나 깁버서(기뻐서) 말씀 사뢰고 말씀 듯기에 겨를이 없어서나 그런지 다행히 이러기나 하였으면 좋겠습니다만은 마음을 비상히 죄입니다. 밧삭(?)합니다. 곧 깁븐(기쁜) 회보를 주시오.

마음이 조급하야 앞뒤 빈 조희(종이)를 채우기가 큰재나(고개) 넘는 것 같이 겁이 나서 그만 둡니다.

계미청명 첫 새벽에 당신의 애인은 씀

(이십륙차 서신)

〈봉함엽서〉

경성부 현저 정(町) 보호교도소

국본 명수

생일 사흘 뒤에 씀

① 애인이여! …당신의 못난 애인 씀

…의 왕래로 자세히 소식을 들었으니 굿하여(구태어?) 붓을(?) 놓일(?) 필요도 없기도 하였으련과(어니와?) 한 십여일간 눈이조금 바쁜 일이 있어서 나의 마음 …보담(보다는) 애인에게 두차례 통신이 궐하였습니다. 부득한 사유였으니… 소식을 기다리는 애인의 안타까움이 또한 어떠하였으리?

이제는 …임 없는 가을이외다. 한참 더위가 … 볼수도 있어요. 가을이 서늘 … 이유 보답도(보다도) 가을은 칠월은… 가을이 나에게 상쾌하는지 말할 수 없읍니다. 가을이 주는 청량은 나의 살덩이가 금시에 무럭무럭 찌겠는데 멀리 생각을 가정으로 돌이킬때에는 머리가 멍하여 별안간 미칠것만 같읍니다.

잠만 들면 우리 석희가 불에 들어 기절하는 참상이 아니면 불에 데인…

무슨 방책이 없음을 한탄할 따름입니다. 또다시 말합니다. 섭섭하요.

경성부 현저 정(町) 보호교도소

명수

계미 상강(제사십차발신)

① 애인에게. 계미상강(제 사십차 발신)

삼십구차까지의 소식은 틀림없이 받아보셨읍닛가? 알고싶습니다. 그 후에 연하야 우리 어머니 기력 강영하옵시며 식사와 수면도 순조로하옵시는지 그리고 당신도 몸 건강하오며

② 샛기들도 그대로 병없이 자랍닛가? 큰댁도 저저히(제제히) 안영하옵시며 대소간도 별고 없읍닛가? 구게 종수씨는 산후순과오옵시며 유아도 활발하며 유도유수 같이 풍족하온지요. 그 기별을 듣고 어찌 기쁜지 곳 축하의 뜻으로 구계군에게 편지를 하려다가 칠칠(7×7)이나 경과함을 기다려서

③ 하려고 짐짓 참고 있습니다. 미구에 편지를 하겠습니다. 요사이 추수에 얼마나 분주하십닛가? 석희는 학교에 잘 다닙닛가? 살찔 이유도 없겠지만은 그래도 과도히 말랐다.는 말에는 대단히 걸립니다. 닭을 키우면 계란이라도 간간히 먹여주시오. 간간히는 목할 형편이면 아부지 부탁이라고

④ 한두번이라도 먹여 주시오. 어머니께서 구일(九月九日) 지내신 후에 행차하옵신다 하옵기로 십오일 죄경란(?) 봉심이 끝난 후에나 오시련가 하고 기다린데 지금 꽃(껏) 많이 오시니 또한 무슨 사정이나 계셔서 못오시는가 염려됩니다. 나는 여전히 건강하오니 안심하시오. 내내. 뫼시고 건강하시요. 비나이다. 술메, 백수 잘 있읍닛가!

전북오수국 사매면 대신리 국본복분씨

경성부 현저 정(町) 보호교도소 국본명수

〈봉함엽서〉

계미 초동(41차 발신)

계미 초등(입동)

① 애인이여!

당신의 애인(사입일차 발신)

사십차까지의 나의 소식은 다 받아보셨읍닛가? 편지 한 차례 동안에 한 절후씩 경과하니 일년도 숙홀히 없어 오날은 벌써 초동이나…

강녕하옵시며 진지도 … 주무십닛가? 큰댁…

② … 샛기덜(새끼들) 거느리고… 그리고 추수야 … 부시며 고달프십닛가? … 학교에 결석없이 잘 다닙닛가? … 이니, 다비같은 것은 학교에서 배급을 하여 줍닛가? 발은 벗지나 않이합닛가? 공부는 … ? … 하더라고 아해덜과(아이들과) 말성… 다투지나 않읍닛가? 로사는 잘 것습닛가?

누구를 닮았읍닛가? 나같이 생겼습닛가?

(풍촌 무배채는 여하)

③ 애인같이 생겼읍닛가? 얼굴도 모르는 새끼가 이따금 어떻게 생겼을까 하고 궁금합니다. 투석에 배자숙모주(叔母主)에게 상서하였는데 들어갔는지? 원, 종형께서도 간단히라도 편지 받았다는 말이라도… 하염직한데 너머(너무) 하신 일이며…

○촌 소식 자주 듣는가요? …경성을 오신다 옵시니 …것도 물론 이련과(이려니와?) 오서… 검은 물을 들여 어머니 오실 때

④ …오셨으면 하는 소원도 또한…

그러나 어머니께서 하시고자 …거역 타오리 다만. 기어히… 날이 치웁기 전에 하루라도 일직이 오셨으면 좋겠습니다. 이달 하순까지 기다리시지 말

으시고 곧 행차하시도록 품고(稟告) 하시지요.

나S,S AHA 여전히 건강하고 일전에 해형 면회하였는데 두 형님댁 일안하옵시다니 안심하시오.

어머니 뫼시고 평안히 계시오. 그만

경성부 현저 정(町)

보호교도소

국본명수

이월십구일밤 인왕산 밑에서

① 어그제 들인 글월은 받어 읽으셨읍닛가?

식구가 한 사람 불었다니, 깃븝(기쁨)니다. 나 없는대신 한 사람이 보충되였으니, 얼마나 식구덜(들)에게 든든한 생각을 주었겠읍닛가. 나의 사랑하는 딸이 한나 더 생긴 겄도 경사려니와, 제일 애인의 무거운 몸이 개벼원진 겄이, 나의 웃음 피는 소원성취이겠습니다.

그렇나, 산후별증은 없으시며 얼애도 이상이나 없으며, 유도도 풍족하나잇가? 이겄이 알고 싶은 소식이외다. 일전에 석동이 부처가 일부려, 면회를 왔기로, 생사여부를 물었더니 아직 않하였다하며 뒷이여, 달을 넘을 겄이라 하기로, 어느 누가 달이 넘고 않이 넘은 겄을, 미리 아는 인재가 있어, 그런 말을 하더냐고 농담을 하였으며, 어그제 삼형주하서를, 복승하여도 아직이라 하셨기로, 경말 농담이 진담되여, 달을 넘었는가 하였더니 어제, 전청 축하일에 해.(?) (자주 기동하옵신다는 말삼, 삼형주께 곳 말삼하시오.)

형께서, 그 경사를 아무에게도 같이 하시기 위하시와, 면회를 오셨기로, 다시 해산 여부를 뭇자왔더니, 벌서 일망 전에 해산을 하였다 하시며, 모녀구건이하 하시기를, 깃버(기뻐) 붓을 드나이다.

결점이 조곰도 없는, 애인이었만은, 애인이 애인 셩미를, 리(이)해 몯한 겄한가 저만은, 진실로 섭섭한 일이여요, 나노흔(낳아 놓은) 아해를 않이 나었다고 속이면, 엇지될 겄임닛가? 하늘우에 다 올녀놋코 키우는 신통역을 가졌음닛가, 그렇지 않이하면, 땅 밑에 감추어서 길느는 요술이라도 가졌음닛가? 언제가지 속이자는 겄음닛가?

여보! 애인이여! 언제 내가 농담으로나마, 애인에게 사나히 자식만 낫코, 게집애 자식을 낫치 말자고 부탁을 한 적이 있음닛가? 또는 딸을 많이 낫는다고 격경을 하며, 자증의 얼골을 보임닞가?

모든 일에 우매하고, 노둔한 나이외다만은, 자식을 구별하야, 남자이니 환영하고, 여자이니 배척하는 철몰은 생각을 가진 사람은, 당초에 않임니다. 딸 자식을 많이 두어야 상팔자요, 운명이라 할진대, 애인 혼자의 책임이나, 과실이 않이요. 나도 책임과 과실이 있을 겄이며, 달 자식을 많이 나흔 겄을 한탄할 겄도, 우리가 부부다있음을 있는 일이 않임닛가? 과부가 생산을 하거나, 홀아비가 생산을 하지는 몯하겠지만요.

자식이니, 깃부고, 딸내미 서운하다는 겄은, 인윤을 따져보면, 너머도 박경한 일이요. 생리적으로 볼 때에 너머도 멍청한 일밖에 자지 않이합니다. 그러할 겄도 않인 뿐더라, 정녕 그 옥심을 부려서, 되는 일 같으면, 나는 희망 않한 바이나, 애인을 위하여 내가 훼(?)졀을 하여드리고도 싶으나, 그러케되고 않되는 겄이 않이여요. 그저 사담으로, 이 세상상에 왓다가는 표적으로 남자자식이 되었거나, 여자 자식이 되었거나, 낳느대로 양융할 따름임니다. 제절로 생긴 겄을, 걱경을 하여보고, 애를 태우니, 딱합니다. 이 러한 생각을 가지고는, 이 색기덜이 장성한 뒤에, 우리가, 그 애덜을 사랑하였는 자식으로 대할면 복도 없으련과, 그 애덜이 무슨 리유로, 사랑하는 부모로 대하릿가?

진실로 진실로, 내가 애인의 무거운 몸이, 무었이 되었건, 하루 속히 한시 속히 개벼워지기를 기달으며, 마음을 조리며, 머리가 뒤숭숭하는 번거로운 계졍을, 참으로 피해하였다면, 해산한 뒤 일망트락 한만하게 소식을 쪼(?)리를 않이하였을 겄임니다. 애인이 미안할 겄이 무었있겠음닛가?

졍말 미안하고, 죄 많이 지은 사람은 여기에, 가만히, 소리없이, 시침 뚝 떼고 있음니다.

관언을, 자식을 얻었으니, 그 자식이 커서 아비라고 윤리가 있어질넌지가 몰으지만, 애인이 애인 자식으로의 욕심을 위한다 할지라도, 인역으로(억지로) 않이 되며, 할 수 없는 욕심에는 엇지 할 수 없는 일이며, 만일에 나를 위하야, 미안하니 그런다하면, 나의 소망이 않이니, 더욱히 만영입니다.

관언을 자식을 얻으었으니, 그 자식이 커서 아비라고 윤리가 있어질련지가 몰으지만. 애인이 애인 자신으로의 욕심을 위한다 할지라도 인역(?)으로 않이 되며, 할 수 없는 욕심에는 엇지할 수 없는 일이며, 만일에 나를 위한 하야, 미안하니 그런다하면, 나의 소망이 않이니 더욱히 만영(?)입니다.

마음 편안히 자시며, 몸이나 주의하시오. 나는 여전히 소장 이하, 여러 관리덜의 간절하신 애효를 입사와 늘 몸이 혼혼(?)하며, 형님께서 주일마닥 면회를 오서주시니, 고적도 몰으고, 평화로히 지냅니다. 여기 와서 벌서 해형께서, 시무언가치니 보약을 차임하하서 주셔서 먹습니다. 무슨 병이 있는 겄이 아니라 형님과 어머니 면회를 자조(자주)하는대, 얼굴이 조와야, 어머니께서 염여를 덜 하실까 하야, 염치없이 형님의 돈 소비하시는 겄을 사양치 않코 먹습니다.

어머니께서 실성을 하셨다기에, 걱졍을 하였더니, 어제 해형면회에, 기동하신다니, 희불승언이외다. 내 건강을 빌고 그만 다음으로 밀웁니다. 섭섭합니다. 석남이 말 잘 듯는지?

전북오수 사매면 대신리
국본복분 씨
경성부 현저정 조선총독부보호교도소
〈봉함엽서〉 명수

② 애인이여! 불러도 또 불러도 싫증나지 않는 나의 애인이여!

한 날 한 밤 똑같은 저 달을 맞이하는대, 한 마을에서도 소고기전골 추석, 돗고기 꾸이 추석, 닭지짐 추석, 하다 몯하면 명태 한 마리, 멸치 한 토막일지라도 찔히(?), 제각금 분수에 딸아(따라) 벼라별 가지, … 추석 잔치가 열었겠는대, 나의 일음(?)만 헛듸히 붙은 그 집에서는 과연, 그 집에서는 무슨 꼴이 였을 것인지 몰나?

대거, 추석이라면 가을 저녁이라는 뜻이니, 칠월붙어(칠월부터) 구월까지는, 어는 밤하고, 추석 않인 날이 없을 리(이)치인대! 오날 밤만을 하필 추석이라 하야, 이 명절을 '저 달 아래에서 달란히 같이 앉어서, 질기지 몯한 우리 가졍(가정)에, 부질없는 새 번뇌의 이바지람!'

딴은 봄붙어(봄부터), 이날 이때까지, 논, 밭, 들산으로, 눈, 코 뜰 사이없이, 살겠다고, 죽지 않이 하려고, 헤매며 일에 억매여, 병이나 걸이여, 누어서나 자유를 얻기 뮈에는(?), 촌시도 제 몸을 제 마음대로 몯하고, 손, 발이 다 달아빠지드락 근모하여온 농사사람으로서는, 이제 비로서 그 때 구전(?) 거름 남새를 씻고 오랜만에 제 몸둥이를 찾어내며, 의복을 갈어입고, 조상에게 새 음식을 밫이며(바치며) 일가친척 서로 찾어도 가고, 맞어도 주며, 술고 권하고, 떡도 입맛 다시며, 우슴도 짓고, 경담도 밧구는 것이야, 앙커나 인간의 새로운 맛꽈 새로운 긔(기)운을 도드는 얼시고 좋은, 이 한가위 명졀인대, 이 명졀에도 우슴을 일코, 수운에서 지내게 되는 애인에게 무거운, 마음으로 사죄를 들여마지 않이 합니다.

바람이 뿔면(불면) 한숨소리인줄로, 비가 뿌리면, 눈물일런가, 더우면, 이렇케 번열을 하엿다. 치우면 기한에 엇지나, 보대낄겄인고, 하고 처자거니린 책임을 하지 몯한 내 심사. 봄, 여름, 가을, 겨울, 십이시 그 어느 때인들, 가졍을 잊어지는 시간이 있다 하오릿가만은.

특히 달마다 있는 달 즁에도, 오날 밤만같은 크고 둥글한 달온, 달온달 달에는 없다는 이 밤이어니! 엇지 심사해 변하오리! 저 달빛혜, 온 천지가 찌여지거케 휘황찬란한 하니, 벌네(벌레)들도 달의 운치를 아는지 다른 때 보담 류달이 요란히 울어 이 내 향수를 불붓게 하는구려! 아! 우리 어머니 께서는 생각만 하여도 아슬〃(아슬)한 그 지력으로 이 몯난 명수 때문에, 이 달 아래에서 얼마나 목매인 한숨을 지시며, 군말삼을 하오시리. 그리고 나 의 애인은 얼마나 말없는 고적을 늦기며, 샛기덜을 멫번이나 아부지를 입에 올이리!하고 생각하오니, 금방 심신이 산란하며, 왼몸이 무슨 지남철에나, 고무줄에 나땜이여, 휠〃(휠) 고향으로 달음질치는구려!

추석이라고, 풍성하게 하겠다고, 동리에서, 도야지치고, 개달어 분육하니, 이겄을 보고는, 우리도 의례히 상겄인대, 어머니가 알지 몯하야, 몯사는 겄이겠지, 생각하고 안쓰러운 꼴이 날아낫다(?) 살아지면 치마끈 붙들고, 어머니 나도 고무신, 나도 고까 하고 울며, 졸느는 광경이 련쇄되며, '어머니, 우리는 웨 떡도 않합닛가'하는 석뫼(?)의 짜증이 들린가 하면, 오날도 우리는 고기도 않주고 응 발 뻣고 떼쓸 석란(?)의 어린 양이 번갈라 뒤를 니습니다.

무복자는 게란도 유골이라더니, 뭇샛기덜에게, 이렇게 졸이는 애인에게 있어서는, 옛적붙어 값없다는 명월까지가 인졍없는 빛이 되고 말았구려!

그렇나, 좋습니다. 제 어미이니 조르고, 제샛기이니, 졸입니다. 제 어미 않이면, 누구에다 졸으며, 내 샛기 않이면, 무엇 때문에 졸이겠읍닛가. 세상에는 졸나주는 자식이 없어서, 눈물지는 사람이 얼마나 많한 겄을 우리는 잘 보고 아는 바가 않입닛가. 실림은 없을지라도 졸르는 자식은 오리려 있고, 먹을 겄은 없어도, 졸을 어머니는 있지 않습니다. 졸리었 겄이, 어머니 자애. 졸으는 겄이 자식의 사랑.

그겄은, 한갓 귀찬한 겄으로만 따질 겄이 않이여요. 그렇치않습닛가. 남은 차치하라도, 나붙어도 졸느는 샛기가 없으니, 당신의 그 졸이는 겄이 불엽다는 말이야. 허! 허!

에헴! 삼년 동안이나 수축을 몯한(못한) 구례댁은, 싸움 울타리, 그 꼴악싼이란 졍말 주인 없는 증거가 너머도, 완연하구려! 남 같은 추석은 애당초 붙어 생각도 두지 않이하면서도, 비가 올가버서, 일이나 밀일가버서, 고초를 딴다. 미영을 딴다. 베를 틀며 돌린다. 손, 발, 머리가지 길거(?)를 하야. 달은 때. 두 곱 세 곱 몟날을 계속한 매(?)인 추석이 웬수다! 알괘라! 몸이 얼마나 고달프리. 몸굴신에 또한 어렵겠지. 이 달빛혜 이곳저곳에서 패노름군덜의 오가자지끈 떠드는 소리에도 혼자 애인만은 나는 상관없다는 드시 입맛 다시며, 한숨 지을 때에, 철모르는 샛기덜도 저득히 어머니에 동졍하는 닷, 숨소리 죽이고 침묵할 때, 오날밤조차 사람의 피만 빨겠다고 염치없이 덤비는 미욱한 그 모기 왱 거리는 소리만이 잇다금 방 안의 침묵을 깰 뿐, 이겄이 나의 집의 오날밤의 나 때문에 있는 쓸쓸한 광경이구려! 이렇케 나는 보이지 않는 광경을 보았으며 들이지 않는 소리를 들었습니다. 그렇나, 나는 무슨 명도도 않이요 살마들인 사람도 또한 않입니다.

자! 그렇나, 앞으로 날이 또 있읍니다. 얼마던지 있읍니다. 그리고 우리라고 한 평생불행만하며, 빈한만하라는 도리가 있을리도 없겠으니, 앞으로 생복을 찾기 한하고 부지런히, 꾸준히 나가봅시다. 그리하야 지급보담 연광의 명졀을 차리게 되는, 그 어느 날에는, 지금 오날 이 밤의 이렇한 탄식이, 있었던가 의심하리만끔 되어봅시다.

달 밝은 대, 장안 아래의 폭쥭셩이 들이자 나의 고향 구경은 그만 막이닺이는구려, 눈이나 깜고서 이렇하려기면 꿈이라고나 하지, 잠이나 자면서… 이렇한 말을 하면 잠고대하고나!

달보고 짓는 개를 실성이라하랴기면
달 보고 한숨 지은 나도 실성이라 할걸
그리면 우서를 볼가?
한숨이 실성이라면, 우슴은 망영(망령)일 겄이지.
실성도 망영도 위하는 이라라면,
나는 나는 조곰도 사양않켓서.
한숨을 쉬여를 보와도, 우서를 보와도 쓸대 없으니 .
나는 임을 담을겠읍니다. 임을 담을어
님의 마음 속에 내가 살고
내 마음 가운데에 님이 또한 살 겄이니,
님의 그 마음 살치여. 나의 졍극을 밀워알매라!
달 달 추석달
님도 저 달도 보고 나를 생각하며,
나도 저 달 보고 님 그리나니.
님도 되고, 나도 되는 저 달인가?
님대신 저 달 대하야,
저 달이 지드락 오날밤 새여볼가 하노라.

전북 오수소 사매면 대신리
국본복분 씨(에게)

신사 구월구일 전날 대구철창에서

북풍이 사정없이 철창을 메딸려 옥방을 위협하니, 내가 한파를 늣긴겼은, 둘채(째)가고, 애인이 애인을 위하여 얼마나 마음이 되로우며, 찰가하는 생각이 처우를 닛게 합니다. 사랑의 힘은 이다지도, 위대하며, 거룩한 겼인지요?

그 후 계속하야 몸은 이상없음잇가? 그리고 샛기털은 다 그 모양으로 지냄닛가? 석희 언어함닛가? 경셩하서는 하루도 영 일이 없어서, 할머니, 숙부모의 사랑의 맛진 과자도 머리를 썰썰하며, 졸나대더니, 경신없이 아미를 닐코, 혼자간 후 곳 회셩이, 되었는지요? 그 후 간혹 물어보려 한 겼이, 차레가 석희에게까지 맺(?)어지지 몯하였읍니다. (전주서 내 양복, 만년필, 자 차저 왓손 다 추심하오.)

(추수 끝난 후에는 자세히 이야기하시오.)

속담에, 포수 들어가도 나온 얼은 없는 호랑의골이 있다더니 편지라고 가는대로, 잡수시고, 답이 없으니, 엇전일이요. 감옥이 무서운 곳이라니 무서워 편지를 몯하는지. 오다가 마는지?

무슨 내외간에 하릴 여수를 맑이여. 내가 편지 하였으니, 그 수효대로, 츄수를 다하리. 당신을 강구하는 겼은 않이외다. 만은, 그래도, 에누리를 하여도 , 과합니다. 편지는 긔대르지 않이하여도, 소식이나 들여 주워야지. 하,, 그리면, 다시 편지 소리 빗을 갚아보냇는대. 십팔일부로, 편지가 왓는대, 내 편지말은 없으니, 내 편지를 보고 하는 겼인지, 몯 보고 하는 겼인지? 그리면, 도 빚이 남아 있게 되었는가? 그 애 소식에 의하면 나락 추수는 다 되었다니, 얼마나 수고하셧소. 엿섬가량 되더라고. 그겼 다행한 일이오. 어차피 부족할 바에는 한 섬이라도 덜 나는 겼이 애인의 수고가 덜 들겠으니, 그 곳 소식은, 석홍의 소개로 자상히 들었읍니다.

여보! 나는 행복한 자이여요. 서울서, 전주서, 형님덜게서 족하덜게서, 편지가 매일 같이 오니, 조곰도, 고통이 없읍니다. 그리고, 대구에 온 후로 아조 몸이 튼튼합니다. 내가 가장 즐기지. 몯한 곡식이, 조희(서숙)인대, 대구에서는 다행히 보리를 먹기 때문에 배도 부르고, 먹기도 조와요. 벌서 여기도 올마온지가 사십일이 됩니다. 언제나 결말이 될넌지, 편도가 막연합니다.

이 위안을 빛어주시오. 부탁합니다. 밋습니다. 봉양이 반다시 음식으로만 능하는 겄이 않이며, 마음을 봉안하는 겄이 읏듬인(으뜸인)가 합니다.

나의 경칩날 보낸 소식은 보셨음닛가? 애인의 음일월 이십팔일 부친 편지는 고맙소. 이 편지 보고 즉시 어머니 행차 여부를 상세히 알려주시오. 기달음니다.

당신의 사랑하는 명수

이십오차신
? 게미춘분 삼월이십일일

전북 오수소 사매면 대신리
국본복분 씨

월촌형님이 엇전일이온 요전 편지는 보셨음닛가?

내가 이 쌀임을 시작한지가 벌서 유월금믐날, 신당경에서 온 날까지 세의면, 오날이 윤유월 금믐이니, 별 수 없이 한달이 찻구려!

여보! 얼마나 번민하시며, 고적하심닛가? 그리고, 보잘 겄 없는 살임살이와 쵤않들은 애덜과 두통을 하싯니가? 그저 미안하고, 동졍함니다. 그렇나, 너머 나를 위하야, 염려마려주서요. 급기야, 사람의 고생이라고 하면 의식주를 머서나지 않는 말인대, 튼튼한 집에서 먹고, 입고, 걱졍이 없이 지내니, 무었을 몯잊으시리!

나는 요사이 이러한 생각을 하였음니다. 사람은 걱졍있는 사람이야 행복이 있는 사람이 된다고. 이겄이 무슨 말인고 하니, 아마 조선 안에 있는 스물 일곱인가 여럽 감옥에, 고생하는 불쌍한 징역 군즁에는, 부모 없는 사람, 혹은 형제 동기가 없는 사람, 처자 없는 사람. 혹은 친척 없는 사람, 심지어 이겻도 저겻도 마무 겄도 갓이지 몯한, 진소위 사고무친, 혈혈단신, 그 수가 젹지 않이할 겄임니다. 모르면 몰나도, 그네덜은 위 선, 고통은 그다지 크지 않이할 겄같어요. 그렇나, 나와 같이 시간을 같이 몯하신 팔심의 고령을 넘으신, 사랑하는 어머니, 많은 형제, 죄없이 고생하는 당신이 마니… 구비…가 나의 무거운 살덩이를, 시시걱걱으로 점여가는구려!

그대 엇졍 때에는, 지금 말하는, 그 혈혈단신은 근심걱졍이 없는, 그 얼마나 행복스러운 사람일가. 남을 위하야, 걱졍하여줄겄도 없으련만, 남에게 염려를 받을 겄도 없으니, 심들어도 저 혼자 삭이며, 죽엄도 또한 저 혼자 말없이 하리다. 나도, 그덜한(?) 사람이였더면, 이 애달본 고통이나 없이 하였을가 하는 악착스러운 심사도 나서 멍뚱하게, 박명이를 불어워도(?) 생각하니, 그는 순간이요. 그래도 사람덜 걱졍하여 준 사람도 있고, 사랑하여준 사람도 있는 사람이야만이 희망 있는 사람일 겄입니다. 그저 사람의 욕심으로 다른 사람의 서툼, 고생은, 무시하고, 자기 주장만을 무거웁게 보기 때문에, 그렇한 오해가 생긴 줄 생각합니다. 그렇하니, 웃력(?) 이후부터는 서로 걱정을 너머말기로 맹셔합시다.

1. 몟가지 부탁!
- 무슨 일이던지, 월촌형부에게, 곳 상의하고, 지도를 받을 겄, 만일 월촌형님이 않이 게실 때는 서울형님 편에 상의할 겄.
2. 보험요를 지체없이, 너시오. 그간에 만일 몯내서 실효가 되었거던 아는 사람에게 문의하야, 회복수속을 하시오.
3. 나락농사는 엏어게 되였는지, 머라 걱졍한 일꾼에게, 별고지(?)를 매실 겄.
4. 급할대 소용이, 엇지던, 곳 나에게 통지할 겄
5. 일주일에, 한차레씩 편지할 일

팔월******** 당신의 사랑하는 명수

요전에 삼형에게서 의복을 …………(글자 확인이 어려움)

말삼살웠더니, 앓이오시셌다 하시면서 또 돈 오원을 보내섯서요. 열흘 전에 봉수가 왓다고, 반갑습니다. 안부하시오. 여수는 볼써 끗낫으니 실예(례)할 번햇소. 다맛분재조(?)로 구산아재에게, 있으나, 삼형의 소관이니, 말하지 마우.

전주 석동의 잔치에는, 집 때문에 몯갓겟으련가. 동내에 흔한 대사굿도, 삼시랑의 존엄으로 몯갓겠구려. 삼수가 전햇소. 서동아짐 고생으로 보나, 현수아우로 보나, 그래야지요. 월남이 가졍 흔(?)하였다니 내일 지잔케 걱졍이요. 무엇으로 엉어케하겟소. 이웃사촌이라니, 서운치 않케 해야 하겟는대, 엇절고?

의복을 염려하시나. 집이 갓가워, 자조 내의를 세탁하야 입으면, 몰라도, 몯해 입게되면, 콩기름에 쩌르고, 검고하야 그다지 따숩지도 몯하련가? 마침 얻어 입은 옷이 안 팟, 솜까지 전부 새겼이고, 길기도 하니 그만 두시오. 나보담 늙은 사람, 약한 사람이 또한 지내니 낸들 몯지내라는 법이 없겠지요. 쇠투성이, 이내 살덩이, 얼어빠진들, 무엇이 앗가우리.성하게 거천해서, 다시 무엇에 쓰단 말가. 옷붗일 돈 있거든, 게집삿기에게, 한 도막 멸치라도 씹게나 하지.

아마도 대구에서 사십일 세의 봄을 맞이할 것 같읍니다. 내가 몯가게 되드라도, 어머님 생신에 형제분께서 경성 가신다거든, 떡을 하던지 떡국쩍을 하던지 하여 보내드리시오. 땔나무를 좀 준비하였소. 다음 말은 섭섭하나마 그만 둡시다.

어머니의 사랑하는 막내 사랑하는 어머니시여!

사월 곡우날(이십칠차)

오날 삼형과 어미 편지요

어머니 이력(?) 안녕하옵소다는 소식 듯자오니, 깃버 춤을 추겠읍니다. '명수야, 내가 모레는 짐을 갈란다.' 하시는 어머니. 작별 말삼에, 그저 한갓 서울에 게시지 않이하면, 자조 뵈옵지 몯할 겄을 설마하는 제 욕심 보담도, 만일에, 내가 의심하는 큰집 권구덜이지금도, 역시, 그전날과 같은 불칙한 행동을 취한다고 할 겄이면, 어머니꼐서, 한시 마실인들, 그 뻘통(?) 속에서 엇지 쇠약하신 기력을 의탁하실가 한 걱졍이, 졍말 하날이 문어진닷, 당이 꺼진닷, 설었읍니다. 그러므로 행차하신후 안영히도 달하섰는가도, 첫째 궁금하련과. 큰집 권구덜의 동졍 여하가 무었보담도 초조하였읍니다. 하던 차에, 어그적에 운봉형수가 석종과 면회를 와서 해형참제왕환을 전함과 동시에, 큰 형수, 석홍부처 아조 진심으로 어머니를 환영, 봉공하드라는 층찬을 누누이 보하기로, 일변 깃브나, 일변 의혹하던 WBD, 오날, 삼형, 어미 편지가 한꺼번에 와서, 큰 형수, 석홍부처의 태도를 극구 층찬하니, 저는 이 편지를 보고 얼마나 깃브겠음닛가?

하도 깃버서 울면서, 이 상서를 씁니다. 어머니 걱졍을 잇게 되니 감사하고, 그들이 어머니 생전에 회개를 잘하면, 가족과 갈등이 풀이게 될 겄이, 얼마나 경사스러운 일이겠읍니다. 그리면 우리 집에서도 사년만에 졍말 참 봄바람이 불어왔는가 합니다. 「한 때의 표모의 밥에도 은공을 잇짐말나」는 우리 부모의 교훈이, 귀 속에 력력하거늘, 항, 업어 길러준 큰 형수와 담을 막는 다는 겄이, 전들 엇지 이겄이 하고 싶은 일이였겠음닛가?

앏인게 않이라, 어미가 저 없이, 저 고생을 하올제, 큰형, 큰형수, 큰형 사랑하는 석홍부처의 신세가 태산 같으니 엇저니 하고, 치하의 편지를 하라는 등, 안부만이라도 하여 달라는 등 간곡한 부탁이 편지마다 없는 때 없으며, 편지 봉토 써달라기도, 계면적하야, 석홍의 손을 빌이지 않코, 푹군에게 쓰이니, 주소가 매양 잘 못 된 겄 등, 이 여러 가지 형편을 보고 생각할 때에, 미상불, 저의 가슴이 기로웠습니다. 그러할 때마닥「그래 엇지할가, 내게 집, 샛기에게 고맙게 하니, 치하를 하여야 올을가, 엇질가」

「않이다. 어머니께 경셩 없는 인간덜이, 제수가 멋말은 겄이며, 동싀(?)가 무슨 개코야, 다겆옷이다.」

「만일 내가 편지로 치하를 않함으로써, 그들의 동경을 밧지 몯하면, 내 처자가, 아사를 하는 한이 있다 할지라도, 나는 편지도, 안부도 할 생각은 꿈에도 나지 몯하였읍니다.」

삼형, 어미 삼인의 말이 여합 부절하니, 이제는 다시 더 의심할 여지가 없으며, 사실이 그러하오면, 웨 큰형수—석홍부처에 미련을 한시, 반시인들 더 연장하오릿가. 졍말이면, 오작 질거우며, 여북 경사이겠음닛가?저는 그리면 당장 전주 병원으로 큰형엑게 위문의 편지를 내겠으며, 석홍에게도 참고서 통을 하겠읍니다. 어머니시여! 이제는 모-든 겄을 다 이즈시압소서. 그리고 이 편지를, 큰형수, 석홍부처에게도 같이 보여주시압소서. 만일 진졍으로 그들이 어머니께 회개를 한 사람이라고 보면, 이 편지를 비웃고, 욕하지는 않이이할 겄이며, 오히려, 형제간 이란 겄도, 급기야, 부모에게 이지경을 하여야만, 화목할 수 있다는잘 깨닷게 하고, 저와 또 다른 형덜과 전일의 갈등이 그랫고 앞으로도 오직 서로 어머니께, 지셩공양으로만 화목이 영원할 겄을 밋도 깨닷게할 겄입니다.어머니 안영히 게심시오.

전북 오수소 사매면 대신리

국본복분 씨(에게)

애인이여!

애인의 십이월이십이일 쓰신 글 읽은, 어제 저녁에 보왔습니다. 애인의 구곡간장을 감은 그 실꾸리는, 눈물도 나고, 우승도 있거늘, 그 글월이, 어느 때이라고, 실증이 난다하오릿가만은, 더욱히, 요사이 같이 앉으면, 쉴새없이, 부산하게, 귀를 몬저보며, 손발을 번갈아 문지르다가, 고개가 암으면, 잇따금 몸을 펴 천정만 멀그런히, 치어다 보고는 하는 이한에는 애인의 글월은 마치 뭉게- 김 올은 호박떡이나. 갖어다가 옆에 놓와주며 권하여 주는 겄이나 같이 꽂꽂한 경을 늣기게 하는겄만 같구려!

여보시오. 얼마 전만 하여도, 창으로 새여 빛이는 멧조각 햇빛을 마치 원수의 칼날이나 같이, 두려워하야, 빛이는대로, 몸을 도리켜피하기무 힘쓰던, 그 자리에서, 요사이는 그 햇빛을 맞처 애인의 얼굴이나, 손이나 되드서. 그 햇빛을 딸아 자리를 옴김니다. 그리면 세상에는 좋은 겄이 따로 있는 겄이 않이며, 구진 겄도 별로 있는 겄도 않임니다. 조흔 겄에 남분 겄을 멸할수도 있으며, 구진 겄도 조흔 겄이 될 수 있는 겄임니다. 마치 「감」을 풀은 때에 먹으면 떨브나 잘 익은 뒤에 먹으면, 맛이 달콤한 맛을 면한 겄임니다.

그리고 보면, 치웁다거나, 더웁다거나 한 겄은 결국 치울 때에 비교하야, 더웁다는 겄이요, 더운 때에 비교하야, 치웁다는 겄임니다. 치운 때에는, 더우가 소원이다. 더운 때에는 치우를 소원하게 되니, 치우도 좋지만, 좋은 겄이며, 더우도 좋하면, 또한 좋은 겄임니다. 다시 도리켜 생각하야, 더움 낫부다면 낫부며, 치우도 낫부다면 역연 낫분직(?)일 겄임니다. 우리 인간의 고락도 역연 이렇함니다. 고생을 고생으로만 생각하한다면, 고생이겠으나, 고생을 락으로 보면, 또한 락입니다. 이와 반대로, 락도 락으로 보면 락이겠으나 락을 고생으로 보면, 또 고생이 됩니다. 모든 사물은 볼 탓이어요.

한 장 한 장 데어도, 삼백육십장의 책력의 앞으로 멧날이 남지 않이하였읍니다. 이 시국에는, 금전에 부자유가 없이 호감스려운 사람도 오히려, 물건의 희귀에 비명을 하거늘, 하물며 곡식의 갈음(?)이 없고 금전의 저축이 없는, 국본명수 이 문패가 헛되이 붙이여 있는 너무 늦기지 않이하시오.

딴은, 다만 이렇한 가운데에서, 우리는 다른 사람보담, 더 행복함을 깨달아, 마음든든하게, 새해를 맞고저 합니다.

전곡을 풍셩히 갖이고, 남편은 안해를 등지고, 안해는 남편을 원수로 역이는 그 사람덜에게, 그 전곡에 무었이 질거움이 될섰있닛가? 세상에는 그렇한 사람을 수없이 우리는 보지 않습닛가?

우리는 곡식은 없고, 돈은 없으나, 우리는 서로 안쓰렇히 역이고, 불상히 역이고, 앗기고 하는 부부인 겄이 얼마나 자랑일가합니다. 그리고 또, 고생이란 지내놓고 보면, 오히려 값있는 겄인줄 암니다.

최후로, 우리 마느라, 우리 샛기의 새해의 명복을 빕니다. 나도 건강한 몸을 과세하게 된 겄을 안심하시오.

십칠년십이월 이십칠일

옥중서신 원문 사본(寫本)

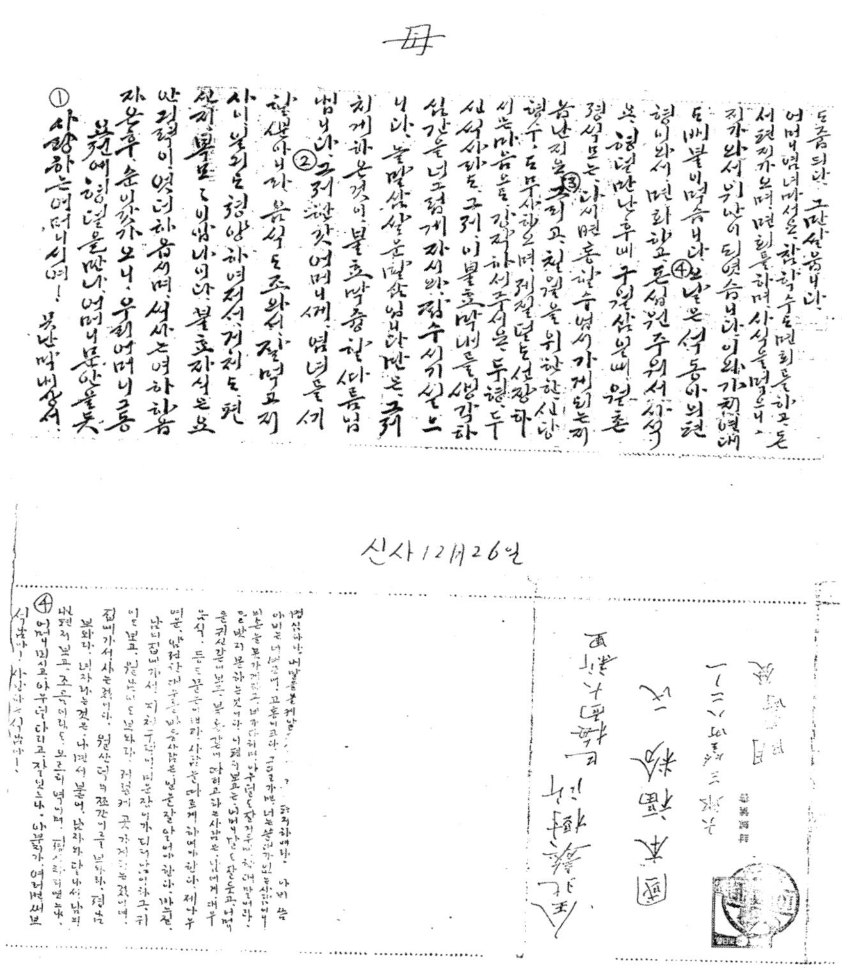

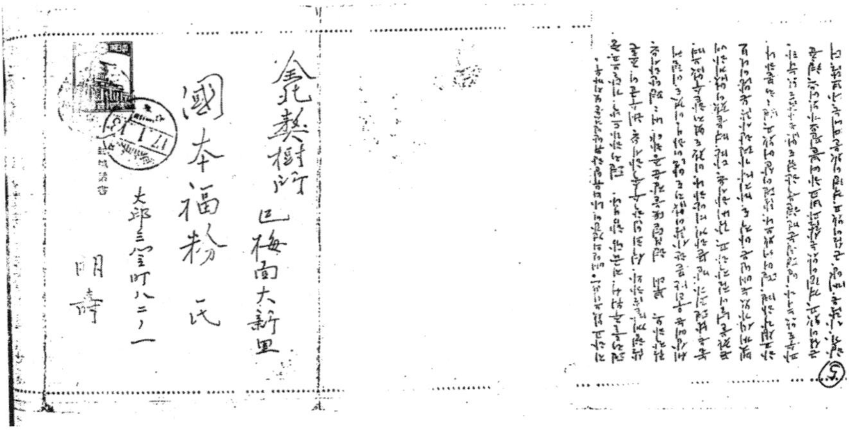

계미한로 (제36차신)

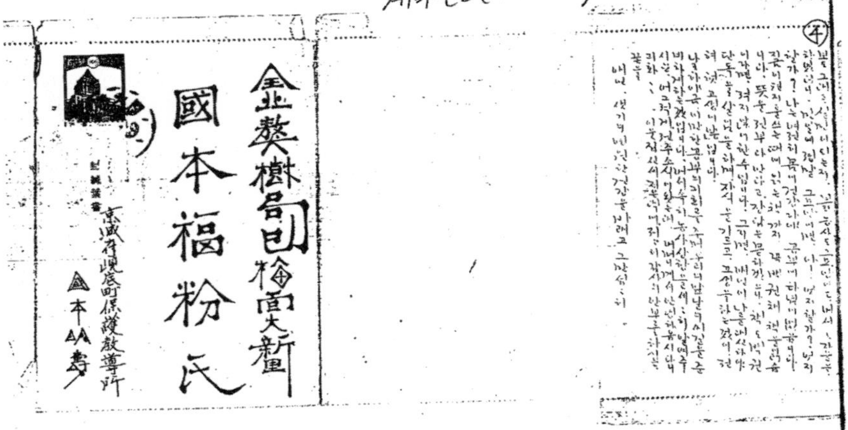

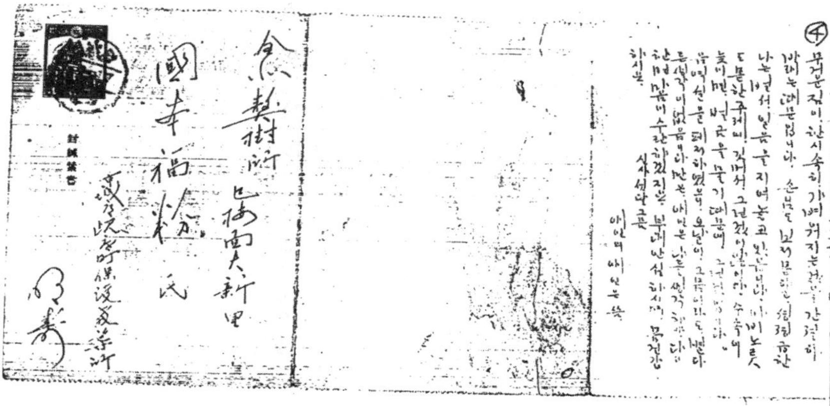

金契樹 殿 梅面大新里

國本福粉 氏

京畿府峴底町保護教導所

國本明壽

④ 무거운 짐이 한시속히 가벼워지는 것이 간절히 바라는 때문입니다. [illegible] 나는 벌서 일을 지어 놓고 보았습니다. [illegible] 도 불한주제에 [illegible] 그런 것이 없이 수속에 늦이면 별도 [illegible] 기 때문에 [illegible] 다. [illegible] 별다른 생각이 없읍니다 만은 [illegible] 많이 수란하겠지요. 부디 안심하시며 몸건강하시요.

[illegible]

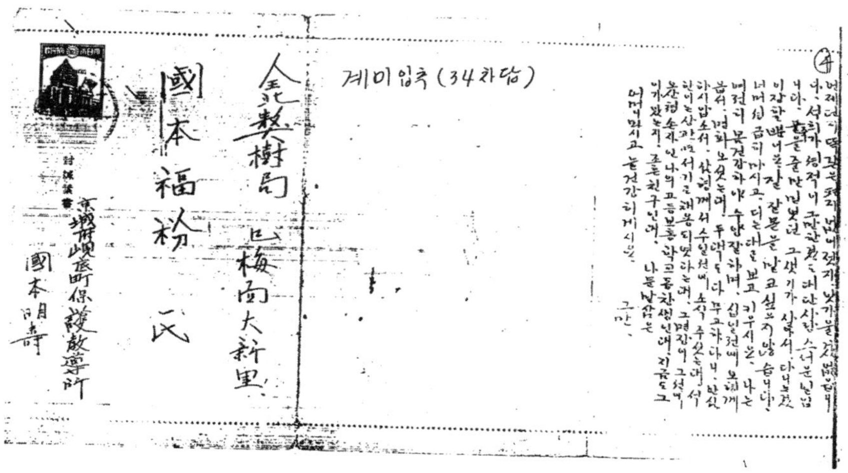

계미입축(34차답)

金契樹 殿 梅面大新里

國本福粉 氏

京畿府峴底町保護教導所

國本明壽

④ 어제던 [illegible] 보기 좋았읍니다. 서희가 성적이 그만한 것은 대단 시원스러운 일입니다. [illegible] 을 줄만 알었던 그 녀석이 가 살아서 다니는 것이 참말 [illegible] 잘 못은 말고 싶지 않습니다. 너머 심급히 마시고 되는 대로 보고 키우시요. 나는 예전히 몸건강하야 수양 잘하며 십일전에 오래께옵서 면회 보았는데, 두댁도 다 무고하다니 [illegible] 다시옵소서. 삼형께서 수일전에 소식 주었는데 서한이는 상과 [illegible] 서기로 채용되었다는데, 그 면장이 그 서에 [illegible] 손자인 나의 고등보통학교 동창생인데, 지금도 그이가 있는지! 좋은 친구인데. 나는 말씀은 그만.

어머니 [illegible] 마시고 늘 건강히 계시요.

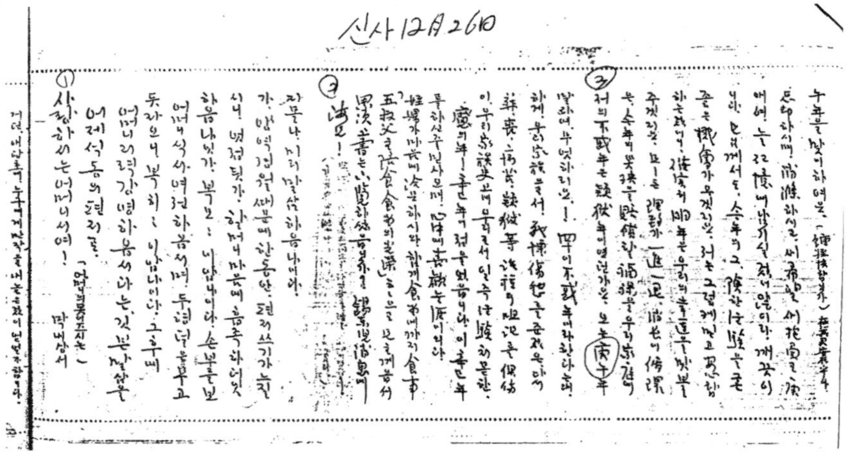

신사 12月 26日

누年을 맞이하여 옷 [illegible]

[illegible]

자물나. 미리 말씀하옵나이다.

가. 양력 1월 새봄에 한동안. 편지쓰기가 늦겠

시니. 염려 뒷가. 할머니 마음에 흡족하여 엇

하옵나잇가. 복모ㅣ 니옵나이다. 손부를 보

어머니 식사 여전하옵시며 두 [illegible] 두고

돗자오니 복히 ㅣ 니옵나이다. 그후에

어머니 [illegible] 강녕하옵시다는 것 [illegible]

어제 석동의 편지로

(엄마의 [illegible])

① 사랑하시는 어머니시여!

막내 상서

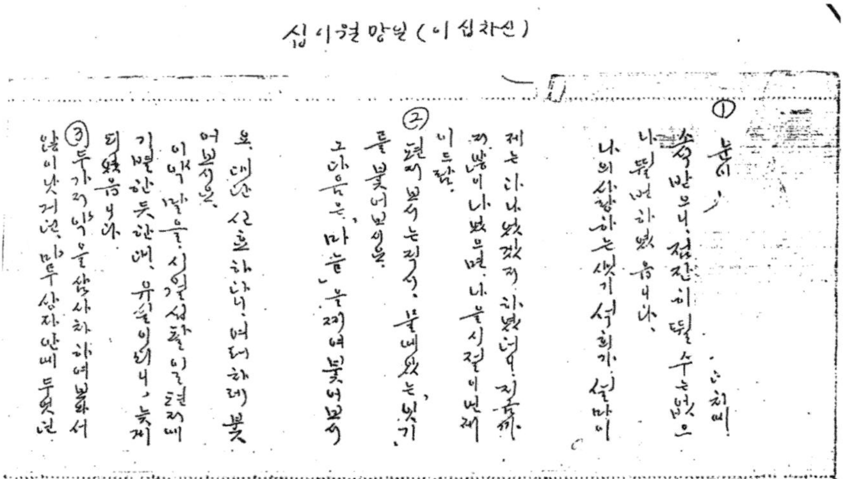

십이월 망일 (이십차신)

① 눈이) [illegible] 치네!

축 받으나. 점잔이 될 수는 없으

나 [illegible] 하였읍니다.

나의 사랑하는 색기 석희가 설마이

제는 다 나왔겠지 하였더니. 지금까

지 방이 나왔으면. 나를 시절이 번제

니 드람.

② 편지 보시는 직시. 불내였는 빛기

를 붙여 보시요.

그 다음은, 「마늘」을 찌여 붙여 보시

요. 대신 사로하나니. 여태 하래 붙

여 보시요.

이약 [illegible] 을 시일 섬할 일편지에

기별한 듯 한데. 유실이 되니, 늦게

되였읍니다.

③ 두가지 약을 삼사차 하여 보와서

않이 낫거던. 마무 상자 안에 두었던

갑신경칩(청주발 제5차신 이면

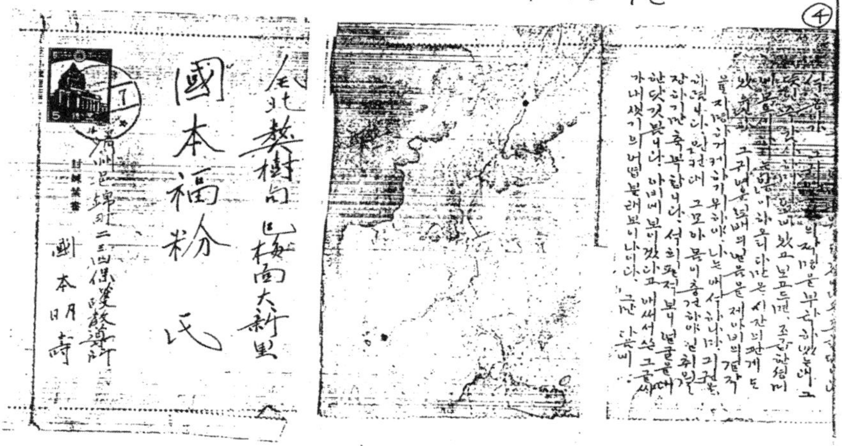

갑신경칩 (청주발제5차신)

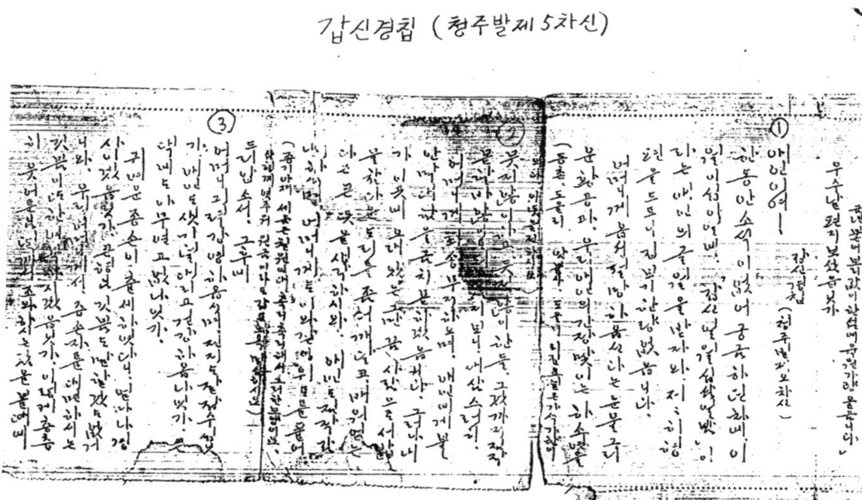

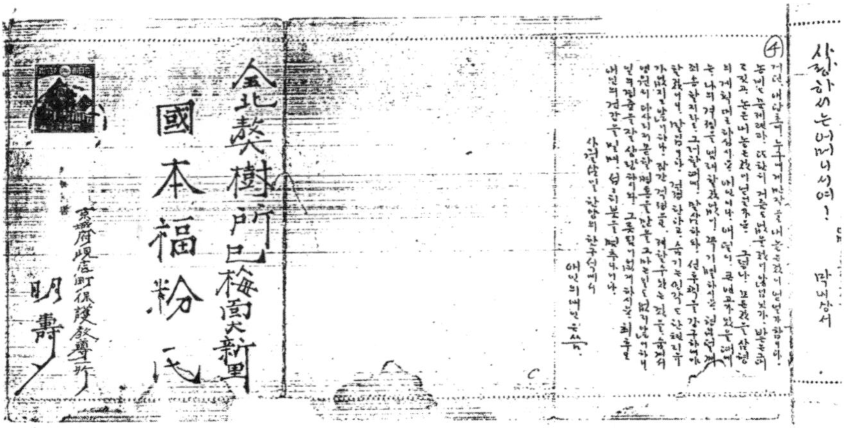
사랑하시는 어머니시여!
막내상서
國本福粉 氏
明壽

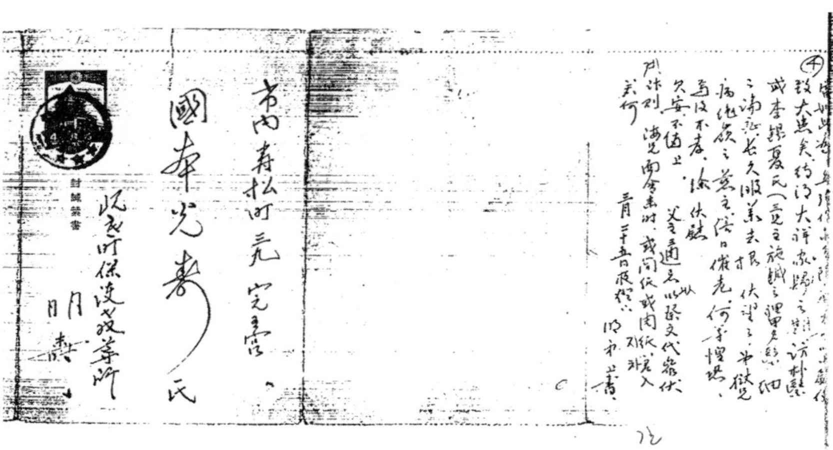
國本光壽 氏
封緘葉書

3月25日

①
사랑하시는 어머니시여,
안녕히 환차하셧습닛가. 어머니께서 자
식을 대하시고 얼마나 반가하시고 싶드시. 그만 꿈 자
식도 어머니 따듯한 손을 놋코 싶지 아니하
엿습니다 만은 어머니께서 여러 시간 지체하
셔서 그러니 압프시련마 떼가 느저서 시진하
시것삽고 질녀가 햇々 지우기로 면회시간을 간
단히 마쳣습니다. 그리고 가지고 오신 것을 못 먹이
신 것을 가고 서운하게 생각하시옵지 마시옵소서.
어머니께서 자식을 생각하옵신 마음이야 물론 어[illegible]

②
시겟습닛가. 만은 저 하나만 아니 먹이는 것이 아니랍 규
칙이. 그러하오니 규칙대로만 하면 좃습니다. 규
칙이 먹일 때에는 남과 갓치 저도 먹고 규칙이 먹
이지 아니할 때에는 남과 갓치 저도 아니 먹는 것이 당연
합니다. 그리고 형님 병을 너머 근념을 말으시고 진지
도 잡수시며 마음을 안온하시와 수면도 하시옵소서.
효성이 엇는 [illegible]을는 [illegible]의 [illegible] 보다도 어머니께서 근
로 안하시와 근념하시는 것이 죄송하야 나뿐 것도 아니
아픔니다 할 것이며 [illegible] 단려를 버릴 것도 어머니 놓
실가 하여서 주저할 것이오니 너머 진지를 많이 잡수시며 주무
시지 아니하시는 근념을 마시옵소서. 못난 자식 당이
웨 우리 어머니 떼네 평화롭게 하여드리지 못하는지 죄송
만々 분초 작 미어집니다.
어머니의 사랑하신 [illegible] 상서

③
上 先兄主前
[illegible] 書. 兩歎
[illegible]
[illegible]
一[illegible] 不知 [illegible]
不[illegible] 伏 [illegible]
年 [illegible] 何 [illegible] 此 文 [illegible] 不禁 [illegible]
太 [illegible] 抑 [illegible] 有 [illegible]
大 [illegible] 不必 [illegible]
[illegible] 作 不 [illegible] 子 [illegible]

작년보단 일직 추워레서 철이 추워렸서

①
부인의게 쓰나이다 서

서로 못깃을 나는 제가 벌서 7개 달로세
에 석 달이 요 날로 세여 百日 이로되 지금
7개 지두리 사이에 글 한 장도 업시 아조 적
々하게 이르러온 것이 이사람의 잘못 압
넛가 부인의 잘못입닛가 첫재는 이의 잘
못이라 한지라도 또 부인의 과실 전연 업다
고만 할 수 업슬 줄 생강합니다. 요새는 작
년보담 일직히 날이 추워지서 [illegible]
조미 단히 설렁근입니다 이러한 일긔에

②
장조모님 긔력이 안녕하옵시며
장모님의게 분도 거체후 일향 만안하옵
시며 두 처남씨의 분도 또한 평안하옵시
며 처질들도 충실합닛가 두루々 알고
저 합니다. 이 사람은 거긔서 온 후로 바로 철주
로 왓습니다. 그래서 아조 몸은 학교생도 중에 제
일 튼々하여 아무 병도 업시 잘 지냅니다마는

요사이에는

다만집피한되고져정된것이우리두사람이
너마음과갓치공부못한것이여요
③부인의게간히부탁하고잔절히빠린
것은공부하시란것이여요
물론각금편지에도부탁하얏거니와처히만
날세에도너가공부맛게더부탁합되가.
서이야기를한아하리다. 젼세상에는녀자라
하면한갓밥이나해먹고. 의복이나해입고.
자식이나나서길오고살림살이나하고쪽안
에만들어안저셔혹공부한단것이부분모
하고다르것즉한문(부인네들의진셔라하는것)
갓흔것은생각하고밥이나낫이나는거서나
절머서나밥께는도모지나오는법은업서
셔밤이되면날이어둔것이로고나낫이되
면낫이어더게생긴것이로고나알지못하
고봄이되면봄이언전것인가도모지알수
업서요.다시말하면죽녀자활동이라하는
것은전연업섯고다만남자만자유로하야부
인의게되하야자네아니면너라하야부인은
종과갓치부리고더접하얏슴나.지금은견
코그러치아니하여요왜다갓흔사람으로분
간은차려남자는귀히하고녀자는천히하얏
든가요.학문이업서셔그러하얏지요그뤄
서지금은녀자들도남자와한데입제무니.

④
다맛고지서것다고학교에단이면공부를
하야남자부보담더나흔사람도몃천샏만
아니여요지금나뵌는전주에도녀학교설
도하야서한오백명이나되요그래서그
전에는남자가녀자를곤맞지마는지금은.
녀자가도로혀남자를고르게되엿슴니다.
그른그는남깃흔사람을보면자격이업
다하야십리나다라납니다.그생면아니라지
금조선녀자로저번본미나미국갓흔데
멧만너나된다국에가셔도공부한이가멧
빅명이된지안수업서요그러고지금엇던
나라에서는녀자로임금노릇한사람도잇
슴니다.이와갓치지금은공부를아니하고는
도저히살수업서요.그래셔당신은다
려다가지금학교는보너고잔마음은
만하나.지금은될수업슴니지금놀고잇슨
새에공부좀하시란부탁이여요본문은
물론좀알것이니셴자한문을좀공부
하시요그러고달달이여기서책을사보
낸것이니공부잘하고달달어마님의세
하고너의게하고편지하시요나는지금셔리
수열두해공부를하나그래도십년이나.
커하여야하겟소나문말은그만끗치고
답장오기만빠리요

辛酉九月十七日 리명수
李明壽

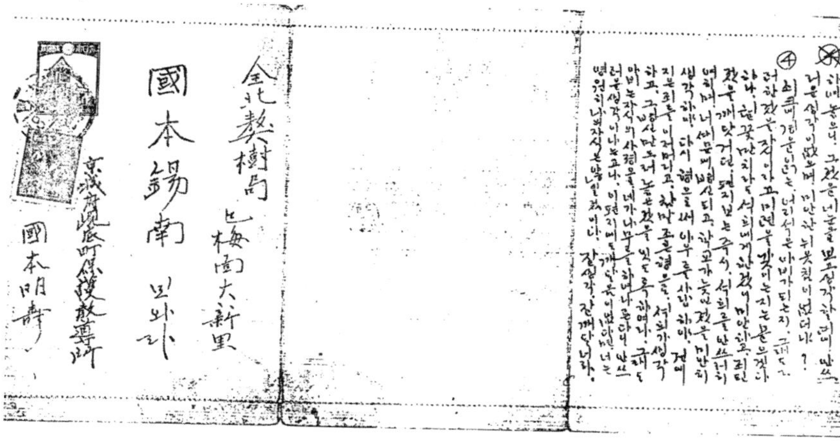

석남아!
18년 정월 초삼일

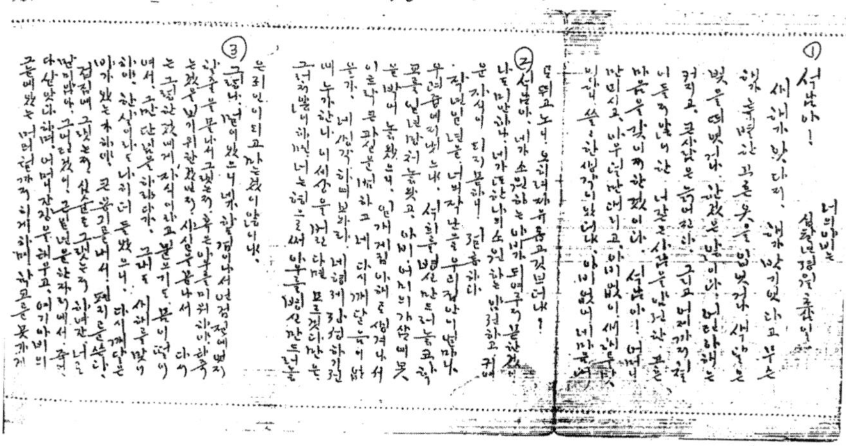

사랑하는 서희야

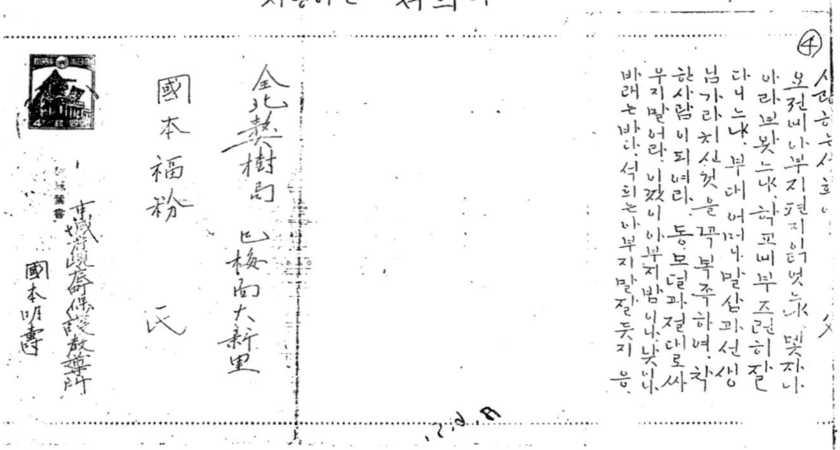

全北 … 巴梅面 大新里
國本福粉 氏

京城 … 保護教導所
國本明壽

④
사랑하는 서희 父
오전에 아부지 편지 읽었느냐. 몇자니
아라보았느냐. 학교에 부즈런히 잘
다니느냐. 부대 어머니 말삼과 선생
님 가라치신 것을 꼭 복종하여 착
한 사람이 되여라. 동모들과 절대로 싸
우지 말어라. 이깼이 아부지 밤이나 낮이나
바래는 바다. 서희는 아부지 말 잘 듯지 음.

계미만종날(삼십차 발신)

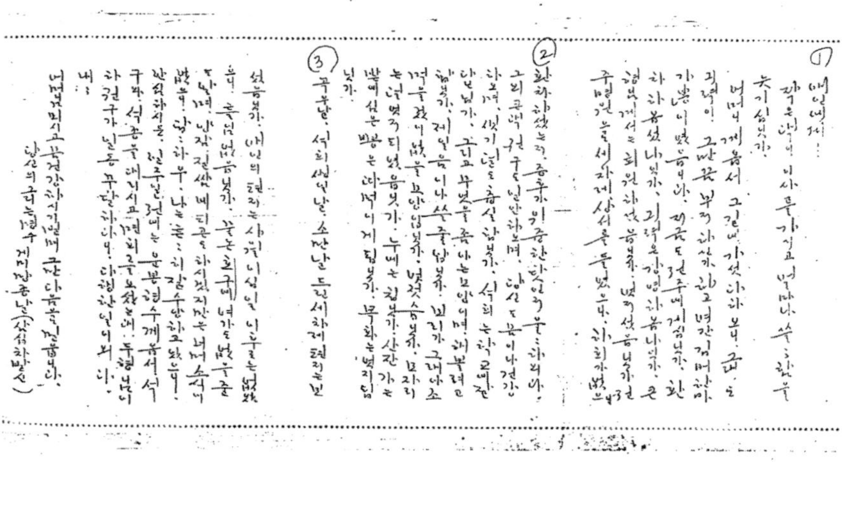

全北 益山郡 五山面 梅岡 大新里

國本福粉 氏

東京都 ... 國本 ... 寿

A

애인이여!

꼭우나날과, 석희생일날. 두차례
편지받으셨읍닛가. 편지가 중단
되면은, 섭섭도 할 동. 화도 날
동하다가: 즘히나 리유를 알
고나서는. 다시는 편지를 기달으
지 않이 하여야 하겠다는 결심

② 도. 단 날 주실 이 볼하서. 다시음
궁금증이 소상하겠지요, 무슨
리유를 듯지 않이 한들, 애인
이 애인에게 벌년한다고 생각을
하거니, 한만히 놓면서. 편지를 않
한다고. 벼리석은 주책이아 하릿가만
은, 이것이 다 저 볼면, 벗질 수 없는 결
뇨몹않이지요. 그후 년하시와.

③ 어머님께옵서는 진지 잘 잡수시며,
잠 잘 주무십닛가, 큰형님 형환은
벗지 되셨읍닛가, 회인하셨읍닛가.
전주 형님은 어서하례서를 볼볏
유나, 나무려는 하회가 없기로, 회인하
셨는가 하와. 그후는 문안 못하고 있
읍니다. 사형께서는 완쾌하셨읍닛
가. 이사는 벗지 됩닛가, 그외 큰댁
파

너의 편지 받은 날 ...

A

④ 그간 ... 바리웠 ... 바이도 시기입니다,
고물이나 건강하십닛가, 나는 거속하아
보건강하나 ... 석홍씨게
거 ...
는지, 석희는 금후는 볼 수 없이라고
니 잘 다닌닙가, 나를은 나쓴 글.
나 ... 의 바믄 ...
거비오월령이 목순관 결후 (영주하신)

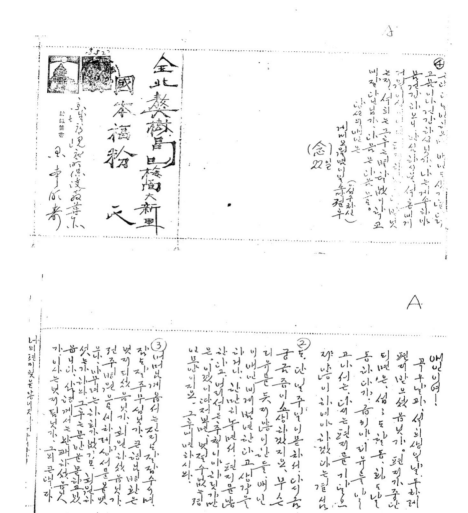

(念) 22일

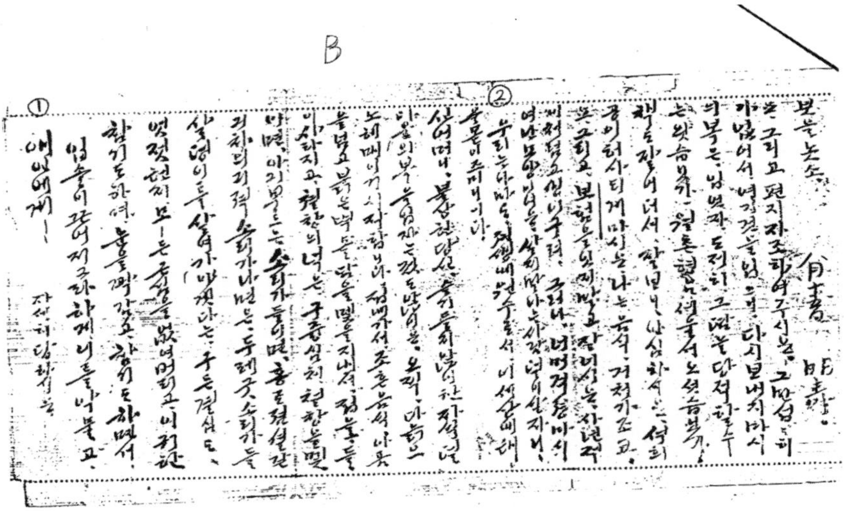
B
①
②
애인에게—

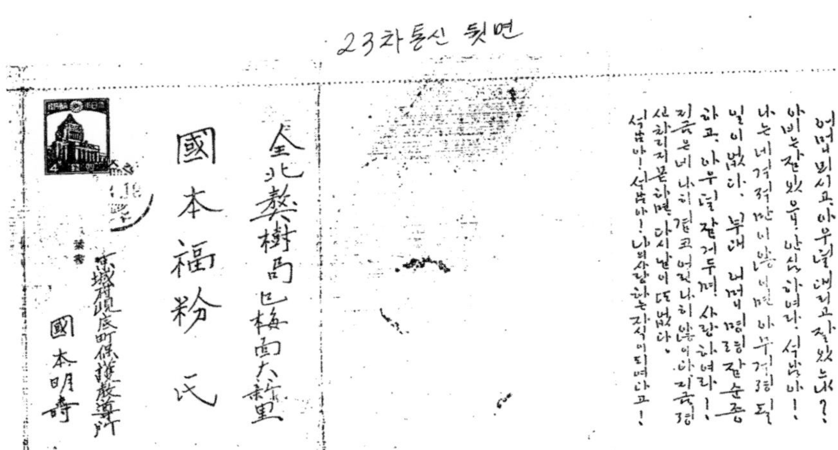
23차 통신 뒷면
國本福粉 氏
國本明壽
어머니 모시고 아우들 데리고 잘 있느냐?
아비는 잘 있음. 안심하여라. 석남아!
나는 네 걱정만 [illegible] 아우 걱정 될
일이 없다. 부대 너머 명령 잘 순종
하고 아우들 잘 거두며 사랑하여라!
지금은 네 나이 결코 어린 나이 않이다. 지극정
성하지 못하면 다시 날이 또 없다.
석남아! 석남아! 나의 사랑하는 자식이 되여다고!

계미우수 23차 통신

①
애인에게!　　계미우수 이십삼차 통신
당신의 애인은

좋은날 드린 글월은 받으셨읍닛가? (애인의 보낸 이십삼일 편지를 보고 답한 것이다)
세월은 쉴새없이 흘읍니다. 오날이 벌서 우수라지오.

②
상항에서 우석 치료하시다 하오니 울고만 싶읍니다. 그후에 경과는 어떠하?
(편지가 설후 뜻되여도 그렇게 오래달부치지 말어 절대로 해마시요)
(석희 잡매 장갑을 떼여 자세하시오)
하신지요? 애인은 생기날 대리고 건강하십닛가? 나는 여전히 튼튼한 몸으로 수양하여 지내오며, 일주일 전에 해평께서 면회를 오셨는대! 자주 계옵서 기력은 안녕하옵시며, 광평댁은 건강히 일한다 하오니 이만 다행이 되나, 안심하여 주시오. 「석희 조목을 넘넘히 방치마시고, 곳치료하야 다시 큰 걱정이 없도록 하시오」

③
날부터 석재, 석봉의 편지가 반가히 오며, 의날의 편질 오는대, 일전에는 석재가 상일, 의날이가 돌일 일을 맞어왔읍니다. 마음가운대에 여간 불안하지 않읍니다. 그런 우리 권구의 건강을 빌뿐. 백수, 술매에 안부, 그외 신세진은 이웃에게 치문안하세요.

④
무엇을 맺어주시오. 부탁합니다. 겠읍니다.
봉양이 반다시 음식으로만 능하는것이 않이며, 마음을 봉안하는 것에 있는 것인가 합니다. 나의 경칩날 보낸 소식은 보셨읍닛가. 애인의 붓일 이십삼일부 편지는 고맙소. 이 편지보고 즉시 어떠케 행차여부를 상세히 알려주시요. 기다립니다.
당신을 사랑하는 병수
계미 춘분 이십오차신
삼월이십일일

全北 [illegible]樹面 巴梅面大新里
國本福粉 氏

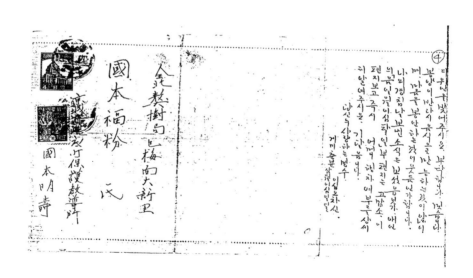

[illegible] 保護教導所
國本明壽

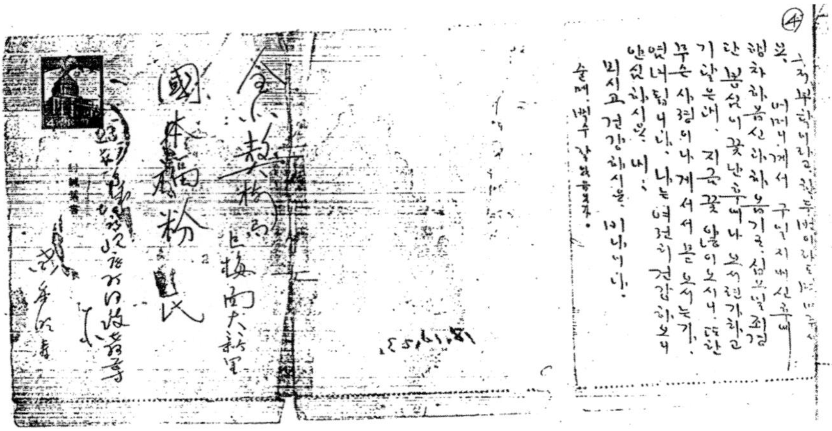

계미상강 (제 사십차 발신

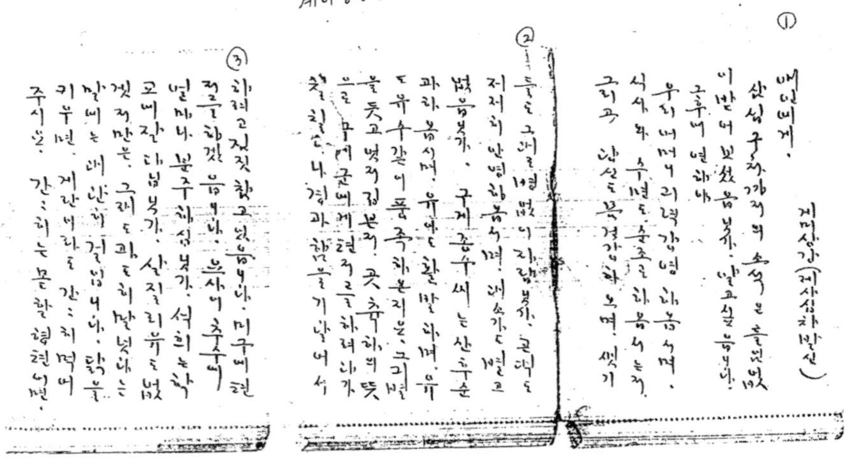

계미초홍(41차발신)

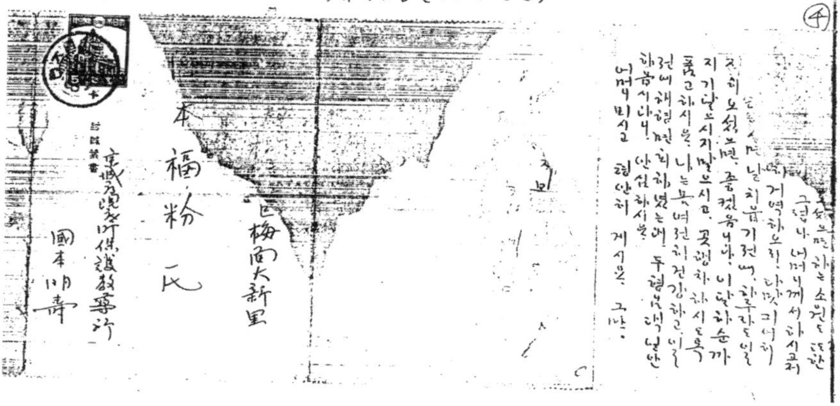

계미초홍(41차발신)

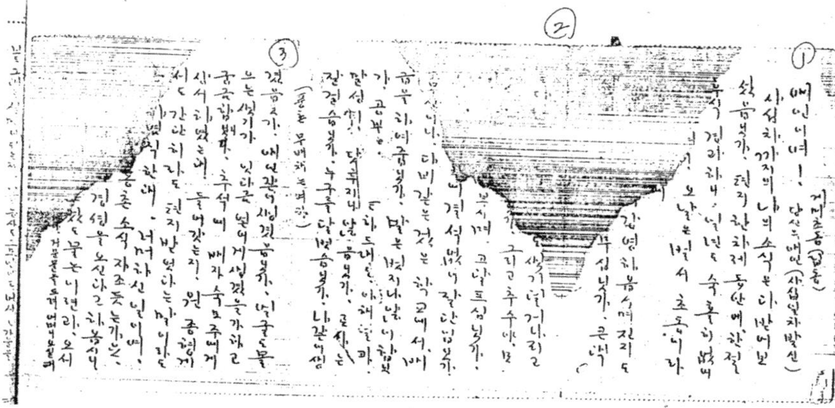

영춘(迎春) 봄을 기다리는 사람들

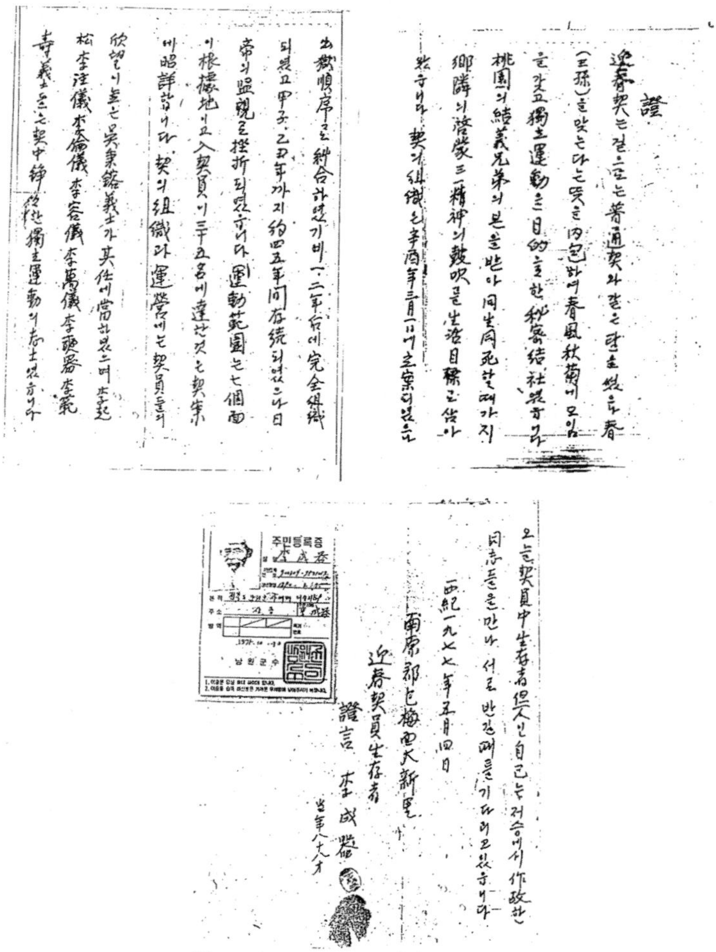
證

迎春契는 겉으로는 普通契와 같은 形式을 갖춘 春(王孫)을 맞는다는 뜻을 內包하여 春風秋菊에 모임을 갖고 獨立運動을 目的으로 한 秘密結社였습니다 桃園의 結義兄弟의 본을 받아 同生同死할 때까지 鄕隣의 啓蒙 三一精神의 鼓吹를 生活目標로 삼아 왔습니다. 契의 組織은 辛酉年 三月 一日에 立案되었은

出獄順序로 糾合하였기 때문 一·二年 后에 完全組織되었고 甲子·乙丑年까지 約四五年間 存續되었으나 日帝의 監視로 挫折되였습니다. 運動範圍는 七個面이 根據地이고 入契員이 三十五名에 達한 것은 契案에 昭詳합니다. 契의 組織과 運營에는 契員들의 欣望이 높은 吳東錄 義士가 其任에 當하였으며 李起松 李注儀 李[illegible]儀 李容儀 李萬儀 李秉器 李範壽 義士 등은 契中 錚錚한 獨立運動의 志士였습니다

오늘 契員中 生存者 唯一人인 自己는 저승에서 作故한 同志들을 만나 서로 반길 때를 기다리고 있습니다

西紀 一九七七年 五月 四日

南原郡 [illegible] 大新里

迎春契員 生存者

證言 李成[illegible] 當年 八十八才

이용기 지사

만세운동 그 후,

성당 이용기(李龍器, 1897~1932, 대신리, 애족장) 지사는 감형 없이 고문으로 악명 높은 전주분감 감옥에서 꼬박 2년의 형기를 마치고 출옥했다. 그러나 옥중에서 워낙 모진 구타와 고문을 받아 곱사가 되었다.

그런데도 그는 출옥 후 사숙(私塾)을 열어 후학들의 자주 독립정신을 함양(涵養)하는데, 애를 썼으나 그토록 염원했던 조국의 광복을 못 보고 1932년 36세라는 짧은 나이에 고문 후유증으로 돌아가셨다.

그 당시 매국노 이완용은 경술국치를 성사시킨 공로로 일본 정부로부터 특별 은사금, 총리 퇴관금 등과 함께 일본 귀족으로서 백작 작위와 그것에 따르는 합당한 대우를 받고 조선총독부 중추원 고문이 되었다가 다시 그 부의장이 되었다. 이후 '대선인친목회'를 발기하고 '조선귀족회' 부회장이 되어 일본을 드나들면서 일본 국왕을 만나는 등 친일행위를 계속하였다. 고종이 죽고 그 장례를 이용하여 3·1운동이 일어나자 세 차례에 걸쳐 조선 만족에 대한 이른바 「경고문」을 발표했다.

첫 번째 「경고문」에서 이완용은

"조선독립 선동은 허설(虛說)이요. 망동"이라면서, 일제 당국이 이 운동을 '무지몰각한 망동'으로 보고 관대하게 회유하지만, 그래도 자각하지 못하면 필경 강압책을 쓸 수밖에 없다고 했다. 이 같은 '경고문'이 발표되자 매국노 이완용을 규탄하는 소리가 높아졌고 이에 대해 그는

"천만인 중의 한 사람이라도 나의 말에 일리가 있다고 생각하는 사람이 있다면 이는 경고의 효과가 작지 않을 것"이라 강변했다.

조선총독부가 각 지방에 게시한 경고문을 민중들이 모두 찢어 버렸지만, 그는 이에 굴하지 않고 세 번째 경고문을 발표하며 그는 이렇게 강변했다.

"3·1운동이 제1차 세계대전의 여파로서의 민족자결주의로부터 영향

을 받은 것이지만, 조선과 일본은 고대 이래로 동종동족(同宗同族), 동종동근(同種同根)이어서 민족자결주의는 조선에 부당한 것이다. 또한, 한일'합방'은 당시의 국내 사정이나 국제관계로 보아 역사적 자연의 운명과 세계 대세에 순응하여 동양의 평화를 확보하기 위하여 조선 민족이 택할 수 있는 유일한 활로였다, 그리고 3·1운동에 참여하여 '경거망동' 하는 사람은 조선 민족을 멸망시키고 동양의 평화를 파괴하는 우리의 적이다." 민족반역자로서의 극명한 논리라 하겠다.

이후 친일파 이완용은, 아들 손자들까지 귀족으로 부귀영화를 누리다가 이재명의 의거(암살)에서 목숨을 겨우 건진 그는, 말년에 그 집에 함께 기거하던 일족 이영구(李榮九)에 의하여 암살되려다가 미수에 그쳤다는 소문이 있는지 약 2개월 후 죽었다. 그리고 8·15 후 그 후손의 손에 의해 무덤이 파헤쳐져 없어지고 말았다.

참고문헌 이완용 「경고문」 (매일신보, 1919, 4.8 5.30)
반민족 문제연구소 발행(친일파99인)

그 당시 이용기 지사의 친형인 이성기 지사는, 동생 이용기 지사를 그렇게 허무하게 잃은 것도 분한데, 여전히 친일파들이 득세하는 것을 보면서, 출옥 동지들의 모임인 '영춘계(迎春契)'에 더욱더 애착을 두고 활동하였다.

그런데 그 활동 사료는 직계(直系) 손(孫)에도 없었다.

필자는 영춘계야말로 이 책의 하이라이트(highlight)라고 생각하고 그 사료를 찾기 위해 다방면으로 노력한 끝에 임실군청 문화관광체육과 김철배 님과 현 광복회 전북 특별자치도 이강안(李康安) 지부장에게서 그 사료를 찾았다.

경착영춘*계(耕鑿迎春契)

계안(稧案), 조목(條目)

- 계의 이름은 ~로 칭한다.
- 불어난 본금은 매 인원에게 1.450전씩 주고, 각자 이자를 불린다.
- 계획 날짜는 매년 3월 1일로 완전히 정한다.
- 이자금 60전은 계획 날짜에 각자 휴대하되 만약 아무 이유 없이 참여하지 않은 인원은 위에서 말한 금액을 마련하여 보내고, 큰 질환이 있는 사람은 일을 따지지 않는다. 또 기제사를 당한 사람 또한 해당한다.
- 모임 장소는 해당 기간의 유사가 거주하는 지방에서 지정한다.
- 나이의 고하에 따라 순서대로 앉는다.
- 비록 아무(某) 계원이 100세에 죽었다 하더라도 만약 세상을 등진 인원이 있다면 -정한 사금(四金)으로 소제(疏祭)한다.
- 계원 중에 세몰 한 사람이 있으면 백대식속(白待式束)으로 부의한다.
- 계원 가운데 혹 세상을 등진 인원이 생긴다면 선안(仙案)으로 이름을 옮긴다.
- 계원이 세상과 작별하면 그의 장자가 입계하는 것을 허락한다.

* 경착영춘이란 밭 갈고 땅 파면서 봄을 기다린다는 뜻으로 여기에서 봄은 광복을 가리킨다.

증언(證言)*

영춘계(迎春契)는 겉으로는 보통계와 같은 탈을 썼으나 춘(春, 왕손)을 맞는다는 뜻을 내포하여 춘풍추국(春風秋麴)에 모임을 갖고 독립운동을 목적으로 한 비밀결사였습니다.

도원의 결의형제의 본을 받아 동생동사(同生同死)할 때까지 향린(鄕隣)의 계몽과 3·1정신의 고취를 생활목표로 삼았습니다. 계의 조직은 신유년(1921년) 3월 1일에 입안되었으나 출옥 순서로 규합하였기에 1~2년 후에 완전 조직되었고, 약 4~5년간 존속되었으나 일본의 감시로 좌절되었습니다. 운동 범위는 7개 면이 근거지고 입계원이 35명에 달한 것은 계안에 소상합니다.

계의 조직과 운영에는 계원들의 소망이 높은 오병용 의사가 가임을 당하였으며 이기송(李起松), 이주의(李注儀), 이윤의(李倫儀), 이용의(李容儀), 이만의(李萬儀), 이석기(李奭器), 이범수(李範壽) 의사들은 계 중 쟁쟁한 독립운동 지사(志士)였습니다. 오늘 계원 중 생존자 단 1인인 본인은 저승에서 작고한 동지(同志)들을 만나 서로 반길 때를 기다리고 있습니다.

서기 1977년 5월 4일 남원군 사매면 대신리
영춘계원 생존자 증언(證言)
이성기(李成器) 당년 88세(경인생, 1890)

아래는 이강안 광복회 전북특별자치도 지부장과의 대담이다.

* 증언 내용: 임실지역 3·1운동 100주년 기념도록, 94~95페이지 발췌.

"1977년도에 이성기 님께서 증언(證言)을 쓰고 주민등록증에 이 복사 내용을 붙여서 내게 주면서 이게 사실이다. 라고 얘기를 했는데, 영춘계 형식은 친목계 중의 위친계(爲親契)라는 형식을 취했지만, 내용은 독립운동을 하자는 것이었다.

그리고 "동지들! 우리 이건 끝까지 가자!"라는 기억이 있었던 거로 보여. 이 기록 내용을 쭉 이렇게 따져보니까. 3·1운동을 주동할 때부터 끝까지 독립운동을 하자는 그 약속을. 옥중에서 계속 되살려서. 옥중에서 만나는 사람들끼리 또 나가서 우리는 독립운동을 하자. 그렇게 논의했다.

"네."

"그리고 그렇게 기록이 된 그 계안에 있는 명단 내용을 놓고 분석을 해보면, 이 계안에 있는 사람은 오수 사람과 남원 사람만 있는 게 아니에요."

"임실, 오수 남원 그 외 사람도 있군요?"

"네. 맞아요."

"네."

감옥에서 만난 것 같은 장성 사람도 있고 김제도 사람도 있어요. 그 여러 지역의 사람 35명이 영춘계를 구성하고 출옥한 순서대로 만나자! 그래서 만나기 시작한 게 1921년도쯤 해서 저 덕과 밑에 오수 용정 둔덕으로 들어가는 길 입구 중간에 정자가 있는데, 그 정자에서 만나서 모임을 하기 시작했다.

"네. 몇 년까지 지속하였나요?"

"5년 정도 지속이 됐는데, 일본 경찰들이 여기 모인 사람들 다 형무소 갔다 온 사람들이니까 감시가 엄청 심해서 결국은 계를 지속하지 못했다."

"그러니까 지금은 영춘이 사장(死藏)이 되었으니까 이제 느그 후손들이 그 뜻을 이어받아야 할 거 아니냐."

"이성기 어르신이 그렇게 말씀하면서 내게 이 계안(契案)하고 이 증서를 주고 가셨어요. 그런데 그때는 70년대고 또 내가 공무원 된 지도 얼마 안 되고 나이도 한 스물대여섯밖에 안 되고 또 먹고살기 힘들어서 이것에 신경을 쓸 겨를이 없었는데, 지금 광복회 지부장을 맡아서 일하다가 보니까 최근에 다시 이성기 지사의 증언이 생각나는 거예요. 그리고 3·1운동에 대한 의미를 다시 생각하게 된 거예요. 옛날에는 그냥 만세 불렀다. 독립운동을 했다. 그 정도이었는데…."

"네."

"최근에 이 사료 이 증언을 다시 살펴보니까 남원 3·1운동에서 이 증언證言이 갖는 의미가 얼마나 대단하고 중요한 것인지 알 것 같고, 또 3·1운동을 했던 사람들이 어떻게 활동했는지 이것저것을 생각해 볼 때 이건 굉장히 대단한 것이라는 생각이 들어요. 그래서 그 명단을 놓고 그 분들의 행적을 찾아봤어요!"

"네."

<u>영춘계 회원들의 활동 내용으로는</u>

1. 3·1독립만세운동 주동자 30명
 - 오수 3·1운동 주동자 22명 (이기수 포함)
 - 남원 3·1운동 주동자 7명 (덕과, 사매)
 - 지사 3·1운동 주동자 1명 (최원호)
 - 산서 3·1운동 주동자 1명 (정봉수)
2. 임시정부 관련 운동가 1명 (김제 송강선)
3. 대한국민회 활동 1명 (장수 박기영)
4. 의열활동 1명 (장성 기산도)
5. 미상 1명 (이학의)

* 35명 계원 중 독립운동가로 포상을 받은 분은 33명이다.

출신 지역별로는

임실군: 23명

- 둔남: 18명

신기리= 이기송. 이기수, 이만의, 김종윤, 김종식

용두리= 노유원, 이정우, 이하의

용정리= 이용의, 이주의

둔덕리= 이기우, 이재의

대정리= 이윤의, 오병용

주천리= 곽병희, 곽병민

오수리= 이정의

동천= 김종창

- 삼계: 3명= 허섭, 허근, 김정업

- 지사: 2명= 이회근, 최원호

남원군: 8명

- 덕과: 4명= 이석화, 이승순, 이풍기, 조동선

- 사매: 3명= 이석기, 이범수, 이성기

- 대산: 1명= 박기영

장수군: 1명

- 산서: 정병수

김제면: 1명

- 금구: 송강선

전남 장성군: 1명

- 황룡: 기산도

미상: 1명

성씨별로는

전주이씨 16명, 벽진이씨 2명, 순천김씨 3명, 양천허씨 2명, 현풍곽씨 2명, 경주김씨 1명, 여산송씨 1명, 창원정씨 1명, 풍양조씨 1명, 풍천노씨 1명 해주오씨 1명, 행주기씨 1명, 협천이씨 1명, 본관미상 1명.

"그냥 명단에 보면 조동선 몇 년생 어디엔 풍양조씨 요렇게 뭐 노유원 풍천노씨 뭐 이렇게 뭐 순천김씨 몇 년생 호는 뭐이고 자가 뭐이고 몇 년생이고 요렇게 해서 요것만 지금 이렇게 돼 있어 근데 이렇게 이 사람들에 대한 거를 하나하나를 다 찾아봤더니, 다 형무소에 와서 징역을 1년 이상 살았어요. 그리고 많은 이들이 감옥에서 그렇게 만났어요. 지금 송강순 씨 같은 경우는 김제 사람인 것을 보아도 감옥에서 만난 게 분명해요."

"네. 그렇군요."

"김제 사람 이 양반들이 어디서 만나서 무엇을 했겠느냐? 이 형무소에서 만나 어찌 왔어요? 하다가 아이고, 참 큰일 하셨네! 나가도 우리 독립운동 계속 허세. 그리고 '나가면 어디서 만나세!'이랬다고 봐요."

"네."

"여기에는 김제 사람도 있고, 장성 사람도 있고, 장수 사람도 있고, 산서 사람도 있어요. 그런데 그들은 하나로 뭉쳐져 있더라! 그러니 이들은 독립운동을 감옥에서도 했다는 얘기에요."

"네."

"그런데 이 중에 보면 형무소를 안 간 사람도 있어요."

"그렇겠죠."

"두 명인데 한 분은 모르겠어요. 못 찾아, 한 분은 형무소를 안 갔어요."

"이기송 씨 형님이요?"

"맞아요, 형제가 다 잡혀 감옥에 들어가면 집구석 어떻게 되겠어요? 그래 형이 도망갔어요. 그러니까 안 잡혀 들어갔는데, 이분이 명단에 들어있어요. 그러니까 그분은 독립운동을 하긴 했는데 도망갔어,"

"이해해요."

"이것은 소설이 아니에요."

"아, 네. 하하하."

"말하자면 오수 만세운동을 3월 23일에 했는데 이 만세운동을 준비를 할 때 둔정리에 사는 유기종 씨가 용두리 사람 누구에게 주고 이렇게 같이 동네 사람들을 대표로 이렇게 뽑아서 같이 회의하고 모임을 해서 형무소에 갔어요. 그분들은 형무소에서도 만나 독립운동을 계속했어요."

"네."

"그런데 이성기 씨하고 이분들하고는 같이 안 했어."

"네."

"이성기 씨는 사매에서 4월 3일에 했어요. 남원 장날 했어요. 남원 장날까지 4월 4일까지 두 번 했어요. 근데 이 만세운동에 3월 23일 오수 만세운동에 영향도 있었다. 그렇단 말이에요. 오수 만세운동이 심하게 크게 일어나는 걸 보고 덕과 사매는 더 크게 해야 한다. 그렇게 각오하게 됐다 이거예요."

"네."

"그리고 이들 중 두 분이 감옥에 안 들어갔고 또 이성기 지사가 이 구성원에 있는 것을 보면 이 계는 감옥 안에서 논의가 됐다는 거예요.

"그렇죠."

"그래서 여기에 선(仙)이라고 써진 사람들은 감옥에서 약속은 했는데 모임을 할 때 이미 돌아가신 분도 있다."

"네."

“그래서 경착영춘(耕鑿迎春) 이게 지금 3·1운동과 관련해서 아주 굉장히 의미가 있는 자료에요.”

“네.”

“1920년대 1919년도에 일제의 핍박이 심한 시대 때에 백성들이 아무 걱정 없이 편안하게 농사를 짓고 살 수 있는 그런 봄을 기다린다. 우리는 그러기 위해서 계를 만든다. 이렇게 얘기하면 이분들이 독립하기 위해서 했다는 뜻이 명확하구나 하는 생각이 들고 그래서 이거는 어떤 의미가 있느냐 대개 3·1만세운동을 하면 징역을 6개월에서 2년 이내에 살아, 예를 들면, 민족대표 33인이 2년 살았어요.”

“네.”

“근데 영춘 계원은 3년짜리가 많아 그만큼 격렬하게 독립운동을 해서 일본인들이 경계를 많이 했다. 그리고 그분들이 형무소에서 이 곤욕을 치르고 나와서 이제 가만히 앉아서 그냥 있는 듯 없는 듯 이렇게 살거나 아니면 만주로 도망가서 광복군이 되거나 둘 중의 하나인데, 우리는 우리 땅에서 계를 해서라도 자주 독립정신을 키우자고 했던 그 정신과 그 행동의 의미를 어떻게든지 널리 알리고 이렇게 의미를 되새겨 줘야 한다 이거예요.”

“동감입니다.”

“우리 할아버지가 1963년도에 건국 대통령 표창을 받았는데, 내가 고향 용정을 떠나 전주에서 사니까, 고향 할아버지께 온 편지가 계속 반송되었는데. 그 10년 뒤에 1974년에 맨 마지막에 온 편지를 내가 찾았어요. 근데 찾았지만, 아무것도 주는 것도 없으니까, 그냥 우리 할아버지 독립운동했구나! 이러고 처박아 놓았는데, 3년 뒤인 1977년에 영감님(이성기 지사)이 찾아와서

“자네가 누구의 손자인가?”

“그렇습니다.” 그랬더니,

"이젠 젊은 사람들이 이 운동을 해야지! 하고 이 증언을 네게 주고 가셨는데. 뭐 그때는 뭐 사는 게 바빠서 그냥 처박아 놓고 살았는데, 그러다가 내가 광복회 일을 보면서 최근에 다시 이성기 지사의 가르침과 그 증언이 새록새록 생각나 너무나 죄송스러운 거예요."

"네. 영춘! 이 이야기는 소설로는 제가 처음 쓸 것 같아요."

"예 아마 그렇게 되겠죠."

영춘(迎春)은 1921년 오수지역에서 조직된 경착영춘계(耕鑿迎春契)에서 유래한다. 계원은 1919년 3월 23일에 있었던 오수와 남원과 기타 지역에서 3·1만세운동을 했다가 옥고를 치렀던 지사 35명이고, 그 21명이 국가유공자로 추서됐다.

이 영춘 운동은 남원에서도 활발하게 활동하였다. 특히 이석기는 조동선, 이풍기, 이승순 등과 이 운동을 하다가 체포되어 광주지방법원 남원지청을 거쳐 서울고등법원에 상고하였는데 결국 2년 내지 1년의 옥고를 치렀다.

그 후 이석기는 출옥하여 병약한 몸으로 5~6년을 살다가 1932년 7월 6일 작고하니, 아직은 나라를 위하여 많은 일을 할 40대 초반이다.

숙부 이석기를 도와 만세운동의 뒷바라지를 한 이광수는 학교에 사직원을 내고 일본 헌병의 마수를 피해 상해로 망명하였다.

그리고 이범수는 향리인 대신리에 은거해 피신하여 있으면서도 형갑수, 한태현, 강경진을 비밀리에 만나 독립을 위하여 최후의 일각까지 투쟁할 것을 결의하였다. 그리고 그는 개인재산을 털어 3백 원을 마련하여 그가 대표로 상경, 조선독립대동단 단장 전현보와 부단장 윤용주를 만나 군자금으로 3백 원을 헌금하였다.

그리고 사매 정한익은 일본 헌병이 쏜 총알로 오른쪽 갈비뼈에 관통상을 입고 지금의 법원 네거리에서 쓰러졌다. 그 후 일본인 검사가 현장을 감시한 후 사망으로 진단하고 유족에게 인도하였는데, 집으로 돌아온 후 기적적으로 의식을 되찾을 때 가족들이 남원에 있는 큰 병원으로 가서 상처를 치료받자고 했으나 일본인이 경영하는 병원이라고 하여 한사코 마다하고 단방약과 한방약으로 치료했다.

그 후 정한익은 아직 완쾌되기 전, 오른쪽 손을 무명베 폭으로 어깨에 멘 채 겨우 움직일 수 있을 때였다. 하루는 남원군수와 일본인 서장이 사매면 국도를 통과한다는 정보를 듣고, 그 불편한 몸으로 군수와 서장을 암살할 목적으로 태창과 칼을 들고 도로변 숲에 숨어 기다리고 있다가 그들이 탄 차가 오자 불쑥 뛰어나가

"이 웬수들!"

정한익은 죽창을 휘두르면서 도로로 뛰어나갔지만, 정한익의 수상한 동태를 눈치챈 차가 쏜살같이 지나가 뜻을 이루지 못했다.

그 사건으로 하여 그는 체포되었다. 그러나 생명이 위독한지라 가석방되어, 5년여의 끝에 상처는 아물었으나 어깨뼈는 불구가 되어 해방되는 그날까지 왜경의 감시와 천대를 받다가 1976년 2월 13일, 86세의 일기로 세상을 떠났다.

그렇다. 남원 3·1 독립만세의거 애국지사 이석기, 이용기, 이성기 등 수 많은 애국지사는 자신의 가족보다 나라를 더 걱정했고 자신의 가족보다 나라를 더 사랑해 독립운동을 하다가 기꺼이 옥고를 치렀다.

"그러니까 영춘(迎春)이 지금은 사장(死藏)이 되었으니까 이제 느그 후손들이 그 뜻을 이어받아야 할 거 아니냐."

그 애국지사들의 외침이 지금도 들린다. 자꾸 들린다.

"그러니까 영춘(迎春)이 지금은 사장(死藏)이 되었으니까 이제 느그 후손들이 그 뜻을 이어받아야 할 거 아니냐."

참고문헌

『남원항일운동사』, 윤영근-최원식, 남원도시애향운동본부, 1958
『이성기·용기 형제와 남원 3·1독립만세의거』, 이태룡, 광문각, 2021
기미년 남원 3·1운동 제현 극본
임실지역 3·1운동 100주년 기념도록(迎春)

증언과 자료를 주신 분

독립지사 이용기(만외손주 원귀재. 외손녀 원이숙)
독립지사 이성기(맏손자 이광석)
독립지사 이용기 入後 子(광복회 감사 이석문)
독립지사 이병기 子 이정수
독립지사 이석기 손자 이풍삼
임실 성수면 효촌마을(효촌마을만들기추진위원장: 윤한종)
광복회 전북특별자치도 이강안 지부장
임실군 문화관광체육과 김철배 님

후원해 주신 분들

한국예술인복지재단 창작준비금

세종왕자 영해군파종회 회장 이주화

전주, 우성종합건설 회장 이우창

순창 동계면 원귀재

남원시 부영1차아파트 이석관

광복회 감사 이석문

오수(대한전업사) 이정수

한국방송공사 KBS 이사 이석래

남원시 사매매 대신리 여의터(매안이) 전주이씨 영해군파

후천공 종중. 용산공 종중. 대촌 종중

보절: 낙제공 종중. 지사: 종중

식민지 시대에 등대가 되어 조국의 미래를 밝힌 이들의 행적을 기리며
-이석규 작가의 소설 『후예(後裔) 제2권: 남원 3·1독립만세의거』에 붙여서

이충재(시인·문학평론가)

1. 글쓰기의 가치와 작가의 거룩한 행보를 생각하며

이석규 작가의 두 번째 소설은 마치 다큐 영화를 보는 듯 회화적 색채가 짙어 정신이 바짝 들었다. 오늘날의 풍요로 말미암아 역사를 잊고 지내는 한반도 백성들의 등짝을 강하게 후려치는 각성의 회초리에 닿아 영혼의 통증을 느끼는 듯하다.

필자가 오래전에 비교문학을 공부하면서 남다르게 관심을 가졌던 분야가 다시 수면 위로 떠올라 현기증을 유발할 정도로 이 민족이 안이한 삶 한가운데로 굴러떨어져 있는 듯하여 분통이 터지기도 했다. 당시 쓴 논문이 탈식민주의 입장에서 각기 식민지를 겪었던 민족들과 하위주체 개념의 대상인 '여성'이나 '노예' 그리고 각 분야의 '을'의 입장에서 착취의 대상이던 뭇 영혼들에 대해 다루었던 점을 상기하면, 오늘날의 대한민국은 지나치게 역사를 외면하고 현세적 안위만을 추구하는 것 같아서 미래를 향한 걱정이 앞서고 아쉬움이 크다.

뿌리를 알지 못하고서야 어찌 그 나무의 잎과 꽃과 열매를 취할 수 있을 것이며, 그 맛을 영위할 수 있을 것인가? 이는 아무 노력 없이 취하기만을 원하는 한량으로서의 건강한 비전의 절도 행위에 해당한다고 할 수 있다.

대한민국의 근대 운운하는 학자들이나 독지가들을 향하여 되묻고 싶은 과제가 있다. 과연 대한민국에 근대는 있기는 한 것인가? 이 씨 조선의 긴 역사적 터널에서 현대로 넘어가는 길목에서 근대 운운할 역사적 근거들을 찾기는 한 것인가. 근대를 준비할 시기적 기간의 충분성은 지니고 있는가. 대한민국은 오랜 조선의 역사를 뒤로하고 현대로 넘어가는 1900년대 초에 일제 식민지가 되어 온갖 수모를 당해야만 했으며, 해방 이후 바로 6·25라는 쓰라린 한국전쟁을 경험해야만 하지 않았는가.

이석규 작가는 이러한 대한민국 역사의 문제점과 그 사각지대에서 형편없는 대우를 받거나 혹은 불이익을 누리는 대상들을 방관하고 있음에 딴지를 걸고 있는 셈이다. 이뿐 아니라 사장되어 학자나 독지가들의 관심에서 멀어진 조국의 희생양이 된 이들의 역사적 행보를 하나둘 밝혀 후손들에게 알리는 역할을 자청하고 나선 것이다.

그 첫 행보로서 이 씨 조선의 위대한 업적을 남긴 세종대왕의 증손인 시산군에 대한 행적을 기리는 『후예(後裔) 제1권: 시산군』을 집필 완성하였으며, 이어서 『후예(後裔) 제2권: 남원 3·1독립만세의거』의 집필을 마친 상태로 두 권의 도서가 동시에 출간된 영광을 안게 되었다. 선조들의 깊은 애착이 수반되지 않으면 결코 쉽지 않은 집필 과정임에 틀림없다. 필자가 알기로는 이석규 작가가 이 두 권의 소설을 집필하기 위해서 현재의 생활권을 떠나 이 씨 조선의 집성촌인 남원으로 홀로 내려가 독처하면서 이 작품집들을 집필하려 한다는 소식을 접한 지 얼마 되지 않은 듯

한데, 어느새 해가 바뀌고 꽃 피는 봄날 두 권의 소설이 출간된다는 소식을 접하게 되어 기쁘기 한량없다.

우리가 이 도서를 읽으면서 깊이 있게 생각해야 할 것을 세 가지로 살펴볼 수 있어야 한다. 대한민국은 여전히 남과 북이 분단된 상태에서 극명한 대치 상태에 있는 인류의 유일한 분단국가란 부끄러운 역사를 청산하지 못하고 있다는 것이 그 첫 번째의 숙고적 삶이어야 하고, 여전히 오랜 시간 대한민국을 식민지화하여 문화 말살정책과 더불어 선조들을 억압해 온 당사자로서의 일본으로부터 아직도 단 한 번도 진정성 있는 사과를 정식으로 받아내지 못한 채 현재와 미래의 동반적 관계를 이어가야 한다는 세계의 바람 앞에 선 당사자 국가로서 일정 방향을 뚜렷하게 정하고 나가야 한다는 과제가 두 번째 숙고적 과제라고 할 수 있다. 그리고 이 모든 역사적 뿌리를 가르치고 올바른 역사적 이정표를 가르쳐야 할 교육계의 과제로서의 역사와 철학과 사상, 인격 등 전인격적 교육의 가치가 외면당한 채 물질만능주의가 빚어낸 성공 주의에 초점을 맞춘 교육 시스템을 바로 잡지 못하고 있음을 향한 각성 어린 목소리들이 천민자본주의 원리에 묻혀버렸다는 것이 세 번째 해결해야 할 숙고적 과제라고 할 수 있다.

이 점을 늘 가슴 아프게 생각해 오던 이석규 작가가 그 행보의 일환으로 역사에 묻힌 채 조국의 별로서 빛을 발하지 못하고 묻혀버린 자신의 선조들을 조명하고 나섰다는 것에 의의가 크다고 할 수 있다.

한 사람의 작가나 학자들이 홀로 모든 것을 단번에 해결할 수는 없다. 그래서 서로 다른 지성인들이나 지식인들이 이 거룩한 행보를 나눈다면 훨씬 수월하겠지만, 그 역할 분담이 제대로 이루어지지 않기에 이석규 작가가 생업을 포기하면서까지 가장 손쉽게 접근할 수 있는 일로서의 자기 선조들의 족보를 발견하고, 발자취를 찾아 나서면서 힘겨운 지적 작업을 시도하였다고 할 수 있다. 필자가 알기로는 이석규 작가는 이 가치 있는 작업을 하기 위해서 당장 현업을 접어야만 했으며, 식솔들과도 떨어져 지내면서 홀로 외로운 작업에 몰두해야만 했다는 데서 이 씨 후손들이 일정 부분 이석규 작가에게 빚을 지고 있다고 해도 과언이 아니다.

오늘날의 대한민국 사람들에게 현재적 고뇌와 역사의 아픔 정도에 대해서 물으면 아주 극명하게 모른다는 대답을 내놓지는 않는다. 이는 의식적으로는 인정하고 일정 범위에 대해 숙지한 바를 토로하기는 하겠지만, 그 후손으로서의 정확한 분별과 청산 그리고 대안을 제시하라고 하면 주저하는 것이 오늘날의 현 상황이다. 혹은 이를 이용하여 오늘날 자신의 영리와 영달을 꾀해보려는 기회주의자들이 참된 역사를 왜곡하거나 동조하려는 듯한 이상한 태도를 취하고 있음에 대한 중심 없는 삶이 표면적인 공감을 얻어 주인공 행세를 하려고 한다는 데 문제의 심각성이 있다.

이석규 작가는 이러한 문제를 그냥 맹목적으로 지켜만 보지 않고 그 대안을 제시하고자 늘 정신적 에너지를 쏟아내려는 행보가 목격되어 흐뭇하게 생각해 오고 있다. 그 일환으로써 작가가 시도할 수 있는 가장 손쉬운 방법을 택한 것이다. 그 첫째가 자신의 이야기를 다룬 두 권의 시집(『나는 눈 오는 날 붕어빵 집에 간다』와 『외할아버지의 기도』)이 그렇다. 그리고 선조의 족보에서 그 귀감이 될 대상을 발견하여 소설화시키고 있음이 두 번째 대안이며 동시에 방법이라고 할 수 있다.

이석규 작가는 분명 시인이며 작가이며 사상가요, 소설을 통한 시대를 진단하고 대안을 제시하는 열심 있는 문학가이다. 자크 데리다의 인터뷰인 《문학의 행위》도 그렇거니와 한 세기를 빛낸 수많은 지성인이 문학 행위를 통해서 역사를 꿰뚫고, 시대를 진단하고 그 대안으로서의 사상을 집대성한 산물들로서의 작품들을 우리는 학습을 통해서 충분히 경험한 바 있다. 그 행위 선상에서 이석규 작가가 출간한 두 권의 소설을 탐독하게 된다면, 작가가 분별력이나 의식 없이 앵무새와 같은 정제되지 않은 소문들에 꼬리를 붙여서 딴소리만을 양산하며 제 주장만 일삼는 이들과는 다르게, 역사와 그 시대를 살다가 간 선조들의 삶 속에서 가치 인생의 그 핵심적 요소로서의 건강한 사상과 철학과 민족 사랑과 동족을 위할 목적 있는 삶을 발견하고자 헌신한 흔적을 볼 수 있다. 이를 통하여 우리는 이석규 작가와 동병상련(同病相憐)의 고통을 짊어질 수 있다면, 이석규 작가의 노고에 다소의 위로와 힘이 되리라 믿는다.

2. 식민지 시대와 탈식민주의를 생각하며

서두에서 밝힌 바와 같이 대한민국은 문제가 있는 근대의 지대를 엇비슷하게 지나(회색지대) 대한민국은 현대로 넘어서면서, 잊지 못할 식민지라는 뼈저린 고통의 역사를 경험했으며, 해방과 동시에 동족상잔의 비극을 연출, 피를 흘리며 목숨을 해하는 한국전쟁을 겪어야 했으며, 이익고 이념의 굴레가 장악한 국토의 허리가 잘린 분단의 현실을 이어오고 있는 부끄러운 민낯을 여전히 보여주면서 선진국 운운하면서 살고들 있다. 그것 외에도 여전히 그릇된 이념의 추종자들에 의해서 극좌 극우의 이분법적 영역이 형성되어 불신과 반목 현상이 쉬 회복될 조짐을 보이지 않고 있다.

이석규 작가는 미래 대한민국의 올바른 형성과 자립을 위해서 초당적,

초 인류적, 통섭적 삶의 지대를 형성하기 위해서 자신의 가슴을 치고 찢어냄으로써 얻어낸 결과물을 통하여 대안을 삼고 있다. 직접적으로 식민주의니 탈식민주의(脫植民主意/post-colonialism)의 사상적 편린을 주장하지는 않고 있다. 그러나 《후예後裔 제2권: 남원 3·1독립만세의거》란 소설의 역사적 사실 이야기에 등장하는 주인공들의 행보를 보면, 바로 대한민국이 직접적으로 탈식민주의적 운동의 중심에 있다는 것과 그 세기적, 역사적 사실들을 피해 갈 수 없는 분명한 사실과 가장 밀접하게 연결된다고 할 수 있다. 그런 입장에서 볼 때, 세계적으로 우리나라와 같은 동병상련의 아픔을 경험한 이들의 혼을 불러오는 것도 마땅하다고 생각한다.

그 첫 번째 인물은 치누아 아체베이다. 치누아 아체베의 활동의 배경은 다음과 같다. "1861년 영국은 라고스를 점령하고, 1900년에 남부와 북부 나이지리아에 각각 독립적인 보호령을 만들었고, 1914년에 둘을 다시 통합하여 나이지리아 식민국을 세웠다. 1960년 나이지리아가 공식적 독립을 이룰 때까지 외세의 무력은 오랜 세월 지속해 온 토착 전통 체제를 산산이 부숴 버렸다. 그 상황을 한 권의 소설 (『모든 것이 산산이 부서지다』(민음사))로 묘사했다. 이 소설이 발표된 1958년의 나이지리아는 이제 독립이 약속되고 정권 이양을 준비하는 기간에 쓰인 소설로서 직접적 배경이 된 것은 영국 제국주의 체제의 침입과 이에 따라 전통 사회가 붕괴되는 19세기에 집필된 것이다."

또 다른 사람은 '응구기 와 시옹오'이다. 이 사람은 케냐의 소설가, 수필가, 극작가로서 응구기는 1938년 영국령 동아프리카에서 당시 "백인고지(White Highlands 화이트 하일랜드로 불리는 리무루에)서 태어났다. 그의 아버지는 이 비옥한 고지대의 원래 주인이었다가 땅을 백인에게 빼앗긴 키쿠유족 출신이며 기독교 신자로 자라났다. 나중에 그는 영어와 기독교를 배척하고 이름도 본명인 제임스 응구기에서 응구기 와 시옹오로 개명한다. 이들은 주로 식민지에서의 문화 충돌과 기독교의 역할, 영국의 키쿠유족 등 아프리카인들의 탄압, 식민 지배에 대항한 마우마우 반란 등을 소재로 삼고 있다."

"현대 아프리카 문학의 거장 응구기 와 시옹오의 첫 장편소설이자 아프리카 영어 소설 문학의 태동을 이끈 『울지 마, 아이야』. 탈식민주의 문학의 새로운 흐름을 열며 아프리카를 넘어 세계문학사에 영향을 끼친 소설로, 1950년대 영국의 식민 지배를 받고 있던 케냐를 배경으로 한다. 대대로 이어온 삶의 터전을 유럽 출신의 농장주에게 빼앗기고 농장의 인부로 전락한 케냐인들의 식민지 경험을 바탕으로 하며, 격렬한 역사의 흐름 속에 한 개인과 그의 가족에 닥친 비극적 사건들이 작품의 주요 줄거리를 이룬다."

"유럽식 교육을 받아 성공하겠다는 막연한 희망에 부풀어 있던 아프리카 소년 은조로게는 온 가족의 기대를 한 몸에 받는다. 반면 조상들에게 물려받은 땅을 빼앗기고 소작농으로 전락한 아버지, 형제와 함께 백인들의 전쟁에 나갔다가 혼자 돌아온 큰형 보로, 목수 도제 일을 하는 작은형 카마우 등은 각기 다른 방식으로 힘든 현실에 저항하게 된다. 그러나 가족이 뿔뿔이 흩어지고 아버지마저 돌아가시자 미래에 대한 확신이 무너진 은조로게는 암울한 식민지의 현실을 자각한 뒤 유일한 사랑마저 잃고 파멸에 이르는데…"

다음에 소개할 사람은 프란츠 파농이다.

"파농은 1925년에 카리브해에 위치한 프랑스령 앤틸러스 제도의 마르

티니크섬에서 태어났다. 그의 아버지는 흑인이었고 어머니는 흑백 혼혈이었다.

파농이 탈식민주의를 연구하게 된 가장 큰 계기는 제2차 세계대전에 참전한 경험이었다. 그는 승산이 없어 보였던 자유 프랑스군에 자원입대했고, 나치 독일의 괴뢰정권인 비시 프랑스에 맞서 싸웠다. 하지만 조국 해방을 위해 목숨 걸고 싸웠는데도, 종전 후에는 피부색이 다르다는 이유로 백인 프랑스인과 같은 프랑스인'으로 대접받지 못하는 현실을 접한 뒤 크게 실망하게 되었다. 이후 리옹 대학교에서 의학박사 학위와 정신과 전문의 자격을 취득한 파농은 프랑스에서 의사 생활을 하다가 알제리로 이주했다.

알제리에 정착한 파농이 처음으로 주목한 것은 알제리에서 폭력 사태가 매우 빈번하고 그 내용도 충격적인 경우가 많다는 사실이었다. 당시 알제리를 식민지배하던 프랑스인들은 '알제리인은 선천적으로 저열하고 폭력적이며, 이유 없이 살인하고 범죄 성향이 강하다'는 논리로 알제리의 상황을 설명하려 했다. 즉, '깜둥이들은 원래 폭력적'이라는 인종차별적 선전이 난무했다. 하지만 파농은 자신이 1954~1959년에 직접 치료한 환자들의 치료기록을 바탕으로 프랑스의 악선전에 반격했다. 반론의 요지는 '알제리 국민들이 폭력적인 이유는 바로 프랑스인들이 가하는 수직 폭력 탓'이라는 것이었다. 이 새로운 '폭력론'은 현대 정신의학계에 큰 충격을 안겼다. 한편 파농은 알제리에서조차, 사회적 지위가 높은 의사임에도 불구하고, 백인 환자에게 인종차별을 당했다. 그러나 그는 그런 상황을 강력한 열정으로 이겨냈고, 알제리에서 큰 영향력을 가지게 되었다. 파농의 탈식민주의 사상은 알제리 전쟁 당시 알제리인들이 프랑스로부터 독립해야 한다는 당위성을 확신하는 데 큰 영향을 주었으며, 파농 자신도 외교관 자격으로 프랑스의 폭정과 학살에 맞서 알제리 독립을 위해 활약하기도 했다. 이 시기에 장 폴 사르트르를 만나 많은 영향을 받기도 했다. 하지만 파농은 알제리의 실질적인 독립을 3달 앞둔 시점인 1961년 12월에 36세의 젊은 나이로 백혈병으로 사망한다."

이석규 작가의 이 소설을 읽다가 놀라지 않을 수 없었던 것은 작품에서 독립운동을 하다가 투옥된 인물의 옥중편지를 소개하고 있다는 것이다. 이는 사적인 행위라고 하겠지만, 가장 인간적이고 깊이 있는 신념과 의지를 드러내 보일 수 있다는 점에서 귀한 자료가 된다. 비록 많은 옥중서신이 소개되고 있지는 않지만, 그 몇 편을 통해서 충분히 독립운동가의 순교자적 의식을 발견할 수 있어서 가치적이라고 할 수 있다.

이 소설에서 단연코 돋보이는 부분은 '옥중서신'이다. 몇 편 되지는 않지만, 그 애절함과 동시에 옥중에서도 조국의 독립과 백성들의 안위를 생각하는 깊은 마음이 눈에 띈다.

"12시 어느 때에 고향 생각이 없으리요마는 기왕 오지도 않지만 한가위라 ……서 얼마나 우리 가족의 마음을 설레이게 하는가 하는 생각을 할때에는 자연히 어머니께 대한 불효의 책임, 형님덜께 대하는 부제의 늦김, 아내에게 대한 미안, 자식덜게대한 안쓰러운 감정이 일시에 가슴 다의 복받쳐 순서없고 말이 중얼 거리여 지더이다.

(석용의 편지는 한번 받았소. 이후 답장하겠습니다.)

(락 해설은 무엇보담도 당신이 병이 되었는가 걱정하였더니 다행이요.)

(돈도 없기는 하지만은 병이 있거든 지치지 말고 빚내서라도 약을 먹어요.)

(의복은 아직 필요 없습니다.)

(편지를 다 쓰고 나니 당신 편지가 왔으니 다른 말은 더 없습니다.)"

"그렇나, 실상은 애인의 걱정도, 걱정도, 나의고초도, 그까짓것로써 것이 용서하시오. (석희입학준비와 나 생일, 수짜등) 단말인가. 진실은- 미안하고 어이가없읍니다. 사랑하심으을 끼어드리게될가요. 감옥도 팔자이며, 고생도 운명이 불초한 남편명색이되여, 이다지도, 가초- 걱정 고생의넉울 태어났기로, 당신덜의 부모의 귀애하는 애인의 전에, 또다시, 그곳을 가기눈 정말쓰래럽니다. 내가 무슨 귀신애인의가삼애, 골병되게 박어준 서대문의 병이, 풀이기도, 서대문형- 형무소인가합니다. 그곳이 예방 구금소람니라. 는말이니 앞으로 갈 곳은 경셩이며, 거처 갈 곳은 저- - 쉽게말하면, 전주에서, 받은 그 판결대로 반려를한다."

이 부분에서 또 한 사람을 언급하지 않을 수 없게 된다. 그가 바로 독일의 히틀러 파시즘에 대항하여 저항하다가 순직한 디트리히 본회퍼이고, 그의 『옥중연서』가 유명하다. 그 내용의 대략을 소개하면 다음과 같다.

"많은 것을 포기하고 견뎌내야 했던, 세상에서 보기 드문 약혼자들의 증거가 우리에게 주어졌다. 참으로 감개무량하지 않을 수 없다! … 이 편지가 연대기적으로나 전기적으로 보완해 주는 가치만으로도 엄청나다. 이로써 테겔 형무소의 삶에 대한 이해가 더욱 완전해지고 깊어지게 되었다. 이루 말할 수 없는 고통에도 불구하고 행복을 꿈꿀 수 있었고, 우호적인 보초들의 도움으로 편지를 몰래 전달하기도 했으며, 1943년 말에 있을 예정이었던 소송에 걸었던 희망과 그로 인해 불거진 두 연인 사이의 위기, 그러한 상황 속에서도 습작을 하며 신학적 비전을 품고 발전시켰던 1944년에 이르기까지 폭넓은 이해를 할 수 있게 되었다."

(『옥중 연서』 디트리히 본 회퍼 & 마리아 폰 베데마이어 지음, 정현숙 옮김, 복있는 사람 출간)

이 책으로 말미암아 '테겔 형무소'는 또 다른 모습으로 우리에게 다가오게 되었다. 교회와 세상, 쿠데타 개혁과 심문, 동부전선과 서부 전선, 그리고 테겔의 감방을 잠시 수도승으로의 방으로 바꾸어 놓은 예전적 숙고들이 연인이 주고 받은 편지에 다양한 주제로 나타나고 있다.

이석규 작가의 소설을 읽으면서 불현듯 생각나는 탈식민주의, 즉 식민주의를 벗어나기 위한 몸부림을 하면서 일생을 살아온 이국의 인물들로서의 세 사람이 생각난 것은 오늘날의 정세가 세계화를 표방하고 있다는 것과 이 지구상에는 대한민국 외에 많은 국가와 그 주도적 인물들이 희생양이 되어 자신의 조국을 위해서 선봉에 서서 조국 해방과 발전의 머릿돌이 되었다는 것이다. 이들은 작가가 말하는바 "나의 선조 세종대왕 증손 시산군이 내게 해주신 충고, 「충효(忠孝)를 외면한 가장 큰 대가(代價)는 금수(禽獸) 취급을 받는 것이다.」 그 말씀을 나는 지금까지 마음 깊이 간직하며 되새기고 있다. 그렇다. 남원 3.1독립만세 애국지사들은 자기 시대를 알고, 자기 할 일을 알아서 지금 애국지사가 된 것이다." 이와 같이 자기 조국을 위해서 몸 바치지 않으면 안 된다는 동·서양식 혹은 아프리카라도 같은 이념으로서의 충효(忠孝) 의식이 지배적일 수밖에 없었다는 것이다. 이 원리를 21세기를 살아가는 작가는 여전히 잊지 않고 가슴에 새기면서 국가를 염려하고 국가의 미래를 향한 소망을 지니면서 살고 있다고 본다.

이석규 작가가 이번 소설에서 가장 두드러지게 표출하고, 이 소설을 창작하게 된 직접적인 계기를 작가의 말에서 밝히고 있다.

"이 애국지사들은 내가 경멸하는 모든 것을 대변하는 존재였다.

특히 전주이씨 영해군파 시산군 후손의 집성촌인 남원시 사매면 대신리 여의터(매안이)에서, 남원 3·1독립운동으로 서훈을 받은 분이 6명이고, 아직 받지 못해(자료 보완해 신청 중인) 분이 5명으로 총 11명이 배출되었다. 이것은 우리나라 문중(門中) 사(史)에 유일무이한 일이다. 우리 선조의 과거(역사)는 나의 현재의 거울이다."

이석규 작가가 이 소설의 주인공 역할을 하고 있는 전주이씨 대신리의 독립 영웅들(이성기를 비롯한 형제들과 이웃들)과 함께 잊지 못할 두 분의 독립운동가들을 소환하는 것도 의미 있는 초대라고 생각한다.

그 한 분이 이상재 선생이다. 이상재의 활약상의 일부를 소개하면 다음과 같다. "1910년 8월 한일 합방이 강제로 단행되자 초대 총독으로 데라우치가 부임해 왔다. 이보다 앞서 1905년 을사보호조약과 함께 통감으로 부임해 온 이토 히로부미는 처음부터 YMCA에 대하여 좋지 않은 감정을 품고 있었다. 첫째로 황성기독교청년회는 영국. 미국. 케나다 등 서구 여러 나라 사람들과 손잡고 국제기구를 형성하고 있었기 때문이다. 둘째로 이 청년회는 마치 독립협회가 러시아의 세력을 막기 위한 운동이었던 것처럼 이번에는 일본의 세력을 막기 위한 운동이었던 것처럼 이번에는 일본의 세력을 막기 위하여 운동인 것으로 느꼈기 때문이다." 이 중심에 이상재 선생이 있다(『이상재 평전』 〈일제의 침략을 혼자서 막아〉 133쪽)

그리고 이어서 또 다른 한 분은 소개하면 단연코 도산 안창호 선생을 초대할 수 있겠다. 물론 이 두 분 외에도 대한민국을 빛내시고, 건국의 깃발을 든 분들이 이루 헤아릴 수없이 많은 것이 사실이나 지면상 생략하는 것에 대하여 독자들의 이해를 부탁드린다.

도산 안창호 선생에 대한 역사적 업적이나 이력을 단 몇 줄로 요약설명 할 수는 없지만, 그래도 간략하게 인용함으로써 그 가치를 비교해 보고자 한다.

“그 한민족 격변의 와중에서도 가장 암울했던 일제 강점 시기에 최고 민족지도자가 도산 안창호였다. 그는 엄혹한 현실을 뚫고 나갈 이론과 실천이 절실히 요청될 때마다 그 부름에 가장 성실히 응답한 혁명운동가이자 혁명사상가였다. 절망적 상황에서도 불굴의 의지로 현실에 정면으로 대응하였으며 가느다란 틈새에서도 어떻게든 미래 비전을 가꾸어 가며 수난의 동포들에게 희망을 제시하려 한 인물이었다. 그 스스로 말했듯이 밥을 먹어도 대한의 독립을 위해, 잠을 자도 대한의 독립을 위해 바친 그의 60년 생애는 그야말로 혁명가의 전범(典範)이었다. 그러는 동안 일제 군경에 세 차례 구금되어 혹독한 고문을 당했으며 도합 3년 반가량의 옥고를 치른 끝에 순국하였다. … 그는 자신이 살았던 시대의 소명에 충실했을 뿐 아니라 한국 민족은 물론이고 나아가 인류 전체의 평화와 번영 그리고 행복 실현의 방안에 대해서도 늘 심사숙고하였다.”(박만규의 『도산 안창호의 민족 혁명론』 10-11쪽)

“우리가/ 오늘날 약함은 다만/ 우리가 새로운 문명을 배움이/ 늦게 시작됨에 있을 뿐이지/ 우리 민족이/ 열등한 데 있지 않습니다.// 대한 민족은 남에게/ 지면서 사는 민족이 아닙니다./ 그러므로 대한 민족은/ 독립하고야 말 민족입니다” (『도산 안창호의 말꽃모음』 133쪽)

“그 외에도 방제한, 남원의 김공록, 박재길 등 8명이 현장에서 순절하고, 사매면의 정한익, 남원 왕정리 황찬서, 동충리 이일남, 사매 여의터(매안이) 이성기. 이용기 20여 명은 주동자로 체포됐다. 전북 지역에서 가장 많은 사상자가 발생할 정도로 일제의 탄압은 가혹

했지만, 당시 주민들은 굴하지 않고 마을별로 장례비를 모았고 명정銘旌에 '의용지구義勇之柩'라고 크게 써서 만세운동으로 순절한 이들의 높은 뜻을 기렸다."

이 말은 1900년도 초의 일제 강점기에 활동상으로만 국한 시키고 말 것이 아닌, 오늘날에도 지속적으로 부정직하고, 부도덕하고 침략적인 자국의 영리만을 위해서 타국을 괴롭히려는 안일주의와 탐욕과 그릇된 욕망에 사로잡힌 이들을 경계해야 한다는 독려로 읽혀야 한다면, 이 소설의 의미는 다각적으로 그 빛을 발한다고 생각한다.

3. 우리가 잊지 않아야 할 정신 그리고 대안을 생각하면서 다시 이석규 소설로…

이 소설 원고를 읽으면서 왜 이석규 작가가 이와 같은 소설을 구상하고 집필의 현장으로 나왔을까에 대해서 많은 생각을 해보았다. 어쩔 수 없는 오늘날의 한반도 정세를 염두에 두지 않고서는 역사를 말하지 않을 수 없고, 또한 한반도가 처했던 치열하고도 아픈 역사를 염두에 두지 않고서는 오늘의 한반도 정세를 이야기하지 않을 수 없는 이율배반적 현상이 자아내는 우리의 운명과 숙명 같은 그 우울감과 답답증을 털어내고 싶다는 것이 제일 첫 번째 이유인 것 같고, 두 번째 이유는 자신의 뿌리를 찾아보겠다는 의지를 표현했다고 본다. 그 뿌리의 어디쯤 작가 자신이 롤 모델로 삼고 싶은 그래서 그 모델이 되는 인물로 인하여 남은 작가의 삶을 위한 청사진을 그려 보겠다는 숨은 뜻도 엿보인다. 그 누군가를 만나보고 싶은 욕망의 간절함이 이 소설을 쓰기로 결심을 굳히게 한 것 같다는 생각을 해보았다.

타인 혹은 타국의 인물들도 멘토 역할을 하기에 충분한 자질과 인격을 지녔다고는 하나, 걸러 관계하게 되는 대상이란 점에서 살갑게 다가서지 못하는 피상적 영역에 놓인 인물이라는 점에서 작가의 삶에 지대한 영향력 미치기에는 동떨어진 바깥에 위치한다는 것이 바로 이 두 권의 소설 『후예後裔 1, 2』를 탄생케 한 직접적 동기부여가 되었다고 믿고 싶다.

세 번째 이유로는 오늘의 정치인, 지식인, 지성인 그리고 문화 종사자 및 교육 종사자들에게 보이는 정체성 부재의 현상 또는 그들의 역할 분담의 치우침으로 인한 대한민국 인문학의 균형 상실이 원인이고, 그에 따라 작가가 노기(怒氣)를 발하지 않았을까 생각한다. 어쨌든 이석규 작가는 마음먹은 대로, 계획한 대로, 글쓰기의 실행에 옮겼다는데 그 용기에 찬사를 보내지 않을 수 없다.

'대한민국은 과거 역사의 치욕적인 아픔을 경험한 민족으로서 역사를 중시하고, 그 역사 중심에서 나라와 국민들을 생각하며 그 도를 지켜나가야 한다는 의식이 너무 나약한 건 아닐까? 그 의식이 전무하다고 해도 과언이 아닐 만큼 지성인들이 없는 것인가?'에 대한 질의를 수없이 남발해도 부끄럽지 않다. 정치하는 인물들은 말할 것도 없고, 역사의식을 지녀야 할 학자들 가운데서도 그러한 의식과 철학을 지닌 사람들을 찾아볼 수 없기에, 작가는 머리말에서 고백한 바와 같이, 선조 세종대왕 앞에서 고백한 충효(忠孝)의 교훈을 받들어 자신이 하지 않으면 안 되겠다는 생각에 이 소설을 작업에 옮기기로 한 것이다.

이석구 선생은 자신의 저서 『저항과 포섭 사이』(소명출판)에서 다음과 같이 독자들의 과거 역사에 처했던 조국 앞에서의 겸손하고도 다부진 의식을 지녀달라는 당부를 남기고 있다. 이는 아마도 이석규 작가의 고백과도 일맥상통한다고 생각한다.

"탈식민주의 이론의 출발점은, 선진국과의 경쟁에 나선 후발 국가들이 대체로 그러했던 것처럼, 서구의 지배에 대항하기 위해 피지배국의 지성인들이 들었던 무기가 바로 서양의 것이라는 점이다. 이는 응구기 와 시옹오, 아체베 간에 있었던 유명한 논쟁에서 드러난 바 언어 매체에만 국한된 문제가 아니다. 네그리튀드와 북미의 흑인해방운동에 대한 논의에서 본 연구가 밝히듯, 아프리카의 정신적 가치를 주장하기 위해서조차 흑인 지식인들은 서양의 지식과 관점에 의존해야 했다. 그뿐 아니다. 북미의 흑인 해방론자들은 아프리카 침략의 전초병 역할을 하였던 기독교 영향권 내에서 교육받았고 자랐으며, 그래서 이들이 흑인 주권국을 꿈꾸었을 때조차 그 꿈은 기독교인으로서, 앵글로색슨 문명의 충실한 사도로서 꾸었다. 프랑스어권의 순수 흑인 운동으로 평가받는 네그리튀드, 일반적인 평가와는 달리 실은 프랑스 문화와의 이상적인 결합을 꿈꾸었다고 해도 과언이 아니다. 그러한 점에서 식민 지배에 대한 저항은 정도의 차이는 있을지언정, 모두 지배자와 그가 남긴 유산을 모방할 뿐 아니라 일정 부분 포섭됨을 피할 수 없다."

참으로 간단한 문제는 아니다. 이석규 작가가 21세기 즈음에 3·1독립운동사의 여정을 주제로 소설을 쓰게 된 것에 진의를 물으며 의미심장한 질의를 던지고 싶은 것이 사실이다. 이미 대한민국 국민의 상당수는 이 운동의 의미와 36여 년이 넘는 기나긴 역사 속에서 온갖 침탈과 수모와 죽음을 맞이했던 일제 식민지 시대의 암울했음을 뚜렷하게 기억하고, 나머지 절반은 그 역사의식을 잊고들 살아들 가거나 배우지 못하고 있다는 점에서 '제2의 식민주의의 유혹과 포섭을 뿌리칠 수 있겠는가?'에 대한 우려와 질문이 이 역사소설을 창작하게 된 중요 배경이 되지 않았나 생각한다. 그러니까 단적으로 이 소설이 쓰이게 된 배경이나 동기부여를 밝히지는 않고는 있지만, 여러 가지 면에서 작가의 속내를 들여다볼 수 있다고 할 수 있다.

이석규 작가의 이 두 권의 소설은 문학성을 고려한 픽션 성격의 작품이기보다는 팩트, 역사적 사실을 바탕으로 한 소설이란 점에서 다큐 소설이라고 호명하고 싶다. 지금까지의 예를 들었던 아프리카의 탈식민주의 작가들이 시도한 모든 소설이 사실 역사적 팩트를 통한 이야기로 구성되었다는 점에서 세계적인 주목을 받고 주요 평가의 대상으로 읽히는 이유가 바로 여기에 있다. 우리가 잊을 수 없는 또 다른 한 권의 소설로서 『뿌리』(알렉스 헤일리 지음, 안정효 옮김, 열린책들)가 있다.

> "발가벗은 채로, 쇠사슬에 묶이고, 발이 채워져서, 그는 찌는 듯한 더위와 구역질 나는 악취, 그리고 비명을 지르고, 흐느껴 울고, 기도를 드리고, 구토를 하는 악몽 같은 광란으로 가득 찼으며, 칠흑 같은 어둠 속에서, 다른 두 남자 사이에서 누운 채로 정신이 들었다. 그는 가슴과 배에서 자신의 토사물 냄새를 맡고는 손으로 만져 보았다. 그는 붙잡히고 난 다음 나흘 동안 매를 맞아서, 온몸이 고통으로 경련을 일으켰다. 그러나 가장 아픈 곳은 양쪽 어깨 사이의 한가운데 인두로 지진 자리였다." (위의 책 178쪽)

"7대 후손인 알렉스 헤일리가 찾은 문서에 의하면 그는 1767년 '로드 리고니어호'를 타고 아나폴리스 항구에 도착한 140명 노예 중 42명이 죽고 살아남은 98명 중의 한 사람으로 미국 땅을 밟았다. 그는 '최고급 젊은 검둥개'로서 존 월러라는 사람에게 팔렸다."

이석규 작가는 역사와 선조들의 숨겨진 조국애와 그 뿌리의 중요성을 애써서 이야기하고 싶었을 것이다. 그 이유는 뿌리의 중요성이 그리고 그 뿌리 곳곳에서 살신성인 자신의 희생쯤이야 국가와 민족을 위해서 아낌없이 던지곤 했던 그 훌륭한 선조들의 삶을 기억함으로써 오늘의 명맥을 잇자는 신념의 표상이라고 할 수 있다.

여전히 대한민국은 강 대 강 논리에 희생양이 되고 있다. 반도라는 지리적인 여건의 영향뿐만 아니라 자원 하나 없는 인적 구조만으로 국력을 지탱하고 발전시켜야 할 대한민국으로서는 국가의 존립을 위해서 살아가야 하는 정신력, 국가관 그리고 인류애와 동포애와 국민의 하나됨 등 국가로서의 아픔과 시련을 극복할 궁극적이고도 발전적인 대안을 지닌 운동이 절실하다는 것을 이석규 작가인들 잊을 수 있겠는가. 이와 같은 심각성의 기로에서 이석규 작가는 정체성의 부재까지를 부인할 만큼 철학과 역사의식이 결여된 대한민국의 천민자본주의 정신을 뒤흔들어 놓고자 이 소설을 창작하기에 이르렀다고 본다.

끝으로 이 소설의 등장인물로서의 독립 의지의 날이 항상 서 있는 이석기의 마음 같은 이석규의 시 한 편을 소개한다.

오늘 동지들과 조국의 미래를 논하였더니

이석규

평생 지기지우(知己之友) 하나 얻기를 소망했네!
그래, 늘, 군자를 찾아 헤맸는데
오늘 동지들과 조국의 미래를 논하였더니

어느덧 서로 마음이 통하였도다
백척간두(百尺竿頭)에 서 있는 조국을 생각하면서
오늘 동지들과 의형제를 맺고
영원토록 함께하기로 약속해서
고난이 밥이 되었어도 감사하고
가무(歌舞)를 잊었어도 감사하네!
오늘도 술집 찾는 옛 친구를 보니
옳고 그름이 확연히 두 갈래네
친일파와 밀정들이 득실거리고 떵떵거리며 잘 사니
어찌 서로 나라 걱정이 없겠는가?
지금 심정(心情)이 설중매(雪中梅) 같으니
비록 일제의 총칼이 내 앞길을 가로막고 있어도
나는 하나도 두렵지 않네
사람이 사람답게 살기 이렇게도 어렵도다
현실을 따르자니 억지 모양 짓게 되네
꿈을 가졌어도 실행하기도 전에
기왕에 행할 것 놓칠까 봐 두렵도다
모름지기 마땅히 행할 것을 행하고
내 분수에 맞게 길이길이 살리라
나의 모든 꿈 해바라기처럼 한결같으니
그 모든 일 지극정성으로 이루리라
다만 한(恨)은 본래 축적(蓄積)이 없는 것이니
늘 보충하고 늘 수습하리라.

"이 시에 거기 모인 이들이 한참을 숙연해지더니 이내 이구동성으로 이석기의 뜻에 따르기로 해, 일사천리로 오는 4월 3일 식수기념일에 독립만세를 부르자고 결의한 것이다." 한 편의 시가 주는 호소력이자 영향력을 증명하는 것이다. 이 시대에도 건강한 정신을 지닌 리더가 곳곳에서 제 역할을 다해 준다면 이 나라의 부국강병은 이미 존재하는 것이나 다름없다. 이석규 작가는 이러한 미래를 꿈꾸는 혜안(慧眼)을 지녔음을 독자들에게 들킨 셈이다. 건강하고도 세계만방이 부러워하는 대한민국의 미래를 위해 기도하면서 이 글을 마치려고 한다. 끝으로 시어도어 젤딘의 『인간의 내밀한 역사』에서의 한 소절을 인용하는 것으로 독자들과 작가의 삶이 튼실한 뿌리를 내릴 수 있기를 그리고 그 뿌리가 영원히 시들지 않은 꽃과 열매가 되기를 기대한다.

> "우리의 상상 속에는 과거의 유령들이 살고 있다. 우리에게 용기를 주는 친근한 유령들, 우리를 고집불통으로 만드는 게으른 유령들, 그리고 무엇보다도 우리를 낙담시키는 무시무시한 유령들에 대한 연구가 지속되어야 한다. 과거가 우리를 떠나지 않는다. 그러나 사람들은 때때로 과거에 대해 생각을 바꾸어왔다. 오늘날 사람들이 어떻게 자신들의 개인사뿐만 아니라 잔혹과 오해와 기쁨의 기록으로 점철된 전 인류사에 대해 다시 생각할 수 있는지를 보여주고 싶어 한다. 미래를 새롭게 보기 위해서는 먼저 과거(역사)를 새롭게 보아야 한다."